# 존재,
# 그 황홀한
# 부패

## 이형기 시의 세계인식 방법

강 유 환

국학자료원

# 책머리에

　이 책은 묵혀둔 내 박사논문 「이형기 시의 세계인식 방법」이 주 내용이다. 책 제목에다 시인이 가장 오래 붙잡았던 주제를 함축해 보았다. 시가 내게 들어와 바탕이 된 경위는 중학교 때로 거슬러 올라간다. 중학교 1학년 때 친구와 편지를 주고받으며 글 처음과 끝에 사용하던 호가 있었다. 1930년대 정지용과 박용철, 김영랑을 염두에 두고 지었던 걸로 기억한다. 신선, 영아, 청랑. 내 호는 청랑이었다. 책에 나온 영랑 시가 발단이었는데 호 쓰기는 그 뒤 한동안 이어졌다. 대학교 졸업논문의 신석정, 석사논문의 박용래도 다 시 한 편에 붙들렸던 사소한 출발에서 시작되었다. 박사논문 주제도 우연히 떠오른 『절벽』이라는 시가 계기였다.

　주제를 정하고 작고한 지 얼마 되지 않은 이형기 시인의 흔적을 찾아 수유리 쪽 아파트로 향했다. 넓지 않은 집에는 취미로 시작했다지만 이미 전문가가 된 부인 조은숙 씨의 유화가 가득했다. 과감하고 굵은 터치의 이국적인 풍경화 앞에 앉은 부인은 본인의 전시회와 시인의 투병 생활, 시작 태도, 말년에 대해 담담하게 이야기했다. 자료를 챙기며 시집으로 묶지 않은 발표작과 유고를 복사하다가 정말 감동적인 시 한 편을 만났다. 불편한 손의 움직임이 그대로 원고지에 옮겨진 상태였다. 자모가 겹치고 엉키어 읽기 어려웠지만 시에 대한 열정이 고스란히 담긴, 어디에서도 볼 수 없는 최고의 작품이었다. 뇌졸중을 앓는 육신으로 추상화 무늬 같은 글자를 한 자 한 자 힘겹게 쓰며 원고지 위를 오체투지하게 하는 그것은 무엇일까? 시에 다 털어 넣은 평생과 시에서 영혼을 개폐하던 한 청청한 정신에 완전하게 매료되는 순간이었다. 임종 열흘 전에 남겼다는 시도 있었다. 극도로 엄숙해지며 몸에 전율이 일었다. 이 비의를 천학인 내가 어찌 읽어낼 수 있을까. 아득해졌을 때 시 구절 하나하나를 미세하게 절개하여 의미를 끌어낼 자신이 없다면 여기서 그만둬야 한다는 비장감이 앞섰다. 이 시인 연구의 당위성은 여기서 비롯되었다.

　시인의 세계인식을 분석하며 도식적 틀을 적용하는 오류를 최소화하기 위해 여러 가지로 궁리했다. 되도록 자의적 해석은 자제하고 오직 시구 의미에 충실해 보고 싶었다. 분석 대상의 시를 크게 네 측면으로 나누었다가 겹치는 부분이 생겨 세 축으로 조정하기도 했다. 이 과정에서 제외된 작품이 있으나 그리 비중 있는 작품은 아니라고 본다. 본론에서 살핀 동일성 추구 부분은 여타 시인들처럼 자연과 동일화를 꾀한 공통점이 있고 삶의 구체성과 유리되어 다소 추상성을 띤 내용도 있다. 인식 확장을 보이는 작품은 앞의 시세계와 확연하게 변화를 보이는데 시인의 개성이 특히 잘 드러난다. 이형기 시인이 가장 많이 다룬 주제는 존재 문제로 이는 지난하게 임종 전까지 이어진다. 삶의 헛됨과 부조리함, 소멸과 연민, 죽음을 향해 가는 존재의 출구 없는 감옥에서 시인은 다룰 수 있는 모든 상황을 시화한다. 시인은 그 나름대로 존재 의미에 자유로워졌음을 확인할 수 있었다. 또 이 과정을 통해 시인은 자신을 둘러싼 세계와 화해를 거부한다. 현실의 총체적 문제를 끊임없이 지적하는 그의 붓끝에는 냉소와 반어와 풍자로 무장한 시어들이 풍성하다.

이형기 시인의 자의식은 물구나무서기 식으로 세계를 인식하는 데서 도드라진다. 의도적 유폐에 해당하는 작품들은 범상하지 않게 세계를 수용하며 팽팽한 긴장감을 유지하고 있다. 일상성에 빠지지 않으려는 시인의 노력은 스스로 절대적 고립을 자처하는 수도자와도 같다. 소멸과 생성의 문제 또한 시인의 독특한 시각을 엿볼 수 있는 부분이다.

이형기 시인을 만나면서 행복했던 일이 하나씩 떠오른다. 녹음이 무성한 나무를 보고 논문을 쓰기 시작했는데 본론이 끝났을 때는 잎이 지고 있었다. 몇 달을 완벽하게 몰두했다는 뿌듯한 마음으로 공중을 부유하듯 한동안 현실을 떠다닌 느낌이 경이로웠다. 한밤에 문득문득 자판 위를 오가는 사람은 내가 아닌 이형기 시인이었거나 다른 누군가였던 경험도 특별하다. 여러 시간 조사 하나에 매달려 해석할 때 온갖 사념에 빠진 사람은 분명 내가 아니었다. 나중에 다른 사람들에게 들어보니 그리 새로울 것 없는 내용이었지만 내 속에 숨은 다른 사람과 만나게 되는 것도, 글을 쓰는 과정은 머리보다 손에서 이루어진다는 개인적 깨달음도 좋았다. 시인의 시들을 온전하게 즐기며 분석할 작품이 많이 남지 않음을 아쉬워했던 기억도 있다.

잊을 수 없는 이런 경험을 맛보게 해준 스승은 바로 오탁번 선생님과 송하춘 선생님이시다. 이 두 은인과 만난 기적과 같은 행운이 없었다면 현재 내 상당 부분은 없다고 보는 게 맞다. 특히 오 선생님은 석사 때부터 논문 제목과 세부항목까지 일일이 체크해주셨다. 박사논문 또한 이 두 분의 애정 어린 독려로 가능했다. 고형진 선생님, 강연호 선생님, 이희중 선생님도 논문을 꼼꼼하게 읽고 비판과 조언을 아끼지 않은 정말로 고마우신 분들이다.

난삽한 원고를 거두어준 국학자료원 김효은 편집장님과 정진이 선생님, 우정민 씨, 사장님께도 감사의 마음을 전한다. 거친 밥과 정성 없는 반찬을 묵묵히 먹으며 잘 참아준 다솔, 다빈, 지쳤을 때마다 따뜻한 손 내밀며 용기를 주던 귀영 씨도 고마울 따름이다. 곁도는 나를 늘 토닥이며 먼데서 응원을 아끼지 않으신 박이철, 신영임 시부모님께도 머리 숙여 고마움을 표한다.

무엇보다도 고등학교 진학이 어려워 울고 있을 때 사방으로 돌아다니며 입학금을 빌려와 닫힌 내 모든 문을 활짝 열어주신, 어떤 것도 이미 늦어버린 병석의 노정신 어머니와 자랑할 것 없는 여식을 언제나 잘 포장하여 내놓는 재미로 말년을 보내시다 급하게 떠나버리신 화성 강종원 아버지 영전에 부족한 이 책을 올린다.

2015년 1월
강 유 환

# 차 례

Ⅰ.

서 론

# 1. 연구 목적과 범위

　자연을 본받는 행위가 예술의 기원이 된 것은 누구나 다 아는 내용이다. 옛날부터 지금까지 자연 모방은 인간의 삶을 관장하는 큰 축이었으며, 예술 창조 법칙의 근간이 되어왔다. 그러나 시간이 흐르면 모든 것이 변해가듯이 자연을 바라보는 시각 또한 현저한 변화가 일어나게 된다. 이는 동서양의 문화 공간에서 두루 확인할 수 있다. 동서양의 미학 차이를 비교 분석한 중국학자 장파는 문화 정신이나 문화적 이상을 표현하는 방식, 창작론, 영감이나 감상 방식 등에 나타난 동양과 서양의 미학 정신을 비교, 대조하고 구체적 작품의 실례를 열거했다.[1] 장파는 둘의 다름을 통해 두 세계의 경계를 드러내고 이를 넘어 통합을 시도한다. 특히 그는 예술 대상인 자연을 대하는 태도에서 바로 동서의 차이가 확실하게 나타난다고 보았다. 동양인은 마음으로 조화를 본받고자 하는데, 이때 '조화'는 인간을 포함한 천지자연을 가리킨다. 그러니 마음으로 조화를 본받는다 함은 마음으로 자연을 본받는다는 것과 같다. 동양에서 말하는 자연이 조화와 의미가 상통하며 천지자연을 지시하는 것과 달리, 서구의 자연은 인공과 상대적 의미인 자연스런 본성을 뜻하는 일차적 의미를 지닌다. 나아가 동물과 식물, 인간을 포함한 자연을 가리키는 뜻도 있다.[2] 이렇게 '자연'을 뜻하는 용어에서 나타나는 동서양 인식 차이는 새삼스러운 것은 아니다.

---

1) 장파, 유중하 역, 『동양과 서양, 그리고 미학』, 푸른숲, 2001, 33쪽.
2) 장파, 같은 책, 371쪽.

동양의 자연自然은 인간의 힘이나 정신작용과는 무관하게 스스로 저절로 이루어지는 존재였다. 인간에게 자연은 외경의 대상이 되어왔으며 자연의 질서는 인간의 모든 삶을 좌우하였다. 자연을 우위에 두고 이것의 변화에 순응하는 자세는 선사시대로 거슬러 올라갈 만큼 매우 뿌리가 깊다. 반면, 서양의 자연은 인간이 정복하고자 하는 대상이었다. 이에 자연은 인간적 질서에 맞게 변모된 상태로 존재했다. 대상을 대하는 동서양 시각차는 예술 활동에도 그대로 적용이 된다. 서구인이 말하는 자연 모방은 주로 인간과 인간의 활동을 모방하는 것이다. 의탁하고자 하는 대상이나 범위가 동양인이 추구하는 것과 출발점부터 다르다. 그러므로 동양인의 예술적 특징은 마음으로 천지자연의 조화를 본받아 표현한 작품에서 찾아야 할 것이다.

천지자연을 본으로 두고 가장 근사한 방식으로 조화를 이루려는 우주적 자연관은 동양인에게 유전적 형질로 내재되면서 면면히 이어져 왔다.3) 자연은 외적 세계의 속악함을 피해 찾아갈 수 있는 곳으로 인간의 정신을 고양시키는 공간이다. 이곳은 구체적 실체의 세계로 존재하기보다는 정신적 차원에서 논할 수 있는 기의 흐름과 연관이 있다. 보이지 않는 기의

---

3) 유협의 『문심조룡』(이민수 역, 을유문화사, 1984, 15쪽) 첫 부분 제1장 '원도'에는 다음과 같은 글이 있다. "위로는 해와 달이 발산시키는 빛나는 것을 보고, 아래로는 자연이 포함하고 있는 아름다운 것을 살핌으로써, 천지는 그 높고 낮은 위치를 정하게 되고, 이리하여 우주를 통솔하는 두 가지 요소가 생기게 된 것이다. 오직 사람은 이 사이에 나타나서 우주의 영묘한 것을 모았으니 이를 천지와 합해서 삼재라고 부른다. 사람은 오행의 정화인 것이요, 천지의 마음인 것이다. 이 천지의 마음이 생김으로써 언어가 나타나고 언어가 나타나면서 문장의 형태가 문명해졌다. 이것이 바로 자연의 도리인 것이다."(仰觀吐曜, 俯察含章, 高卑定位, 故兩儀旣生矣, 惟人參之, 性靈所鍾, 是謂三才, 爲五行之秀, 實天地之心, 心生而言立, 言立而文明, 自然之道也) 이 글은 문학 창작의 근본은 자연에 있다는 점을 강조한다. 자연스럽게 자연의 본질을 드러내고 부자연스러움을 배척하는 것이 창작의 이치라는 것이다. 우주의 원리를 탐구한다는 것은 자연의 원리에 근본을 두고 작품을 창작한다는 의미다. 우주의 원리는 자연의 원리를 뜻하는데 문학 창작에서 이 원리를 따르는 것은 필수적이다.

우주 속에 존재하는 자연은 끊임없이 움직이며 변화를 보인다. 우주 질서의 비밀에 관심을 두는 인간에게 이런 자연은 오묘한 이치와 무궁무진한 상상력을 제공해주었다. 시에서 선경후정 방식의 근원적 바탕은 자연이다. 자연 경물을 통해 삶의 자세를 점검하고 가다듬는 것에서 더 나아가 자연에 합일하려는 태도는 작품 속에서 매우 흔하게 확인할 수 있다. 동양의 서정시는 자연을 마음속으로 끌어들이고 마음과 경물이 접하면서 소통되는 경지를 매우 중시한다. 자연은 스스로 질서에 따라 변화무쌍함을 보이는 능동적 존재이며 결함이 없는 완벽한 존재이다. 시인들은 이런 자연과 부단하게 동일성을 추구해 왔다. 그러나 자연의 자리에 인간의 이성이 들어앉으면서 자연을 대하는 동서양의 태도 차이를 분석하는 일은 점점 어려워진다.

　예술 대상이 되어 모방의 전범 자리를 굳건히 지켜온 자연은 현재 우리에게 어떤 의미가 있으며 어느 지점에 자리 잡고 있을까? 기술문명을 최우선으로 하며 선진 문명을 뒤쫓아 가는 동양은 과거 정신의 통합적 구성 요소였던 자연의 존재를 확인하는 수준에 머물러 있는 것은 아닐까? 혹은 교조적 차원으로 존재하면서 일종의 화석화된 개념으로 전락하지는 않았는가? 이러한 질문에 대한 피상적인 답이라고 볼 수 있지만 아직도 우리의 문화, 생활, 건강, 개발과 보존 현장 곳곳에서는 동양의 자연관이 명맥을 유지하고 있음을 볼 수 있다. 문명사회의 병적 징후를 예견하고 발병의 치유 수단으로 여전히 자연과 조화를 이루는 삶을 강조하고 있기 때문이다. 교육 현장, 백일장 등 각종 글쓰기에서나 첨단 문명에 노출된 장소일수록 자연과 합일을 이룬 작품과 소재들이 활용된다. 자연과 연관성이 깊은 소재들이 강조되면서 폐기 처지에 있던 정신적 가치들이 소생되고 이것이 다시 유전적 인자로 재진입하는 과정을 거치는 것이다. 기술문명으로 인한 인간소외나 비인간적 상황이 벌어졌을 때, 전면에 드러나지는 않지만 자연이 주는 의미는 매우 유효하다. 속도나 문명 이기에 지친 이들에게 권장되는 자연친화적 삶은 이 문제의 방법적 대안으로 우위를 차지한다. 현대에 이르러 이 정신의 입지 조건이 열악해졌고 이러한 삶을 강조하는 것이 시대착오적인 것으로 여기는 경향이 없지는 않지만 자연은 여전히 예술적 영감의 바탕이고 우리 삶의 방식을 두루 관장한다.

서두를 장파 글을 빌어 시작한 이유는 고대에서 현대에 이르기까지 동양적 자연관이 우리나라 시인에게 언제나 진행형으로 흘러왔을 뿐만 아니라 아직도 우리 예술은 이 정신의 지배를 받는다고 보기 때문이다. 또한 본고에서 다루는 이형기 시인의 초기시는 자연을 수용하는 태도가 이와 밀접한 관련이 있어서다. 그가 소재로 삼은 자연은 자아와 현실 사이에 존재하면서, 자아에게 모방이나 의탁의 대상이 된다. 이형기는 이것과 질서를 염두에 두고 조화를 꾀하려는 시도를 지속적으로 보인다. 그런데 자연으로 표방되는 대상과 조화를 유지하려는 시인의 세계인식은 초기시를 거치면서 변화를 일으킨다. 그는 이런 인식 자체가 낡은 것이며 고정적 산물임을 선언하면서 폐기해버린다. 논자들이 이형기의 초기시를 논하면서 청록파류의 계보를 잇는다는 평가와는 다른 방향으로 전개된다.

모든 예술가는 자신을 둘러싼 세계에 순간순간 대응하는 방식을 작품 속에다 다양하고 가장 적절한 형태로 구현한다. 이 대응 방식을 찾아내는 일이야말로 예술가의 원체험에 근접하는 것이며 작품을 온전하게 해석하는 방법일 수 있다. 일반적으로 인간은 자신이 처한 세계와 불화하거나 대립되어 있을 때 자신의 기질과 가치관에 맞는 방식으로 세계를 수용하려는 태도를 견지한다. 이런 태도가 드러난 작품을 분석하여 작가의 세계인식을 고찰하는 것은 시를 이해하는 기초지식 중 하나일 것이다. 서정시라는 장르가 자아가 세계와 동일성을 추구하는 데 있다는 것은 누구나 다 인지하는 내용이다. 동일성은 자아가 세계와 어떤 관계를 유지하고 있느냐와 관련이 깊다. 그러나 현대 문화의 급격한 변화와 다양성, 점점 파편화되는 복잡한 양상 속에서 분열적 체험을 겪는 주체들에게 과연 동일화 대상이나 그것을 추구하게 하는 세계는 존재하는 것일까?

김준오는 'identity'를 동일성이라는 용어로 번역하면서 이에 대한 탐구를 시도했다. 그는 동일성 문제는 언제나 객관세계 상실과 자아상실 위기감이 팽배한 현실에서 제기된다고 한다. 그의 말을 인용해보기로 하자.

> 주체로서의 자아가 타인들 또는 외부세계와 조화를 이루고 있느냐, 그렇지 않으면 대립 갈등을 일으키고 있느냐, 그리고 어제의 '나'와 오늘의 '나'는 같은가 다른가, 도대체 '진정한' 나는 무엇인가 등의 여러 문제는 바로 동일성의 문제인 것이다. 전자는 자아와 세계와의 일체감, 결속감으로써의 동일성 문제로, 후자는 자아의 재발견이라는 개인적 동일성의 문제로 집약된다. 이것이 문학에서 취급되는 동일성의 두 가지 중요한 양상이다. (중략) 우리의 일상의식 차원에서, 즉 실제의 현실에서 자아와 세계는 엄연히 분리되어 있다. 나는 타인과 다르며 나 아닌 모든 사물과도 엄연히 구분된다. 그러나 서정적 자아는 세계를 내면화한다. 이런 서정적 자아의 작용에 의해서 서정시에서 자아와 세계는 동일성, 일체감의 상상적 공간 속에 놓인다. 이것이 서정시의 원형이다. 세계를 내면화하는 서정적 자아의 행위 자체는 현실의 차원에서 상실된 동일성을 회복하는 일이 된다.[4]

서정시 장르가 세계를 내면화하는 작업[5]이라고 보는 이와 같은 견해는 보편적인 것으로, 대상으로서 세계가 자아와 조화를 이루고 있을 때 동일

---

4) 김준오, 『시론』, 삼지원, 2005, 393~394쪽.
5) 서정시의 본질에 대해 조동일(『한국소설의 이론』, 지식산업사, 1977, 103쪽)은 '세계의 자아화'라고 말했다. 슈타이거(E. 슈타이거, 『시학의 근본개념』, 삼중당, 1978, 96쪽)는 서정시의 본질은 '회감'에 있다고 말하는데, 이는 주체와 객체 사이의 틈이 없는 것을 뜻한다. 또 서정적인 상호 융화와도 일맥상통하며 자아와 세계의 상호 동화적 측면을 지적한 말이다. 슈타이거의 영향을 받은 카이저는 자아와 세계가 자기표현적 정조의 자극 속에서 융합하고 상호 침투하는 것으로 이렇게 형성된 '대상의 내면화'를 서정시의 본질이라고 말했다(김준오, 같은 책, 36쪽 주 참고).

화가 가능하다는 사실을 말하고 있다. 동일성이라는 개념 속에는 지향성이 숨겨져 있다. '~에 대한' 지향성은 시대나 나라와 지역에 따라, 각자 가치관이나 세계인식, 현존 문제에 따라 달리 나타난다. 그러나 결핍이나 사라짐, 즉 상실감이 동일성 추구와 더 밀접한 관련이 있다고 김준오는 말한다.

형이상학의 전락이나 유토피아적 세계와 신의 부재 같은 차원의 세계를 떠나 삶의 구체적 현실로 들어가 보면, 삶이라는 궤적 자체가 '~에 대한' 상실감이나 결핍, 또한 그것에 대해 꿈꾸기로 이루어졌음을 알 수 있다. 현대 세계는 대부분 개인적인 양상으로 분열되어 간다. 세계와 첨예하게 대결 양상을 보이는 현대시에서 대상과 동일성이나 일체감 회복을 찾는다는 것 자체가 매우 어렵다. 세계라는 대상 또한 개개인 욕망과 이데올로기에 따라 부유하는 물질처럼 각각 유동적이며 가변적인 형태를 띠고 있다. 한 집단 내에서도 세계는 공통분모를 가진 어떤 상태로 존재하지 않는다. 그렇다면 동일성 개념이나, 회복 그리고 이것과 조화를 꿈꾸는 태도가 아직도 유효한가에 대한 의문이 남는다.

이에 대해 김준오는 매우 긍정적인 대답을 내놓는다. 이별의 정한, 고향 상실감, 어둠의 인식, 궁핍의식, 자아 상실감, 세계 상실감 등 일상생활에서 갈등을 겪는 상실감 등이 동일성 상실감의 여러 양상인데 그는 이런 것을 노래하는 것 자체가 동시에 동일성 회복을 지향하는 태도라고 본다. 동일성이라는 것이 상실감과 상반된 개념이 아니라 상실감이 있음으로써 되레 '~에 대한' 동일성 회복을 추구하게 하는 힘으로 작용한다는 사실을 지적하는 말이다. 이렇게 볼 때, 세계를 인식하는 자아의 태도가 비극적일수록 바탕에 동일성 회복을 위한 욕망은 더욱 강력하다는 것을 반증한다고 할 수 있다. 시대 상황이나 개개인이 처한 현실의 비극성이 극대화될 때야말로 서정 시인에게는 최적의 창작 조건을 갖춘 시간일 것이다. 세계와 조화를 갈구하게 하는 힘을 끌어내고 이를 끊임없이 표현하게 하기 위해서 세계는 잃어버린 이상향으로 존재해야 한다. 잃어버린 세계이기 때문에 더욱 돌올하게 빛을 발한다. 결국 상실감은 시인에게 '~에 대해' 꿈꾸게 함으로써 가치가 있으며, 자아에게 세계의 내면화를 자극하는 역설적 기능을 담당함을 알 수 있다.

　일제강점기에 활동했던 시인 정지용, 이상, 김광균, 김영랑, 이육사의 시의식을 상실, 회복, 초월의 구조로 상정한 이기서는 이 시인들의 시의식이 어떤 변이 과정을 거치는가를 연구했다.[6] 이 구조를 통해 그는 자아가 세계를 어떠한 방식으로 수용하고 동화되고 방어하는가를 분석하였는데, 자아가 세계와 대결 구조에서 봉쇄되고 자신의 세계가 차단됨으로써 불안과 좌절의 갈등상황에 빠져 고립감을 느끼게 된 것을 '세계 상실'이라고 표현했다. 그리고 세계 상실의 표출은 시인에 따라 각각 다른 양상으로 드러남을 분석하고 전개 양상에 따라 유폐와 추방, 소멸이라는 세부 항목으로 나누었다. 여기서 회복 구조는 자아와 세계가 화해를 이루어 상승적 의지를 표출할 때 나타난다고 보았다. 나아가 항구적으로 스스로를 초월하는 경지에 도달하고자 이행 작용을 하여 세계와 자아가 이상의 경지에서 합일되는 경우를 초월 구조로 명명했다. 이러하므로 화해의 의미는 동일성을 획득한 자아 의지와 관련이 깊고, 갈등과 좌절은 동일성을 상실한 자아의 의지와 관련이 깊다. 세계 상실 구조는 '동일성의 상실'이 되고 회복과 초월 구조는 '동일성의 획득'이 된다. 이기서는 세계 상실을 경험하는 자아의식은 상실에서 회복, 초월의 구조로 나아감이 바람직하다고 기술하였다.

　시의식을 이렇게 구조화한 것은 다분히 도식적이나 한 시대에 공존했던 시인들의 세계인식을 분석 비교하는 데는 효과적인 장치로 보인다. 시대 상황으로 인해 결핍이나 절망을 체험한 경우, 있어야 할 세계의 회복을

---

6) 이기서, 『한국현대시의식연구』, 고려대학교민족문화연구소, 1984, 5~6쪽.

위해서 자아는 어떠한 형태로든 의지를 표출하기 때문이다. 시대 결함의 상황에서 벗어났더라도 서정장르에서 보이는 개인적 정한이나, 그리움, 애상성의 표출은 상실감과 밀접한 관련이 있다고 말할 수 있다. 그러므로 이와 같은 세계 상실의 구조로 서정시를 고찰해보는 것도 의미 있는 작업이 될 것이다.

이형기 초기시는 있어야 할 세계의 부재에서 느끼는 상실감이 주류를 이루지만 위에서 언급한 것처럼 순차적으로 전진성을 지니면서 상실에서 회복, 회복에서 초월 구조로 발전하는 양상을 보이지 않는다. 동일성 회복 측면과는 역방향성을 갖고 전개된다. 부단하게 부정한 세계를 쏟아내지만 이것이 '있어야 할 세계'와 조화를 추구하는 모습이라고 단언할 수 없다. 이형기 시는 낙관적인 전망이나 화해 몸짓을 단연히 거부하고 있는 듯하다. 그는 생래적으로 거부해야만 하는 이가 시인이어야 한다는 어떤 당위성과 사명감을 전면적으로 드러낸다. 언어는 존재의 집이라는 하이데거 말처럼 언어는 인간의 의식을 대변한다. 그렇다면 소유한 지식과 구사하는 언어의 무게를 동일한 함량으로 볼 수 있을 것이다. 이런 의미에서 보면, 이형기 시를 분석하는 작업은 매우 피곤한 일이다. 어떤 작품은 고도의 미시 안경을 끼고 바라보아야만 뜻이 잡힌다. 지적 놀음을 하고 있는 것도 같다. 그러나 시인이 세계를 어떻게 인식하고 있느냐라는 원론적 질문에 기준을 두고 이에 맞추어 시세계를 조명한다면 이형기의 개성은 충분히 드러날 수 있다고 본다.

본고는 이형기 시인은 어떤 방식으로 세계를 인식하는지에 초점을 두었다. 이를 바탕으로 세 가지 측면으로 나누어 시세계를 살피고자 한다. 세계 상실의 측면을 강조하지 않더라도 시의 내면에는 이러한 성질이 흐르고 있음을 전제로 한다. 그러나 시의식의 변이과정을 추적하는 데 목적이 있는 것이 아니므로 동일성을 이루기 위해 회복이나 초월성을 보이는 방향으로 내용을 전개하지 않겠다. 다만 각 장의 세부 항목을 전개할 때 긍정적이면서 추구하는 세계의 모습과 밀접성이 더 드러나는 작품을 뒤에다 배치하고자 한다. 이렇게 전개하다 보면 시세계의 다양한 변화가 드러나게 될 것이다.

이형기 시는 초기시에 나타난 여러 가지 양상들이 중기에는 더 심화된 모습을 띠면서 복잡다단한 형태로 형상화된다. 후기시는 표출했던 불화의 태도를 어느 정도 견지하면서 존재에 수반되는 모순 문제나 부정적인 현실 등을 역설이나 반어의 기법을 활용하여 표현한다. 또 중기의 세계인식이 연속성을 유지하면서 전개된다. 특히 허무와 소멸, 생성 의식은 세 시기에 두루 지속적으로 나타난다. 초기시에 산견되는 요소가 세계에 대한 인식 농도에 따라 더해지거나 약해진 상태로 드러나는 것이다. 본고는 초기시에서 후기시에 이르기까지 세계인식의 공통 특성을 보이는 작품을 뽑아 정리하였으므로 논의 전개가 발표된 시집 순서와 일치하지 않는다. 그러나 시집 발간 연도를 참고하여 항목별로 시를 구분하고 분류하였기 때문에 부분적으로는 발표 순서에 따를 수밖에 없었음을 미리 밝혀둔다.

먼저 시인이 자신의 삶을 성찰하는 과정에서 자연을 어떻게 인식하느냐와 이러한 인식이 어떻게 확장되는가에 초점을 두고 논의의 축을 설정하였다. 이를 토대로 하여 Ⅱ장에서 "동일성 추구의 자연과 인식의 확장"을 고찰한다. 이 장에서는 먼저 "인내와 성숙의 자연"이라는 한 항목을 마련하고 자연과 동일성을 추구하는 작품을 살핀다. 여기에는 내면의 충만을 위해 인내하는 자세를 보이는 작품들도 가려내어 분석할 것이다. 나아가 세계를 응시하면서 이와 조화를 이루며 삶을 순화하려는 자아의 모습까지 조명한다. 당연히 자아의 모습에는 성찰하는 태도가 나타난다. 이는 결국 자아 성숙을 위한 것이다. 이때 세계는 자아의 동일성을 위한 대상으로 존재한다. 자아는 세계와 조화를 추구하는 과정에서 자신에게 결핍된 요소를 발견하기도 하고 상실감을 느끼기도 한다. 이런 인식이 들어있는 작품들을 이 항목에서 다룬다.

II장 두 번째 항목은 처음 항목에서 보인 정한이나 애상, 그리움 정서에서 벗어나 객관적 시각을 확보하려고 한 작품과 인식의 변화를 보인 작품을 분석한다. 이런 작품들은 "인식의 확장과 응축의 깊이"를 보이므로 이를 내용의 한 축으로 설정하고 첫 항목에서 다루었던 동일성 추구와는 다른 방향에서 논의를 전개한다. 인식의 확장은 주관적 감정이나 시각의 객관화로부터 시작되는데, 이때 세계와 자아 사이의 간극은 그리 크지 않다. 주목을 끄는 것은 사유의 넓이와 다양한 감각적 비유가 무한해졌다는 점이다. 첫 항목에서 보이지 않던 역동적이고 화려한 표현도 눈여겨 볼만한 요소이다. 사유의 깊이는 응축된 이미지로도 드러난다. 여기서는 자아가 세계와 동일성을 추구하는 태도를 취하지 않는다. 세계와 대립, 갈등하는 모습도 보이지 않는다. 삼라만상이 각자 동등한 위치에서 운행되고 있으며 일부분 속에 전체를 다 아우르는 확장된 인식의 너비를 보인다. 한편, 이형기는 아름답고 감상적인 감정을 철저하게 배제하고 추하고 음습한 세계를 보이기도 한다. 서정적인 시각을 제거하고 일부러 추악하고 강렬한 이미지를 사용하며 어두운 언어를 구사한다. 이러한 태도가 인식의 확장과 관련이 있음을 여기서 밝힌다.

III장은 "불화의 세계와 정체성 찾기"라는 항목으로 설정하고 작품들을 분석한다. 여기서는 앞 장에서 살핀 세계인식과 현격한 차이를 보이는 작품들이 전개된다. 이 장에서 세계와 자아는 불화의 관계에 놓여있다. 이형기는 시에서 존재 문제를 집요하게 추적하면서 삶의 헛됨과 인간의 숙명적 조건에 대해 끊임없이 질문을 퍼붓는다. 이런 문제를 다룬 작품들을 모아 "노역의 헛됨과 존재의 길"이라는 하위 항목을 설정하였다. 반복되는 삶 속에서 일상적 자아가 겪는 권태와 노역의 헛됨, 세계의 허망함 등의 인식을 형상화된 작품이 분석될 것이다. 이형기는 왜 끝없이 노역해야 하는지, 이를 통해 존재는 무엇을 획득하는지에 대해 집착한다. 특히, 존재가 부딪칠 수밖에 없는 부조리 측면이 부각되고 허무에 함몰되지 않으려는 자아의 모습이 포착된다.

둘째 항목에서는 "부정의 현실과 정체성 찾기"에 대해 살피게 된다. 이형기는 두 가지 면에서 세계와 불화 관계에 놓인다. 이는 부정한 현실과 자신이 파악한 세계의 허구성에 대한 것이다. 그는 부정한 세계에 대한 단죄로 복수를 꿈꾸거나 잘못된 현실을 일깨우려는 목표를 확고히 세운다. 부정적 상황은 현실 전반에 걸쳐 총체적으로 드러난다. 이 상황에 대응하는 자아 모습은 결연한 의지로 뭉친 투사와 같고 끊임없이 경보음을 보내는 견자와도 같다. 불화를 일부러 조장하는 측면도 있다. 또한 그는 삶을 위태롭게 하는 문제에 대해 경고를 보내면서 어그러진 세상을 생태적 차원에서 환원시키려는 태도도 취한다. 이형기는 분열하는 자아의 모습을 통해 시인으로서 정체성을 찾으려는 자세를 굳건히 한다. 이와 같은 인식을 드러낸 작품들을 추적하여 이 장에서 분석하게 된다.

IV장의 탐구 주제는 "긍정의 시간과 생성의 세계"이다. 하위 항목인 "꿈의 공간과 의도적 유폐"에는 자아가 의도적으로 자멸하고 고의적으로 파멸에 빠지려는 태도를 취한 작품을 분석한다. 이형기는 삶의 조건을 사막이나 한발 이미지로 드러내어 고의로 황폐하게 한다. 세계를 불모지와 같은 상황으로 만드는 자아의식에는 극한의 한계 속으로 자신을 몰아넣고 실존을 확인하려는 의도가 들어있는 것이다. 이런 인식을 드러내는 작품은 부정적, 회의적인 속성보다는 긍정적이면서도 적극적인 에너지가 내재되어 있다. 부정을 통해 긍정을 추구하는 방식이다. 여기에는 새로운 경지로 나아가려는 모습이 나타난다.

두 번째 항목 "허무의 아름다움과 황홀한 생성"은 III장에서 다룬 허무 문제를 다른 각도에서 심화한 것이다. 앞 장은 존재의 슬픔 혹은 허망한 존재를 형상화한 데에 중점을 두었는데 이 장은 슬픔 너머, 존재의 심연에 닿아있는 것이 무엇인지에 초점을 맞춘다. 허무와 소멸의 긍정적 세계를 말하고자 함이다. 허무의 아름다움은 소멸에서 나온다. 또한 허무는 장엄함과 밀접한 관련이 있다. 무, 없음은 흔히 말하는 소멸과 허무의식이 닿는 지점과 엄연히 다르다. 이형기는 허무, 소멸의 의미가 생성을 위함이고 세계는 소멸과 생성의 두 축이 지탱하고 있다고 말한다. 고단하고 지난했던 이형기 말년 시의 여정은 대부분 여기에 머물러 있다. 우주나 은하까지 시인의 의식은 뻗쳐있으며 무의미한 사물에서도 생성 변화의 과정을 끌어내 보인다. 이러한 작품에는 심각하게 고뇌했던 존재 문제를 다른 세계로 건너가는 하나의 과정으로 보는 인식이 동반된다. 소멸이나 허무에서 장엄함을 체험하는 이형기 사유는 생성 의식과도 맞물린다. 부패 이미지가 드러난 작품에서는 존재는 생성을 위해 반드시 소멸해야함을 역설한다. 부패하지 않으면 생성할 수 없다는 체득을 통해 이형기는 허무와 소멸, 부패 속에 내재된 아름다움과 황홀함을 깊이 체험한다.

흔히 시는 심상, 통찰, 관념 등이 결합되어 어떤 통일적인 양상을 통해 하나의 완결성을 갖춘 장르라고 말한다. 시인은 자신의 의식 속에 들어있는 어떠한 체계를 우리들에게 여러 방법으로 드러낸다. 이들이 "보여준 세계, 인생 경험, 개인적인 슬픔, 보편적인 기쁨의 여러 파편들이 시인이라는 증류기 속으로 들어가 변형되어 영원 속에 살아있는 하나의 유기체"[7]가 된다. 이형기는 단순히 자신의 체험이나 깨달음만을 말하려 하지 않는다. 그래서 그의 기억 속에 있는 무수한 심상, 고뇌, 기쁨이 어떤 기술이나 과정에 의해 완결된 시를 구성하고 살아 있는 전체가 되는지 알기는 어렵다. 시인의 시세계를 분석하는 방법은 여러 가지가 있겠으나 세계를 어떤 방식으로 인식하고 형상화했나를 고찰하는 것 또한 한 시인의 시세계를 조망하는 매우 유용한 방법이라고 생각한다.

본고는 여덟 권의 시집과 책으로 묶지 못한 작품, 그의 시론집 등을 기본 자료로 삼아 작품을 분석한다. 이형기는 첫 시집, 『적막강산』을 필두로, 『돌베개의 시』, 『꿈꾸는 한발』, 『풍선심장』, 『보물섬의 지도』, 『심야의

---

7) 어윈 에드만, 박용숙 역, 『예술과 인간』, 문예출판사, 1985, 60~61쪽.

일기예보』, 『죽지 않는 도시』, 『절벽』 등을 출간하였다. 여덟 권의 시집 이외, 잡지에 발표하지 않은 작품도 분석한다. 또한 시선집, 『그해 겨울의 눈』, 『별이 물 되어 흐르고』, 『낙화』는 각 시집에 표현된 구절을 비교할 때 참고하려고 한다. 특히 출간된 전체 시집을 대상으로 하여 엮은 시선 집 『낙화』는 여덟 권의 시집에 쓰인 잘못된 표기나, 시어, 연 구별이 불확 실한 부분을 비교하고 바로잡는 데에 활용한다. 시론집 『시란 무엇인가』, 『현대시 창작교실』과 시집 뒤에 부가된 단문이나 시인의 말 등도 직간접 으로 참고하여 시인의 세계인식을 살피는 데 기본 자료로 삼을 것이다. 나아가 이론 근거의 한 방법으로 동양 사유를 원용하고자 한다.

# 2. 연구사 검토

이형기 시인(1932~2005)[8]은 18세였던 1949년, ≪문예≫ 12월호에 시 「비 오는 날」이 1회 추천되고, 이듬해 1950년 4월과 6월, 각각 서정주와 모윤숙이 추천한 「코스모스」, 「강가에서」라는 작품으로 추천 완료되어 문단에 등단했다. 당시 공인된 신인 등단의 유일한 잡지는 ≪문예≫였다.[9] 이형기 시인 이전, ≪문예≫의 추천 완료 제도를 통해 등단한 신인은

8) 이형기 시인은 인명사전이나 기타 여러 책에 소개된 자신의 생년월일은 호적에 의거한 것이고 이는 실제와 다르다고 밝힌 바 있다. 그가 부친을 통해 알게 된 실제 출생년도는 호적에 기록된 1933년 6월 6일보다 전인 1932년 음력 11월 22일이다. 본고는 이에 따른다. 현재 이형기의 생년월일은 여러 책에 통일이 되지 않은 상태로 각자 다르게 기재되어 있다(이형기, 「나의 이력서」 "현대시인 집중연구-이형기편" ≪시와시학≫, 1992. 봄. 참고).

9) 대한민국 정부 수립 후 1949년 8월에 창간된 ≪문예≫지는 문학은 창작 활동에 근원을 두어야 한다는 문단의 새로운 자각에서 출발하였다. ≪문예≫는 모윤숙, 김동리, 조연현, 홍구범 등이 주축이 되어 문학 전문지로서 모습을 갖추었다. 창간호는 일주일 만에 매진이 될 정도로 주목을 받았다. 창간사에 '모든 문인은 우선 붓대를 잡으라. 그리고 놓지 말라. 이것이 민족문학 건설의 헌장 제1조가 되어야 한다. 그러나 모든 시, 모든 소설이 민족문학이 되는 것은 아니다. 그 아름다운 맛과 깊은 뜻이 능히 민족 천추에 전해질 수 있고 세계문학 전당에 열(列)할 수 있는 그러한 문학만이 진정한 문학일 수 있는 것이다.'라고 쓴 구절이 있다. 창작 활동에 대한 이러한 독려는 당시 문단에 활력을 불어넣었다. 이 일환으로 ≪문예≫지는 해방 후 처음으로 신인 추천 제도를 두어 신인을 발굴하였으며, 이전에 좌익으로 오해받은 작가들을 집필에 동원함으로써 명실상부한 대표적 순문예지로 부상하였다. 해방 후 ≪백민≫이란 잡지가 있었지만 이는 종합지로 출발한 것이다. ≪백민≫은 문학 이외의 문화적 기사도 같이 게재되어 순문예지로서 기능이 약하였고, ≪문예≫지가 나올 무렵에는 이미 폐간되었다. ≪문예≫의 출현으로 당시 문단이 구호적 체제에서 창작적

이동주, 이원섭, 김성림, 송욱, 전봉건 등이 있었다.[10] 등단 당시 이형기는 진주농림학교 5학년 학생 신분이었으므로, 진주 문화계와 학생들에게 상당한 주목을 받았다. 이로써 이형기는 문단 추천 최연소 시인이라는 화려한 수식어를 달게 된다. 이후 그의 작품 활동은 계속되었는데, 1994년에 뇌졸중으로 투병하는 중에도 그는 꾸준하게 시를 발표하여 시집을 묶어내는 열정을 보였다. 2005년 2월 작고하기 전까지 50여 년이 넘는 시작 활동 중 그는 시집 8권과 시선집 4권을 냈다.[11] 또한 시론과 비평 부문에서도 왕성하게 활동하여 시론집과 시작에 관한 지침서 및 수상집을 발간하였고 그 외 다수의 글이 있다.[12]

이형기 시인의 다양한 작품 활동은 상으로 이어졌다. 그는 1957년 "한국문인협회상"을 필두로 하여, "문교부문예상"(1966), "한국문학작가상"(1982), "부산시문화상"(1983), "윤동주문학상"(1985), "대한민국문학상"(1994),

---

체제로 옮겨가, 문단의 무질서가 청산되고 엄정한 문단적 권위와 질서가 형성되었다. 다수 역량 있는 신인들이 이 잡지를 통해 등단하였다. 이 잡지는 1954년 3월에 종간되었다(조연현, 『한국현대문학사』, 성문각, 1982, 603~605쪽 참고).

10) 정한모, 『현대시론』, 보성문화사, 1982, 223쪽.

11) 앞에서 언급했지만 출간된 시집은 『적막강산』(모음출판사, 1963), 『돌베개의 시』(문원사, 1971), 『꿈꾸는 한발』(창조사, 1975), 『풍선심장』(문학예술사, 1981), 『보물섬의 지도』(서문당, 1985), 『심야의 일기예보』(문학아카데미, 1990), 『죽지 않는 도시』(고려원, 1994), 『절벽』(문학세계사, 1998) 등 총 8권이다. 동인지와 공동시집에 발표한 작품은 모두 첫 시집 『적막강산』에 재수록 되었으므로 그의 순수한 작품집은 8권으로 볼 수 있다. 시선집으로는 『그해 겨울의 눈』(고려원, 1985), 『오늘의 내 몫은 우수 한 짐』(문학사상사, 1986), 『별이 물 되어 흐르고』(미래사, 1991)가 발간되었고, 고희 시선집으로 고명수, 허혜정이 엮은 『낙화』(연기사, 2002)가 있다.

12) 평론집은 『감성의 논리』(문학과 지성사, 1976), 『한국문학의 반성』(백미사, 1980), 『시와 언어』(문학과지성사, 1987), 『시란 무엇인가』(한국문연, 1993)가 있다. 시 창작에 관한 서적으로는 1989년 10월부터 1991년 3월까지 ≪문학사상≫에 「시, 어떻게 쓸 것인가」라는 제목으로 연재한 것을 묶은 『현대시 창작교실』(문학사상사, 1991)이 있다. 수상집이나 기타 서적으로 『서서 흐르는 강물』(휘경출판사, 1979), 『바람으로 만든 조약돌』(어문각, 1986), 박목월 평전 『자하산 청노루』(문학세계사, 1986), 『부처님의 아흔아홉 가지 말씀』(시공사, 1991), 『소설 석가모니』(한국문연, 1993), 『존재하지 않는 나무』(고려원, 2000) 등을 발간하였다.

"예술원상"(1999), "만해문학상"(2001) 등을 수상하였다. 이형기는 시 분야에서 큰 활약을 했지만, 1953년 연합신문사에 입사한 후, 그 뒤 자리를 옮긴 국제신문사가 언론 통폐합으로 폐간되던 1980년까지 언론계에 종사하면서 기자와 논설위원 등으로 활동한 언론인이기도 하였다.[13] 언론계를 떠난 후로는 20여 년 동안 대학에서 후진을 양성하면서 학자의 길을 걷기도 했다.

이형기는 추천 완료된 이듬해 1951년 9월, 최계락과 함께 동인지 ≪이인≫을 엮으면서 시인으로 행보를 시작하였다. 이어 그는 1955년에 김관식, 이상로와 같이 3인 공동 시집인 『해 넘어가기 전의 기도』를 발간했다. 첫 시집이 나오기 전 이러한 활동이 상으로 이어져, 1957년 "제2회 한국문인협회상"을 수상하였지만, 시인 이형기의 본격적 행보는 첫 시집 『적막강산』을 출간한 1963년 후부터 시작되었다고 말할 수 있다. 첫 시집 발간을 전후로 성춘복 등과 동인지 ≪시단≫ 발간에 참가하였으나 1971년 두 번째 시집을 발간할 때까지, ≪현대문학≫에 연재도 하고 문학 논쟁에 열성적으로 참여하면서 비평에 관심을 두어 주로 평론 부문에 전념한 적이 있었다.[14]

전쟁이 끝난 후 암흑과 폐허의 현실 속에 기반을 마련한 1950년대 전후문학은 당시 경직된 사회 상황과 무관할 수 없었으므로 문학적 상상력은 억압될 수밖에 없었다. 이 상황의 돌파구가 된 사건은 4 · 19혁명이다.

---

13) 1954년, 이형기는 동국대학교 학생이면서도 연합신문 국회 출입기자로 발탁이 되었다. 그는 신문기자라는 직업에 매력을 느껴 자발적으로 열심히 일했으며 평생을 여기에 바칠까 하는 생각도 있었다고 한다. 시와 신문기자라는 길에서 정신적인 방황을 했던 것이다. 이 무렵 서정적인 시에 대한 회의감도 싹터 시를 쓰지 못하고 있었는데, 5 · 16 혁명 이후 가혹한 언론 탄압의 계기로 신문기자보다는 시인으로 살아야하겠다는 생각을 굳히게 되었고, 문학 공부를 하기 위해 이론서를 읽기 시작하면서 60년대 중반부터는 비평 쪽으로도 관심 분야를 넓혔다(이형기, ≪시와시학≫, 앞의 책, 참고).
14) 윤재웅, 「허무에 이르는 길」, 『낙화』, 연기사, 2002, 277쪽.

1960년대 중반을 지나면서 한국문학은 문학과 현실에 대한 새로운 역사적 인식이 자리하게 되었다. 비평 영역에서 순수와 참여 논쟁이 첨예하게 갈등을 일으켰을 때, 이형기는 비평을 통해 문학의 순수성과 예술적 가치를 옹호하고 나서면서 문학에 대한 자신의 확고한 의식을 전면적으로 드러내게 되었다.15) 이형기는 예술적 본질을 외면한 문학은 문제가 있다고

---

15) 권영민은 "전후 의식의 극복 과정에서 가장 큰 진폭을 남긴 비평적 쟁점은 문학의 현실 참여와 관련된 문단의 분파적 논쟁을 꼽을 수 있다."고 말한다(『한국현대문학사』, 민음사, 1993, 176쪽). 전후 혼란스러운 현실은 인간의 삶과 그 존재 방식에 대한 회의와 저항이 교차되면서 현실적 상황에 대응할 수 있는 문학의 힘이 필요조건으로 요구되었다. 문학이 사회 현실과 역사를 끌어안고 능동적으로 참여해야한다는 의식은 당대 프랑스 실존주의자들이 벌인 앙가주망 운동의 간접적 영향을 받았다. 4·19 이후 한국 문학이 정치나 사회에 이끌려가고 있다는 현실에 우려 섞인 목소리를 낸 신동한의 글은 순수, 참여 논쟁에 불씨가 되었다. 이때 김우종은 「파산의 순수문학」에서, '오늘의 현실을 외면하여 미래의 영원에만 살자는 문학, 독자의 유무가 문제가 아니라는 문학, 자연히 읊조려지는 배설 행위만이 오직 예술이라고 고집하는' 문학을 순수문학이라고 규정하고 우리 문학은 '민중의 광장, 현실의 광장'으로 뛰어나와야 한다고 순수 옹호론 진영에 선전포고하였다(동아일보, 1963. 8월 7일자). 역사의식에 기반을 둔 작가의 현실 반영 태도를 옹호하고 순수문학 예술지상주의가 지닌 허구성을 비판한 참여문학론에 반기를 든 이들로는 김동리, 조연현이 있었고 이에 동조한 김상일, 이형기, 김양수 등도 있었다. 큰 두 줄기의 논쟁은 일파만파로 확대되었다. 김우종 글에 반론을 제기한 이형기는 「문학의 기능에 대한 반성」에서, '순수냐, 참여냐를 가르는 양자택일 사고도 위험이 있고 순수문학은 곧, 현실 외면이라고 나누는 등식은 어불성설'이라고 말했다. '인간성 옹호의 문학'이 가장 바람직한 형태의 문학이며 이것이야말로 일종의 참여 행위라고 역설하였다(≪현대문학≫, 1964. 2). 과거 30년대에 순수문학을 공격한 것이 '당의 문학'이었는데 지금의 현실도 이와 비슷하다는 이형기 주장은 다시 김우종의 신랄한 공격을 받았다. 김우종은 「저 땅 위에 도표를 세우라」와 「순수의 자기기만」이라는 글에서, 순수론자들이 주장하는 '인간성 옹호'는 문제만 제시하고 해결은 독자에게 미루는 부당함을 보인다고 말하고 해결이 불가능한 인생이라면 문제를 제시하는 것도 수상하다는 물음을 제기했다(≪현대문학≫, 1964. 5, ≪한양≫, 1965. 위의 김우종과 이형기 글은 '문학사와 비평연구회'가 편집한, 『1960년대 문학연구』(예하, 1993, 249쪽)와 김유중의 「순수와 참여 논쟁」(『한국 현대시사의 쟁점』, 시와시학사, 1992, 464쪽)을 참고하였다). 한편, 1970년대에 들어서면서 다시 민족문학론에 대한 논의가 대두되었다. 민족문학에 대한 관심은 1960년대 순수, 참여론이 갖는 도식적 논리를 넘어서는데 염무웅, 백낙청, 신경림, 임헌영 등이 적극적으

판단하면서 순수문학 옹호자의 선봉에 서서 문학의 예술성을 강조하려는 태도를 굳건히 했다. 그러나 이런 사회적 문제를 진단하고 현실의 당면 문제를 비판적으로 다루는 비평가와 언론인으로서 삶이 작품 활동에 상당한 걸림돌이 되었던 것으로 보인다.

이형기의 작품은 시집 여덟 권에 수록된 작품 수와 시집에 묶지 못한 것을 더하면 총 360여 편16)정도인데, 50여 년이 넘는 창작 활동에 비하여서는 작품을 많이 생산하였다고 보기는 어렵다. 등단 이후 시종일관 독특한 이미지를 구사하기 위해 노력하고 시어 조탁에서도 자신만의 고유성을 획득하려는 태도를 지녔던 이형기는 시창작 방법과 좋은 시를 생산하기 위한 부단한 열정을 끝없이 나타냈다. 이러한 시심으로 일구어낸 시인의 시세계를 다각적으로 연구하여 시사적 의의를 밝힐 필요성이 있다.

현재 이형기 작품에 대한 총체적 연구는 미미한 상태에 있다. 시인이 생존하던 당시 시세계를 특정한 시기별로 대별하거나, 대별한 후 한 시기만을 다룬 석사논문 몇 편이 있다. 시집이 발간되었을 당시는 작품평과 단평, 월평 중심이었고, 시집으로 출간하지 않은 작품을 포함하여 그의 시세계를 전체적으로 다룬 논문은 아직 없는 실정이다. 지금까지 학위

---

로 나선 민족문학론은 김현, 이형기, 천이두, 김주연 등의 소극적인 견해를 수렴하면서 자체 논리를 정비하는 데 이르렀다. 이때 발표한 이형기 글, 「민족문학, 좋은 문학이냐」(≪월간문학≫, 1970. 10)도 쟁점이 될 만한 요건을 지니고 있었다(권영민, 『한국현대문학사』, 민음사, 1993, 220쪽). 이러한 논쟁을 통해 문학의 예술적 본질을 재확인하는 일관된 입장을 견지한 비평가로서 행보는 이형기가 시에서 보인 시정신과 매우 상통한다.

16) 세 번째 시집 『꿈꾸는 한발』에 수록된 시 10편은 네 번째 시집 『풍선심장』에 재수록 되었다. 여기에 중복된 시를 제하고 나면 여덟 권에 실린 작품은 총 325편이고 1998년에 나온 마지막 시집 이후, 2005년 작고하기 전까지 잡지에 발표한 시까지 합하면 대략 360여 편 안팎이라고 볼 수 있다. 지금까지 이형기의 작품을 논한 연구는 여덟 권 시집을 대상으로 한 것이다. 본고에서는 마지막 시집 발간 이후 시집으로 묶지 못한(병석에서도 여러 잡지에 꾸준하게 발표한) 시 24편과 미발표 시도 본 연구에 포함했다.

논문에서 초기시는 주로 서정성에 초점을 맞추고 작품을 분석하였다. 그 이후 시를 연구한 논문은 허무주의와 종말론적 특징, 문명 비판적 요소, 죽음과 절망, 초월의식 등을 추출하여 놓고 이 범주에 맞추어 시적 성과를 조망하는 수순을 밟고 있다. 이 연구들은 거의 시집을 시기별로 나누어 각 시기에 드러나는 시세계와 시적 변모를 집중적으로 살폈다. 그러면서 시세계의 변화를 가져온 요소를 추적하고 이 요소들 사이의 연결고리를 만드는 작업이 연구의 주축을 이루었다. 본고 선행연구 검토에서는 이형기의 시적 성과를 연구한 글들을 시기별로 정리하여 몇 가지 요소를 추출하고자 한다. 그간 이루어진 대부분 연구가 시기별로 나누어 논의를 전개하고 있기 때문에 각 시기에 집중된 요소들을 찾아낸다면, 기존 연구의 성과를 확실하게 파악할 수 있을 것이다. 또한 연구들의 한계점도 드러나서 본고 방향을 부각시키는 데 도움이 될 것이다.

　이형기 시세계를 초기와 후기로 나누어 연구한 대부분의 논자들은 시집 『적막강산』(모음출판사, 1963)과 『돌베개의 시』(문원사, 1971)를 초기시로 보았다.17) 그 외 시인의 시세계를 단평으로 다룬 논자들은 시기 구분에 대한 엄밀한 기준 없이, 후기시에 대한 대응적 측면에서 시력 처음에 자리한 시를 초기시라고 쓰는 경우가 대부분이었다. 서정주는 이형기가 문단에 데뷔할 당시 ≪문예≫지에 1회 추천한 사람이다. 서정주 평은 이형기 작품에 대한 최초 평으로 볼 수 있다. 그는 이형기 시 "「비 오는 날」은 아직 성숙하지 못한 면은 있으나 작가의 감흥도 알 수 있고, 반 넘게 감흥을 성공시키기까지 한 작품"18)이라고 평가했다. 이형기와 절친한 문우였던 최계락도 작가의 서정성을 높이 보는데, 이형기 최초 시집인

---

17) 이형기 시세계를 전기와 후기로 나눈 논자들로는 김준오(「입사적 상상력과 꿈의 시학」, 『그해 겨울의 눈』, 고려원, 1985), 김영철(「서정주의와 악마주의의 변증법」, 『한국현대시연구』, 민음사, 1989), 하현식(「절망과 전율의 창조」, 『한국시인론』, 백산출판사, 1990) 등이 있다.
18) 서정주, '시 추천사', ≪문예≫, 1949. 12, 153쪽.

『적막강산』 발문에 "시가 그 맑은 감성으로 서정의 본령을 지켜 꾸준히 그 깊이를 더할 수 있었던 것도 그만큼 스스로의 참 자세를 찾고 또 거기에 진실하려는 맑은 인생"[19]이 있었다는 점을 지적하며 소감을 피력하였다.

초기시 감성을 정신적 측면과 동양적 태도로 관련지은 김우종은 이형기 첫 시집은 향수의 갈망과 구도자적인 자세가 드러나며 언어에서는 식물성의 향수와 영롱한 감성이 감지된다고 평하였다.[20] 홍기삼은 인생의 중요한 문제에 멋을 접목시키려는 태도, 동양적 감수성의 재현이 큰 주축을 이루고 있다는 점을 높이 평가하였다.[21] 이 둘의 평가는 이형기 시의 시어와 정신적 깊이를 잘 포착하고 있는 면에서 특별하다고 하겠다.

정한숙과 김재홍도 이형기 초기시에 대해 언급하였다. 정한숙은 이형기는 부드럽고 쉬운 언어로 일상의 감정을 리드미컬하게 펼쳐 보이는 시인이며, 정직하고 평면적인 형상성이 기조가 되는데 이런 그의 특색은 『적막강산』에 잘 나타나 있다고 말했다.[22] 김재홍은 이 시인의 서정성을 좀 더 세밀하게 확대하여 첫 시집에 실린 「비」를 평하였다. 이 작품은 삶의 깊은 허무와 외로움, 인간애, 그리움으로 연결되었으며 청록파의 전원적 리리시즘과는 다른 각도에서 전후 서정적 리리시즘을 가능하게 한다고 보았다. 이형기의 서정적 리리시즘은 근원적으로 청록파 영향을 받았으며 초기시를 관류하는 것은 자연과 인간의 교감이라는 청록파적 발상법과 감수성 면에서 근친성을 보이나, 자연을 목적으로 추구하기보다는 자연에 감응하는 인간의 고독과 그리움을 리리시즘으로 형상화하려는 데

---

19) 최계락, 「엽서」, 『적막강산』 발문, 90쪽. 이 책에는 최계락에게 "나는 시나 문학을 어마어마한 것으로는 생각지 않는다. 그러나 나의 시, 나의 문학은 적어도 내 인생, 내 생활과 밀착되어 있다. 내게서 인생이란 말로써 추출해 낼 것이 있다면 그것은 바로 문학이다."라고 써 보낸 이형기의 편지 한 구절도 소개되어 있다.
20) 김우종, 「현대시의 기법과 사상」—이형기의 『적막강산』을 중심으로, 《현대문학》, 1963. 9, 293쪽.
21) 홍기삼, 「시의 확대—네 개의 시집을 중심으로」, 《창작과비평》, 1971. 6, 471쪽.
22) 정한숙, 『현대한국문학사』, 고려대학교출판부, 1982, 278쪽.

비중을 두고 있다고 보았다. 이 점에서 이형기의 리리시즘은 뒤에 등장하는 시인들에 많은 영향을 주었을 것이라고 그는 말했다.23) 이는 이형기의 서정시가 당시 서정시인과 다른 개성이 있다는 것을 지적한 점에서 의의를 지닌다.

　이형기 초기시가 수용과 달관의 인생 태도를 바탕으로 한 동양적 서정주의에서 출발하였다고 본 김준오는 이형기 시의 정신적 태도에 관심을 표명하였다.24) 아울러 그의 초기시는 후기시와 달리 주로 자연을 오브제로 하여 정적 일체감과 선적 대상성을 표현했다고 보았다. 이와 같은 선상에서 초기시 서정성에 주목한 권영민은 김남조, 정한모, 조병화, 이형기 등의 시는 시적 대상을 보다 내면화된 영역으로 끌어들이면서 서정시의 새로운 맥락을 이어간다는 점을 언급했다.25) 이형기는 정감의 미학을 추구하는데 감각성을 살려내기 위해 언어의 치밀한 구사에 힘쓰며 결코 화려한 수사에 떨어지는 법이 없다는 점도 권영민은 지적했다. 그는 둘째 시집까지를 자연에 대한 친애감이 강하면서도 정서의 단순성을 극복하고 내밀한 자기 인식에 도달한 것으로 보며 여기에 실린 시는 자연 지향과 함께 자기 존재에 대한 고독한 상념들이 주로 등장한다고 말했다. 그러나 이 시기를 지나면서 한때 탐미적 관능의 세계에 눈을 돌린 적이 있다는 말에는 동의하기 어렵다.

　이형기의 초기시를 후기시 대척점으로 파악한 정효구는 이형기의 시작 태도와 방법을 살폈다.26) 특히 첫 시집에서 보여준 이형기의 내면 정서는

---

23) 정한모 · 김재홍 편저, 『한국대표시평설』, 문학세계사, 1983, 305쪽.
24) 김준오, 「입사적 상상력과 꿈의 시학」, 『그해 겨울의 눈』, 고려원, 1985, 234쪽.
25) 권영민, 『한국현대문학사』, 민음사, 1993, 128쪽.
26) 정효구, 「초월과 맞섬」, ≪시와시학≫, 1992. 봄, 133쪽. 정효구는 이형기의 첫 시집이 침잠과 초월로 내면 정서를 다스리며 관조와 조화의 세계를 담담하고 여유 있는 언어로 그려냈으나, 제2시집에서는 젊은 시절의 충동적 내면 정서를 상당 부분 지워버리고 그 대신 보다 서사적이며 현실적인 화자가 등장하게 되고 그 화자가 전달하는 내용 또한 개인의 서정적인 감성 영역을 벗어난다고 평가했다.

젊은 시절에만 가질 수 있는 서정적 감정들의 분출로부터 시작되었는데, 그 감정들을 처리하는 방법이 매우 독특하다고 보았다. 곧, 들끓는 정서적 외침을 직설적으로 방출시키지 않고 원숙한 노년의 태도와 방법으로 순화시키고 있다는 것이다. 정효구는 '깊이 속으로의 침잠과 높이 속으로의 초월' 태도가 첫 시집에 나타난다는 점을 지적하면서, 초기시 특징적 방법을 밀도 있게 연구하여 이형기의 시창작 방법에 관심을 갖는 연구자들의 주목을 받았다.

이광호 글은 이형기 시에 드러나는 소멸의 문제를 재인식하게 해준다. 이광호는 이형기 시가 소멸의 공간과 시간을 견디는, 존재의 신비에 대한 경이로 가득하며 이러한 경이는 달관적 삶의 태도를 취하고자 하는 시인 의식과 관련이 있다고 보았다.27) 그는 이형기의 세계인식 태도가 시에 형상화된 부분을 지적하고 시에 나타난 소멸의식을 종적으로 잘 살피었다. 1950년대 서정시의 맥락을 살핀 이숭원은 전후시에 드러난 고독과 비애 정서를 논하면서 이형기 시가 애상의 정서를 표면에 강하게 드러내지 않고 은근한 우회 어법으로 표현하고 있다는 점을 지적했다.28) 이형기 시는 고독과 비애의 감정을 드러내면서도 감상적인 상태로 전락하지 않았다고 보면서 정서의 균형을 취하는 작품으로 「귀로」와 「낙화」를 들었다. 이 시에 드러난 애상적 정서는 인간 정신을 성숙시키는 토대로 작용했다고 기술했다. 이숭원의 견해는 초기시의 서정성을 정신적 차원에서 접근한다는 점에서 시인의 사유 체계를 잘 이해하고 있음을 보인다. 이건청도 초기시 시세계는 투명하고 아름다운 서정을 절제된 언어로 형상화하면서 기다림의 정서를 기조로 한다는 점을 강조하여 기존의 논의에 동의했다.29)

---

27) 이광호, 「소실점의 시적 풍경」, ≪시와시학≫, 앞의 책, 120쪽.
28) 이숭원, 『현대시와 지상의 꿈』, 시와시학사, 1991, 32쪽.
29) 이건청, 「세계와의 불화, 혹은 파멸의 미학」, 『해방 후 한국 시인 연구』, 새미, 2004, 33쪽.

이상에서 볼 때 이형기의 초기시에 대한 연구는 주로 시인의 내면 정서에 초점을 맞추었음을 알 수 있다. 위 논의들을 정리하면 다음과 같다. 첫째, 이형기 초기시는 분출하는 복합 감정들을 내면으로 끌어들여 정서의 방만함을 응축시켜 표현했다. 둘째, 초기시는 자연 지향성이 드러나며 이와 함께 자기 존재에 대한 상념을 형상화하였다. 셋째, 애상적 정서, 원숙한 태도, 정신적 깊이와 같은 내면세계가 초기시의 기저를 이룬다.

초기시를 연구한 논자들은 대부분 두 번째 시집까지에 수록된 65편 시를 초기시로 보았다. 이들은 두 번째 시집을 첫 시집과 공동선상에 놓고 서정성에 주목하였다. 두 번째 시집에 대한 면밀한 검토보다는 다른 사람이 분류한 것에 기대어 자신의 논의를 재생산한 측면이 두드러진다. 그리고 연구의 많은 부분이 첫 번째 시집의 작품을 주 연구 대상으로 삼고 두 번째 시집은 여기서 제외시켰다. 이형기 초기시 연구가 거의 첫 시집인『적막강산』에 국한되었던 까닭은 9년 뒤 출간된 두 번째 시집 작품 수가 26편으로 소규모인 데에 원인이 있다. 또 오랜 공백 후 발표한 작품들이 첫 시집의 시세계와 뚜렷한 변화를 찾기 어렵다는 점도 한 이유가 될 수 있다.

그러나 앞에서 정효구도 지적했듯이, 작품을 면밀하게 분석해 보면 두 번째 시집의 세계는 첫 시집과 확연하게 다름을 알 수 있다. 이는 이형기가 고백한 내용에서도 확인되는데[30] 두 번째 시집은 후기시의 세계와 논리적 연계성을 갖고 전개할 만한 몇 가지 징후가 쉽게 포착된다.[31] 첫 번째

---

30) 이형기 시인은 세 번째 시집 자서에서, 첫 번째 시집은 20대의 자연 발생적 서정으로 이루어져 있고, 두 번째 시집은 여기에 회의를 품고 새로운 시를 찾아 나선 방황과 산만한 타성적 메모를 묶었다고 말했다(이형기,『꿈꾸는 한발』자서, 앞의 책, 13쪽).

31) 첫 시집에 보인 형상화된 서정성에서 한 발 더 나아가 두 번째 시집에는 허무, 절망, 죽음, 역설 등이 부각되었음을 지적한 채재준(「이형기 시 연구」, 경희대학교 석사 논문, 2002)의 연구가 있다. 이 논문은 자아가 세계에 어떤 방식으로 대응하는가에 대해 고찰하였다. 또한 세 번째 시집의 자서에서 밝힌, 새로운 시를 모색하려 했다는 이형기 시인의 말에 중심을 두고 두 번째 시집인『돌베개의 시』를 검토하여 시세계의 변모를 살폈다. 이 연구는 두 번째 시집은 후기시의 시적 변화를 예견할

시집에 나타난 애상성이나 대상 없는 막연한 그리움, 외로움, 삶을 조용히 응시하는 태도는 두 번째 시집에 거의 드러나지 않는다. 이러한 사실을 간과하고 두 시집을 하나로 묶어 서정성을 전면에 내세운 초기시로 본다면 작품 이해의 상당한 과오로 보인다.

한편 이형기 초기시는 뚜렷한 개성을 드러낸 후기시와 대척되는 지점에 있다고 볼 수 있다. 그의 초기시 특징은 후기시의 세계를 추적하는 과정에서 고찰되었는데, 이는 후기시 특성을 부각시키려는 의도에서 초기시 세계를 거론한 측면이 강함을 지적할 수 있다. 뒤에서 언급하겠지만 초기와 후기로만 가름하지 않고 초기와 중기와 후기로 분류하여 시세계를 연구한 논의도 있다. 하지만 중기와 후기의 시세계에 대한 구별은 의미가 없다. 시의식의 구분이 뚜렷하게 가름되지 않기 때문에 이형기 시인에게 이러한 시기 구분을 적용하는 것은 효과적이지 않다. 이런 차원에서 살펴볼 때 세 시기별로 나누어 이형기의 세계가 변모했다는 점을 논리 전개의 중요 테마로 삼은 논의들은 큰 한계를 안고 있다고 말할 수 있다.

이형기는 자신이 '시인이라는 자각을 갖게 되었다'라고 확언한 『꿈꾸는 한발』 자서에서, 오랜 방황 끝에 새로운 시의 지평을 찾았다고 고백했다.[32] 또한 자신의 꿈은 장밋빛으로 채색되어 있지 않고 어둡고 음산하고 그로테스크해서 독기를 느끼게 할 것이라는 점도 표명했다. 자신의 시는 희망이 아니라 절망을 확인하기 위해 있다는 것이다. 이것은 곧바로 자아가 세계와 화해를 거부하는 태도로 이어졌다. 이와 같은 이형기의 발언은 그가 자신만의 개성적 시세계를 찾아내고 개척했다는 표현으로 이해할

수 있는 여러 조짐이 있어서 전기시와 후기시의 가교 구실을 한다고 보았다.
32) 이형기는 세 번째 시집 자서에서, '시란 언어로써 구축되는 가공의 비전'인데, '가공의 비전은 꿈'이고 '시인이란 자각은 꿈꾸는 사람이라는 자각'이라고 말했다. 이형기는 이 시집에서 비로소 진정한 시인으로서 자부심과 자각을 갖게 되었음을 고백했다. 이러한 이형기의 말에 의거하여 많은 논의들이 전개되었다(이형기, 『꿈꾸는 한발』, 앞의 책, 14쪽).

수 있다. 이형기의 시세계를 조망한 본격적 연구는 세 번째 시집『꿈꾸는 한발』에서 시작되었다. 이후 마지막 시집인『절벽』에 이르기까지 다양하고 정치한 방법을 동원하여 그의 시적 특성을 밝히려는 논자들의 의욕적인 작업들이 행해졌다.33) 그러나 후기시 연구는 시세계를 통시적으로 훑기보다 한 시집의 해설이거나 소론인 경우가 많다.

허만하는 지금까지 발표된 두 시집과 시어나 표현 방법, 세계인식의 낙차가 커서 세 번째 시집의 시는 이전 시와 매우 다른 변화 양상을 보인다는 평가를 내렸다. 그는 이 시집을 해설하면서 '칼과 꿈'의 이미지를 추출하였다.34) 그는 이 이미지를 매우 중요하게 생각했는데 이형기는 이를 통해 자신을 냉혹하게 부정하는 정신을 표현했다고 생각했기 때문이다. 이형기가 세계의 허망함에 대적하는 것이 바로 이 정신에 의해서이며 어처구니없는 세계에 복수를 감행하는 방법은 시라는 '칼'을 통해서 이루어진다는 것이다. 점액질의 언어, 이에 따른 그로테스크 이미지, 지적 귀족주의 등을 이형기 시의 특징이라고 파악한 허만하의 해설은 초기시와 다른, 방법적 변화와 세계인식에 주시하여 이형기 시의 독자성을 드러낸 최초의 논의였다. 그러나 위에서 지적한 것처럼 한 시집에만 국한된 해설이고 소론이어서 시세계의 면모를 부분적으로 이해할 수밖에 없는 아쉬움이 있다.

김준오와 김영철, 하현식, 조창환은 후기시의 변화는 초기시와 대립관계에 있음을 전제로 하여 작품을 분석했다. 김준오의 경우, 이형기는 서로 상반된 두 개 시론을 가지고 있는데 시집『돌베개의 시』에서부터 세계

---

33) 일곱 번째 시집『죽지 않는 도시』까지를 중기시라고 명명한 연구도 있으나 이러한 연구는 시세계의 변모를 추적해가는 과정에서 붙인 용어이므로 본고의 연구 방향과는 관련이 없다. 그러므로 이 연구들의 성과만 열거하는 데 그친다.

34) 허만하, 「칼의 구조」, 『꿈꾸는 한발』, 같은 책, 85~88쪽. 허만하는 이 시집에 등장하는 칼은 보복이 아니라 보복의 표현이고 절망이 아니라 절망의 표현으로 해석하였다. 꿈 또한 이루어지지 않기 위해서 존재하는 영원한 사기로 이는 또다시 꿈꿀 수밖에 없게 만들어 영원한 수인 상태에 처하게 한다고 보았다.

관에 변화가 일어 거부의 인생 태도로 바뀌면서 부조리, 허무, 꿈 등이 주조를 이루게 되었다는 점을 강조했다.[35] 또한 이형기는 부조리를 이겨내기 위한 조건으로 '꿈'을 이용하는데 이렇게 고통스러운 입사의식을 치르며 새롭게 연 지평을 '입사적 상상력과 꿈의 시학'이라고 명명했다. 그는 두 번째 시집부터 세계와 조화로운 공존에서 벗어나, 수용의 자세에서 거부의 자세로 변신한 이형기의 태도를 지적하였다. 초기시가 수용, 긍정에서, 자기 해체의 자학과 고통을 감내하며 삶의 진리와 꿈을 획득하려는 과정으로 이행한다는 점을 포착한 이 연구는, 현실세계의 부조리와 허구에 끊임없이 대결하려는 꿈을 포기하지 않는 이형기의 변모를 잘 이해한 것으로 평가할 수 있다.

자아와 세계 사이의 상호 조응에 초점을 두고 시를 분석한 김영철은, 자연 친화의 서정시를 쓴 초기시는 자아가 세계와 상호 조응을 이루었지만, 후기시는 자아와 세계의 불화를 표방하면서 악마주의와 죽음의 시학 및 폭력적 이미지를 드러낸다고 보았다.[36] 그는 순수 서정적이면서 동양적이고 노년기적 감성을 지닌 초기시, 데카당적이고 지성적이며 청년기의 감성을 드러내는 후기시로 나누어 이형기의 시세계를 이원적으로 분류하였다. 아울러 시인에게는 변증법적 차원에서 앞으로 악마주의와 서정주의를 통합할 수 있는 방향도 필요하다고 기술하였다. 자생적 서정을 말살하고 증오의 칼날을 구축하여 가학과 피학의 시 유형을 세 번째 시집에서 보였다고 표현한 하현식도, 시세계를 둘로 나누어 두 세계의 대립적 태도를 고찰했다.[37] 그는 이형기의 초기시는 전통 서정시에 비해 자연에 감정이입하여 인간화하였으며 후기시는 절망의 미학을 비유적 기법 등에 의해 구체화시켰다고 보았다. 앞에서 초기시가 노년의 원숙함을 보인다고

---

35) 김준오, 앞의 책, 245쪽.
36) 김영철, 앞의 책, 131쪽.
37) 하현식, 앞의 책, 258쪽.

지적한 정효구의 견해와 기본적으로 시각이 같은 조창환도 대상을 수용하여 초월과 달관의 세계를 지향하고 소멸의 미학을 보인 초기시와 달리, 세 번째 시집에 이르러서는 자의식으로 무장하고 대상에 대한 절망감과 대결하는 구도를 취한다고 말했다. 그리고 이 시집 기저에는 치열한 세계 인식이 자리함을 지적했다.[38] 이상의 내용은 이형기 시세계의 분수령은 세 번째 시집『꿈꾸는 한발』에서 시작되었음을 시사한다.

이형기는 세 번째 시집 이후 자신의 시세계에 대해 '슬픔과 그리움의 정서'에 뿌리를 둔 초기시에 회의가 일어 시의 새로운 방향을 모색하는 데 골몰하다가 현실로 가시화된 세계에 대한 근원적 부정과 파괴를 꿈꾸었다고 토로했다.[39] 파괴를 위해서 의도적 충격장치를 마련하고 이것을 시에 적용해 보는 작업이 바로 그가 '꿈꾼다'라고 표현한 말의 의미와 상통한다. 그에게 기존의 세계를 파괴하는 방법론적 양식 또한 '시'인데 이 시는 다른 세계를 꿈꾸게 하는 통로 구실을 했다. 또 이 세계를 통과하려면 기존의 시각을 버리고 근본적으로 세상을 새롭게 보는 눈이 필요했다고 보겠다.

정효구도 제1, 2시집의 세계와 결별을 선언한 이형기의 발언을 수용하여 세 번째 시집부터 후기시로 간주하였다. 세 번째 시집에서는 아비규환의 땅에 난무하는 폭력적 이미지의 언어를 총동원하여 세계를 불화와 적대적 살생의 장으로 활용하고 있다는 것이다.[40] 세계의 본질이 허무와 고독의 문제로 귀착되고, 고독의 문제에 집착을 보이는 것은 생의 본질을 향한 시시포스의 고뇌와 근본적으로 같다는 점도 밝혔다. 강력한 현실부정의 상상력을 근저로 날카로운 현실인식의 끈을 팽팽하게 조이고 있다는 지적은 이형기 시의 특징을 잘 파악한 주장으로 보인다. 이렇게 세계의

---

38) 조창환,「불꽃 속의 싸락눈」,『별이 물 되어 흐르고』, 미래사, 1991.
39) 이형기,「꿈의 언어의 충격성」, ≪시와시학≫, 1992. 봄, 145~146쪽.
40) 정효구, 같은 책, 142쪽.

모순과 비리를 폭로하고 비판한 이형기를 그녀는 '영구혁명주의자'라고 규정지었다. 아울러 정효구는 세 번째 시집에는 세계 전체를 적의가 번득이는 살육과 부패의 현장으로 파악하고 화해의 세계나 그 세계를 갈구하는 외적 표현을 보이지 않다가 네 번째 시집에서는 이런 태도가 다소 약해졌다는 사실도 포착하였다. 정효구가 이형기 시의 세계를 바라보는 적의적 태도와 고독과 허무의 문제를 추출해낸 것은 매우 정치한 내용이지만 다른 연구자들의 견해와 크게 다르지 않다.

오세영은 이형기의 일곱 번째 시집 『죽지 않는 도시』를 논하면서, 자연을 소재로 한 순수 서정시가 세 번째 시집에서부터 인생과 존재 문제로 정착이 되었다고 보았다.[41] 생의 근원적 고뇌를 탐구하던 이형기의 자세가 시력이 더해지면서 약간의 변용과 심화는 거쳤으나 여기에서 크게 벗어나지 않는다고 그는 말했다. 일곱 번째 시집에 나타난 새로운 변화로 문명비판 혹은 환경고발 문제[42]를 다룬 작품들을 비중 있게 고찰한 점도 눈에 띈다. 그는 이형기 시에 대해 지속적인 관심을 보였는데, 권태, 고독, 절망, 허무 등 존재의 근원적 속성을 이형기 시의 한 특성으로 보고 이를

---

41) 오세영,「삶의 안과 밖」,『20세기 한국시인론』, 월인, 2005, 309~310쪽. 이형기의 일곱 번째 시집『죽지 않는 도시』의 해설인,「상황과 존재」라는 글은 1994년 4월 호인 ≪현대시≫에도 실렸다.「삶의 안과 밖」은 여기에 작품과 내용을 약간 더 첨가한 글이다.

42) 오세영의 글처럼 생태학적 관점에서 시집『죽지 않는 도시』를 다룬 이건청(「시적 현실로서의 환경오염과 생태파괴」, ≪현대시학≫, 1992. 8)과 최동호(『하나의 도에 이르는 시학』, 고려대출판부, 1997, 206~208쪽)의 글이 있다. 최동호는 이 책 6장 '21세기를 향한 에코토피아의 시학'에서, 환경 생태계의 위기에 대응한 생태지향의 시들을 묶어서 고찰했다. 그는 시집『죽지 않는 도시』는 풍자, 반어적 방법으로 생명체의 자기부정이 가져오는 비인간화를 드러냈다고 보았다. 또한 한 권의 시집 전체가 기술문명 시대의 부정적 징후를 다각적으로 그려낸다는 점도 지적했다. 그러나 기술문명에 지나치게 비판적이고 부정적인 면모를 보인 것은 비판의 소지가 있다고 말하였다. 박선영(「이형기 시 연구」, 성신여자대학교 석사논문, 1998)도 제7, 8시집을 '문명위기의식'이라는 한 항목으로 설정하고 기술문명 비판, 환경·생태론 의식, 종말론적 세계관 등의 세목으로 나누어 해석했다.

형상화한 작품을 분석하였다. 삶의 근원적 문제에 끊임없이 질문을 던지는 시인의 고뇌는 결국 존재의 문제로 귀결된다. 지난하지만 이 문제에 침잠하는 고독한 자세가 바로 이형기 시의 특성과 밀착되어 있음을 그는 발견했다. 오세영은 이형기의 일곱 번째 시집에 드러나는 시세계를 적확하게 감지하여 후기시 특성을 잘 파악하였다고 볼 수 있다.

이와 다른 시각을 보이는 고명수는 이형기의 불교 시인적인 면모를 살폈다. 그는 이형기 시는 제행무상의 허망한 삶 속에서도 준엄한 정신을 잃지 않은 채 절대허무의 세계를 추구한다는 점을 강조하고 존재의 실상과 모순을 부정과 역설의 언어로 형상화했다고 말했다.[43] 또한 그는 이형기의 날카로운 언어 검법은 선사의 할을 닮았고 떠남의 미학, 격렬한 사라짐의 아름다움을 노래할 때는 공의 실체를 투시하는 견자 혹은 선사의 눈을 닮았다고 보았다. 이를 기저로 그는 시 속에 내재된 선의 논리와 일맥상통하는 선적 혹은 불교적 특성을 보여주는 시들을 고찰했다. 시에 지속적으로 드러나는 허무나 생성의 문제는 불교와 무관하지 않으나 종교적 측면을 강조하다 보니 절대허무의 세계가 무엇인지, 이를 통해 시인이 발견한 세계가 무엇인지 명확하게 보여주지는 못했다. 한편 고명수는 고희 시선집『낙화』해설에서 이형기 시의 특징을 그 나름대로 정리하여 보였다.[44] 초기시에 보인 순수서정주의자의 모습을 '고요한 관조와 성숙한 내면의 견인주의자'로 표현하였다. 중기시는 화평의 언어가 아닌 날카로운 부정의 언어, 검의 언어로 나아가는데, 여기서 그는 정효구의 견해처럼 이형기를 '경이와 배반의 미학을 추구한 영구혁명주의자'라고 보았다.

---

43) 고명수,「절대허무를 향한 역설의 언어」,≪불교문예≫, 제9권 2호 통권23호, 2003. 여름, 101쪽. 이 글은 발표 잡지의 특성상 불교와 관련성을 근간으로 하여 이형기 시를 분석한 것으로 보인다. 고명수는 시에서 보이는 연기와 공사상도 언급하면서 이형기 시에 보이는 역설과 모순어법은 불교의 언어적 표현을 활용한 것이라고 보았다.

44) 고명수,「존재의 패러독스를 투시한 견자」,『낙화』, 연기사, 2002, 289쪽.

일곱 번째 시집에서는 '인류 문명의 현실을 직시하고 질타하는 종말론적 문명비판자'의 모습, 여덟 번째 시집에서는 '허무를 넘어 존재의 불멸을 노래한 건자'로 규정하였다.

박선영은 고명수가 지적한 이형기 시의 불교적 특성을 논의의 한 부분으로 끌어들였다.[45) 박선영은 이형기의 중기시를 중심으로 한 세계인식의 지향성을 살피면서 생성과 소멸의 연속 과정을 세계의 실상으로 보는 것은 선불교의 연기론적 세계관과 상통한다고 말했다. 특히 이형기 시의 언어적 기법이 불교적 사유를 표현하는 기법과 공유하는 측면이 있다는 점을 지적했다. 이러한 논의는 고명수의 견해와 맥락이 같다고 볼 수 있다.

이형기는 자기 시를 해설한 글이나 시창작론 책에서 자주 문학관을 피력하였다. 이런 진술은 그의 시세계를 감지하는 길잡이 구실도 담당하였지만 시세계의 범위를 한정하는 요소로도 작용했다. 이형기 시인의 진술을 대체적으로 수용한 이건청은 이형기의 작품 세계를 슬픔과 그리움의 정서로 비롯된 초기시와, 그로테스크의 미학을 보여준 제3~7시집, 허무와 폐허의식과 힘든 응전을 노래한 제8시집 등 세 시기로 나누었다.[46) 그는 이형기 작품에서 충격과 경악스러움의 미학, 모순과 파멸의 미학, 악마주의 미학이 드러난다고 보면서 이는 한국시에서 '매우 특이한 광채를 뿜어내는 독특한 세계'라고 규정했다. 특히, 이형기의 후기시는 새로운 가능의 지평을 열어주는데, 중기시의 힘겨운 응전을 넘어 보다 여유로운 응전이 나타나며 미시적으로 보던 사물과 세계의 관계가 거시적으로 변모했다는 점을 그는 밝혔다. 이건청의 견해는 중기시 특성을 전체 특성으로 확대한 측면은 있지만 이형기 시인의 시사적 위치를 공고히 한다는 점에서 의미가 깊다.

문혜원도 이형기 시세계를 세 단계로 나누고 중기시를 중심으로 하여

---

45) 박선영, 앞의 논문, 52쪽.
46) 이건청, 앞의 책, 37~47쪽.

시의 창작 방식을 고찰하였는데, 초기시부터 후기시에 이르기까지 공통적 주제로 꾸준히 '소멸'이 일관되게 등장한다는 점을 강조했다.[47] 문혜원은 초기시와 중기시의 커다란 변화는 '비유'의 방식에서 볼 수 있으며, 이는 단순한 수사학적 차원을 넘어 세계관을 표현하는 기능으로 작용하면서 세계에 대한 적극적 입장 표명과 참여로 나아가는 다리 역할을 한다고 보았다. 초기시는 관념적이고 정적인 세계를 드러내다가 육체적이며 능동적인 것으로 변한다고 본 나민애의 시각도 문혜원과 일부분 비슷한 측면을 보인다.[48] 나민애는 이형기 시에 나타난 '몸' 변이 양상에 초점을 맞추면서 소멸, 죽음은 새 질서인 생성을 만들어내기 위한 시적 모색이고 또 하나의 극복이라고 보았다. 이들과 방향은 다르지만 시세계를 세 부분으로 나누어 주제가 어떻게 변모하는지 고찰한 박영수는 일곱 번째 시집까지를 분석 대상으로 하여 정한과 허무 및 존재에 무게중심을 두었다.[49]

이 밖에 이형기 시 한 편이나 시집 해설을 다룬 논의[50]도 지금까지 살펴본 내용과 큰 차이를 보이지 않은 상태로 전개되었다. 이 중에서 두 사람의 논의를 살펴본다. 이형기 시의 존재론적 측면에 관심을 둔 오세영은 시 「돌의 환타지아」를 밀도 있는 언어로 깊이 있게 추적하였다.[51] 이형기는 이 시에서 사물의 순수한 존재 상태를 만나고 거기서 탐구된 의미를 기술하고 있다고 오세영은 보았다. 이는 시인이 말하는 것이 아니라 사물이

---

47) 문혜원, 『한국 현대시와 전통』, 태학사, 2003, 142쪽.
48) 나민애, 「이형기 시에 나타난 몸의 변이와 생성 양상 연구」, 서울대학교 석사논문, 2002.
49) 박영수, 「이형기 시 연구」, 고려대학교 석사논문, 1997.
50) 작품 한 편에 대한 해설이거나 소론인 경우는 이유경의 「우리 시대의 반어들」(≪문학과 지성≫, 1976. 겨울), 홍신선의 「가치 바꿈의 방법과 의미-바늘」(『한국대표시 평설』, 문학세계사, 1983), 유한근의 「단독자의 사상 혹은 허무화」(≪월간문학≫, 1983. 8), 채수영의 「소실점의 예보와 길」(≪현대시≫, 1990. 8), 정광수의 「허무와 상상력의 극치」(≪동양문학≫, 1991. 1), 윤재근의 「언어의 분노」(이형기, 『풍선심장』 해설, 문학예술사, 1981)가 있다.
51) 오세영, 『한국현대시 분석적 읽기』, 고려대학교출판부, 1998.

말하는 것이라고 하면서 사물 속에 함축된 존재 의미를 분석적으로 살폈다. 또, 시 「들길」을 미학적으로 높이 평가할 만한 작품으로 파악하고 시인의 관념이나 시상을 투명한 이미지와 매우 절제된 언어로 생에 대한 깊은 사색을 잘 형상화시켰다고 말했다.[52] 이승훈은 초월적 자아에 대한 회의 즉, 유토피아적 태도의 소멸 측면에서, 『죽지 않는 도시』에 수록된 「잔인한 비」를 다루었다.[53]

이형기 후기시는 허무와 죽음, 파괴와 폭력적 이미지의 결합에서 오는 전율과 괴기스러움, 부조리한 세계의 모순과 대결하는 끝없는 자의식, 존재의 근원적 속성에 대한 탐구, 세계와 화해를 거부하는 몸짓 등의 요소들을 주축으로 하여 논의가 이어져 왔다. 이러한 연구들은 대부분 시인이 생존 당시 출간했던 여덟 권의 시집을 토대로 시세계의 변모 과정을 고찰한 것이다.

시인은 1963년부터 1998년까지 여덟 권의 시집을 상재한 뒤, 7년이 넘는 기간 동안 30여 편에 가까운 작품을 여러 잡지에 발표하였고,[54] 작고하기 10일 전에도 「모순의 자리」라는 시를 탈고했던 것으로 보인다.[55] 그간 잡지에 발표했던 시들은 시집 한 권 분량으로는 충분하지 않아 출간되지

---

52) 오세영, 『20세기 한국시의 표정』, 새미, 2001, 290쪽.
53) 이승훈, 『포스트모더니즘시론』, 세계사, 1991, 199~200쪽.
54) 잡지에 발표했으나 시집으로 묶지 않은 작품은 다음과 같다. 「건조주의보」, 「낙타」, 「신용불량자」, 「구름」, 「악어」, 「노고지리」, 「지구는 둥글다」, 「운석」, 「백야」, 「비극」, 「사막」, 「모순의 주문」, 「소리 1」, 「맹물」, 「밤기차」, 「나의 물고기」, 「기하학」, 「나무 위에 사는 물고기」, 「소리 2」, 「가슴창고」, 「돌덩이 변주」, 「그게 그거 아니냐」, 「바람의 캔버스」(「소리」는 동일한 제목의 다른 내용이다. 이를 구별하기 위해 필자가 번호를 붙였다).
55) 시인은 1994년 뇌졸중으로 쓰러진 후 합병증으로 인해 심신이 피폐해졌으나 시창작 열정은 버리지 않았다고 한다. 여덟 번째 시집 출간 이후, 틈틈이 발표했던 작품은 어느 잡지에 수록했는지 파악할 수 없었지만, 시인의 부인인 조은숙 씨가 원본을 보관하고 있었다. 본고는 이 작품들을 복사하여 자료 대상에 넣었다. 보관한 작품 중 작고하기 10일 전 병상에서 썼다고 한 유고, 「모순의 자리」도 분석 대상에 넣었다.

못했지만 이형기 시인의 시세계를 총망라하기 위해선 이 시들도 분석 대상에 포함되어야 할 것이다. 한 시인의 전모나 시사적 위치를 파악하기 위해서는 작품 전체를 놓고 다각도로 조망하는 것이 필수불가결하기 때문이다. 지금까지 발표된 소론이나 연구 논문들은 이형기 시인이 생존했던 2005년 이전에 집중되었으며 여덟 권의 시집을 대상으로 한 학위 논문은 단 세 편에 불과하다.56) 또한 시집으로 묶지 못한 작품을 분석한 소론이나 이를 포함하여 이형기 전체 시세계를 다룬 논문은 아직 없는 실정이다.

보편적으로 시인의 시세계 변모 과정을 연구할 때 인식의 진화, 혹은 불화에서 화해, 갈등에서 수용 등 발전적인 방향이나 원숙한 세계로 나아간다는 틀을 잠정적으로 정해놓은 경우가 있다. 그러나 이형기 시는 이러한 방법적 틀을 적용하기엔 무리가 있다. 그의 세계인식이 꼭 어떤 방향성을 띠고 전진한다고 보기 어렵기 때문이다. 첫 번째 시집에서 자아는 서정성에 바탕을 두고 세계와 조화를 꾀하려는 자세를 취하지만 두 번째 시집에서부터 자아는 세계와 동일성을 획득하려는 노력을 보이지 않는다. 이 시집에서부터 이미 불화의 양상이 내재되어 있었다고 보겠다. 세 번째 시집 이후부터 자아는 세계와 대결하는 태도를 견지하고 있다. 나아가 고정된 언어 질서에 도전하면서 세계를 전복하거나 파괴하려는 시적 본능을 표출한다. 이러한 본능이 지속되는 과정에서 이형기의 개성이 드러난다. 그는 언어로써 역동적인 교란을 꿈꾸었다. 또한 세계와 대결하는 구도가 균형 있게 유지될 때 좋은 작품이 많이 생산되었다. 이 구도가 무너지지 않기 위한 부단한 노역이 이형기에게는 시를 이끌어가는 원동력으로 작용했다. 이 균형성은 치열하게 깨어 있는 자의식을 필요로 한다.

---

56) 이형기 시인 생존 당시 총 8권 시집을 연구 대상으로 삼은 석사논문으로는 김경미의 「이형기 시 연구」(동아대학교 석사논문, 2000)와 위에서 언급한 채재준, 나민애가 있다. 그 외 문예창작학과나 예술대학원에서 다룬 논문들은 한 시기만 다루었거나, 부분적 테마인 생태적 관점, 도시시 등과 관련된 것만 가지고 연구한 논의들이다.

지금까지 전개된 논의를 정리하고 살펴본 결과 이형기 초기시를 몇 번째 시집까지 봐야 하느냐 하는 문제가 남는다. 본고는 두 번째 시집까지를 초기시로 본다. 세계인식에 파격적 변화를 감지하게 하는 세 번째 시집과 첫 번째 시집의 시세계는 확실한 변별력을 보인다. 그러나 두 번째 시집은 첫 번째 시집과 또한 세 번째 시집과도 근친적 요소를 갖고 있다. 두 번째 시집은 동일성 측면에서 보면 첫 번째 시집에 가깝고, 불화 측면에서 보면 세 번째 시집에 가깝다. 확장된 인식을 보여주는 측면에서도 첫 시집과는 확연하게 다른 면모를 지닌다. 그렇다고 두 번째 시집을 기점으로 하여 새 시기를 설정할 만큼 첫 번째 시집과 연계성이 없는 것도 아니다. 이런 측면을 감안할 때 두 번째 시집을 이형기의 초기시에 넣는 것이 더 타당성이 있다고 본다. 중기시는 세 번째 시집에서부터 일곱 번째 시집까지, 나머지는 후기시로 본다. 이러한 시기 구별은 본고 연구 방향에 그리 큰 영향을 주지 않는다. 본고는 이형기 시를 시기별로 나누어 시세계 변모 양상을 논하는 것이 아니라, 세계인식에 따라 작품이 어떤 양상으로 형상화되어 나타나느냐에 초점을 맞추어 논의를 전개한다.

자아가 세계와 직면했을 때 반응으로 형성되는 영감을 미적으로 잘 체험화하고 형상화하는 것이 시인의 임무라고 이형기는 말한다. 그는 주어진 삶에 대해 초월적 태도를 견지하거나 세계와 조화를 추구하는 노력을 하지 않는다. 그가 표현한 세계는 괴기스러우며 추한 상태로도 드러난다. 또한 고정된 사물의 가치를 다소 충격적인 방법으로 전복시키고 끝없이 존재의 부조리한 조건에 탐닉하는 태도도 보인다. 유토피아적 세계를 꿈꾸지 않고 의도적으로 불화의 세계를 조장하는 모습도 나타난다. 또 지속적으로 드러나는 소멸과 생성에 대한 인식도 달관이나 초월과는 다른 차원에서 이루어진다.

시인의 사유가 어떠한 단계를 이루면서 전개되는지 고찰하는 것은 매우 어려운 일이다. 인간의 내면세계에 잠재해 있는 사유는 현실의 여러 조건과 맞아 드러났다가 성장하고 사라지기도 한다. 이것은 한 시기에 집중되기도 하고 여러 시기에 걸쳐 분산되어 나타나기도 한다. 사유는 어느 정도 지속성을 지니고 시인의 의식 속에 존재하면서 시 행간에 직간접적으로 표현되기도 한다. 어떤 사유가 집중적으로 나타났다고 해서 그 앞의 세계와 뒤에 이어지는 세계가 단절되었다고 말할 수는 없다. 인간의 사유는 칼로 자르듯이 절단할 수는 없기 때문이다. 어떤 사유의 출현과 사라짐은 지속성의 측면과 관련이 있겠다. 이렇게 볼 때 한 시인의 세계를 살필 경우 인간의 사유가 발전한다는 틀을 갖고 이에 맞춰 작품을 분석하는 것은 재고해봐야 할 문제이다.

본고는 이형기 시의 전 작품을 연구 대상으로 삼는다. 첫 시집은 세계와 동일성을 추구하는 측면에서 다루고 두 번째 시집에서부터 시집으로 묶지 못한 작품까지는 이와는 다른 측면에서 다룬다. 시인의 세계인식을 세 부분으로 나누고 각 장은 각각 두 항목으로 설정하여 이형기의 작품 세계를 총체적으로 가름할 것이다. 시기별로 시를 구분하지 않지만 작품 배열은 발표 순서에 따랐다. 이렇게 정리하고 분석해 보면 이형기 시인의 시사적 위치와 시적 가치가 상당 부분 정립될 수 있으리라는 낙관적인 전망을 한다.

II.

동일성 추구의 자연과 인식의 확장

# 1. 인내와 성숙의 자연

이형기의 첫 번째 시집 『적막강산』에 실린 시들은 대부분 자아가 세계와 동일성을 추구하는 측면에서 살펴보아야 할 작품들이다. 자연에 반응하는 이형기의 시적 태도는 김재홍 발언과 관련지을 수 있다. 김재홍은 이형기 초기시는 청록파의 전원적 리리시즘과는 다른 차원을 보이는데 이는 전후 서정적 리리시즘의 새로운 가능성을 열어준다고 말했다.[1] 이 시집의 자아는 대부분 시적 대상으로 등장한 자연물과 동일화를 꾀한다.

어떤 기준을 세우고 작가의 창작 세계를 파악하려고 할 때 작품 속에서 반복성, 지속성을 보이는 사물이나 테마가 작가의 의식을 어느 정도 대변한다고 볼 수 있다. 이형기는 '비', '호수', '물', '나무', '산', '들길' 등의 소재를 즐겨 사용한다. 그의 초기시에는 이런 지속성을 지닌 사물이 반복적으로 등장한다. 이들을 통해 그는 세계와 대면한다. 그는 이러한 소재에다 그리움, 기다림, 슬픔, 고독 등의 정서를 복합적으로 겹치게 배치하면서 조용히 인내하는 자세를 취한다.

초기시는 특히 '물' 이미지를 내포하는 작품이 많다. 자연현상으로 보자면 물은 대지에서 증발하고 기화하여 다시 대지로 돌아오는 순환 과정을 거치는 액체에 불과하다. 그러나 종교적 의식을 진행하는 과정에서 없어서는 안 될 성스러운 물질이 물이다. 지구상 많은 종족은 물에 육신을 담그거나 그것을 몸에 뿌리는 행위를 통해 속된 과거와 결별을 꾀하였다.

---

1) 정한모 · 김재홍 편저, 『한국대표시평설』, 문학세계사, 1983, 305쪽.

또 새로운 세계로 진입할 때도 물의 신성한 힘에 기대는 행위를 한다. 신화적 세계를 다룬 글이나 설화적인 글에서 보면 물은 신성함과 결부되어 정화와 재생의 기능을 충실히 행함을 알 수 있다. 그러나 이형기 시에서 물은 특수한 상징성을 띤 의미보다는 응시 나아가 자기 반영과 성찰 기능을 갖는다. 동시에 물은 성숙과 충만 이미지를 내포한다. 또 초기시에 드러나는 '나무'는 동일성 추구의 대상이다. 이렇게 등장하는 사물은 자아에게 성숙과 충만함을 인식하게 하는 소재이다. 자아는 이를 응시하면서 깊이 있는 내면을 소망한다. 이제 이런 이미지를 지속적으로 드러내는 시를 중점적으로 분석하여 의미를 캐어보기로 하자. 이러한 소재들의 시적 형상화를 통해 자아가 인식하는 세계는 어떤 모습인지, 무엇을 말하려 함인지 다음 시 「비」에서 살펴본다.

> 寂寞江山에 비 내린다
> 먼 산 변두리를 슬며시 돌아서
> 저문 窓가에 조용히 머물 때
> 저버린 日常
> 으늑한 平面에
> 가늘고 차운 것이 비처럼 내린다
> 나직한 구름자리
> 타지 않는 日暮……
> 허젓한 내 꿈의 뒤란에
> 슬픔이 싹트랴 비는 내린다.
> 지금은 누구나
> 스스로의 內面을 들여다 볼 때
> 風景은 正坐하고
> 산은 멀리 물러앉아 우는데
> 寂寞江山……
> 내 周邊은 이렇게 저무는가.

살고 싶어라
사람 그리운 정에 못 이겨
차라리 사람 없는 곳에 살아서
清明과 不安
期待와 虛無
천지에 자욱한 가랑비 내린다.
아 이 寂寞江山에 살고 싶어라

─「비」전문2)

「비」속의 "적막강산"은 적적하고 쓸쓸한 풍경을 뜻하기도 하지만, 앞일을 내다볼 수 없을 만큼 캄캄하고 답답한 지경을 나타내는 말이기도 하다. 첫 시집 제목인 이 시어는 자아를 둘러싼 세계의 풍경을 의미하면서 시적 화자가 처해 있는 상황을 암시한다. 이형기는 외면에다 내면을 중첩시킨 이 시어를 통해 세계인식을 표출하고 있다. "저문 창가에 조용히 머물"며 하루를 반추하는 화자에게 내리는 비는 세계가 적막강산임을 인식하게 해주는 자연물이다. 연 구별 없이 독백하듯 나지막한 어조로 심정을 토로하는 이 시의 화자는 비 오는 풍경 속에서 "스스로의 내면을 들여다" 보게 된다. 「봄비」라는 시에서도 화자는 "밤, 봄비가 창에 스친다./ 기다림에 지친 마음이 젖는다."라고 하며 비에 자신의 감정을 이입한다. 화자는 비에 젖는 자신의 내면을 인식하면서 "물기가 배인 육신의 무게를/ 가눌

---

2) 이 시는 1963년에 출간된 첫 시집 원문을 자료로 하여 내용을 분석한 것이다. 고명수, 허혜정이 엮은 고희 시선집 『낙화』(연기사, 2002)에는 이 시 몇 구절이 개작된 상태로 실렸다. 변화된 부분은 다음과 같다. 줄그은 부분이 변화를 보인 곳이고, 괄호 안은 첫 시집에 실린 시구들이다. "적막강산에 비 내린다./ 늙은 바람기(첨가)/ 먼 산 변두리를 슬며시 돌아서 (중략) 타지 않는 일모……/ 텅 빈(허전한) 내 꿈의 뒤란에/ 시든 잡초 적시며(슬픔이 싹트랴)비는 내린다./ 지금은 누구나/ 가진 것 하나하나 내놓아야 할 때(스스로의 내면을 들여다 볼 때)/ 풍경은 정좌하고/ 산은 멀리 물러앉아 우는데/ 나를 에워싼(첨가) 적막강산/ 그저 그렇게 저문다(내 주변은 이렇게 저무는가)."

길 없고나." 라는 탄식을 한다. 비는 화자의 내면을 응시하게 하여 현재 모습을 환기시키는 소재이다.

이 시에서 내리는 것은 단순히 비만은 아니다. "가늘고 차운 것이 비처럼" 내리는 것으로 보아 다른 것도 동시에 떨어짐을 알 수 있다. 면밀하게 보면 가랑비가 오는 자연현상에 이루어지지 않은 "허젓한 내 꿈"을 겹치게 한 것인데, 이것이 내면으로 떨어져 내린다. '허젓한'이란 단어는 사전에 없지만 시의 분위기로 보아 '공허하다, 비다'는 뜻과 관련이 있는 것으로 보인다. 시선집『낙화』에는 '허젓한'이란 시어 대신 '텅 빈'으로 바뀌어 쓰였다. 많은 꿈을 잃어버리고 살아가는 현재 모습을 나타내기 위해 더 직접적인 뜻을 지닌 '텅 빈'이란 시어로 대체했음을 알 수 있다. 그러므로 이 시어에는 슬픔의 정서가 내포되어 있다. "내 꿈"을 배경으로 내리는 비는 화자의 처지를 환기해주면서 외부세계를 차단한다.

비는 이렇게 화자에게 현 상황을 응시하게 하여 내면으로 눈을 돌리게 한다. 이때 화자는 자신의 "허젓한 꿈"을 인식하게 된다. 화자의 내면 풍경은 "청명과 불안", "기대와 허무"로 가득하며 상반된 구조를 보인다. 이 시어들은 '청명과 기대'의 밝은 이미지와 '불안과 허무'의 어두운 이미지로 묶을 수 있다. 이 구조에는 불안과 허무에 찬 부정하고 싶은 현실과 청명한 삶을 기대하는 긍정적 의식이 겹쳐 있다. 불투명한 전망 속에 던져진 화자의 불안한 내면과 희망적인 미래를 기대하는 화자의 긍정적 내면이 직설적으로 나타난 것이다. 이러한 자아와 세계 사이를 간섭하는 비는 화자의 내면 성찰을 도와주는 창이다.

화자는 어떤 것에 대한 기대, 혹은 꿈으로부터 멀어져가는 현실을 "내리고", "저물고", "멀리 물러앉은" 등의 하강 이미지를 지닌 시어로 나타낸다. 이로써 소극적이고 의기소침해 있는 자신의 내면을 암시한다. 현재 불안정한 삶을 영위하는 화자는 자신이 처한 현실을 "내 주변은 이렇게 저무는" 암담한 상황으로 인식한다. 그러나 다시 적막강산에 살 수 있도록 하는 의지는 "청명"과 "기대"라는 시어를 통해 드러난다. 바슐라르는 "명 상과도 같은 응시는 어떤 의지를 결정하는 것이다. 인간은 보는 것을 원한다. 본다는 것은 직접적 요구이다. 호기심은 인간의 정신을 역동화한다."[3]라고 말한다. 응시와 의지의 상관성에 대한 명쾌한 판단으로 볼 수 있다. 이렇게 「비」에서 보인 물 이미지는 화자의 외부적 환경을 차단하고 내적 응시를 돕는 구실을 한다. 그러나 아직 자아가 무엇에 대해 욕망하는지 불확실하다.

다음 시는 「비」의 화자보다 내면의 욕망을 더 잘 감지할 수 있게 하는 작품이다.

> 어길 수 없는 약속처럼
> 나는 너를 기다리고 있다.
>
> 나무와 같이 茂盛하던 靑春이
> 어느덧 잎 지는 이 湖水가에서
> 湖水처럼 눈을 뜨고 밤을 새운다.
>
> 이제 사랑은 나를 울리지 않는다.
> 조용히 우러르는
> 눈이 있을 뿐이다.
>
> 불고 가는 바람에도
> 불고 가는 바람같이 떨던 것이
> 이렇게 고요해질 수 있는 神秘는
> 어디서 오는 것인가
>
> 참으로 기다림이란

---

3) 가스똥 바슐라르, 이가림 역,『물과 꿈』, 문예출판사, 1988, 46쪽.

이 차고 슬픈 湖水 같은 것을
또 하나 마음속에 지니는 일이다.

―「湖水」 전문

　「비」의 화자가 내적 욕망을 표현하는 데 소극적이었다면, 「호수」 화자
는 자신의 내적 욕망을 형상화하는 데 있어 더 적극성을 띤다. 시의 내용
은 실연 상태에 있는 화자가 호수를 응시하면서 얻는 깨달음을 표현한 것
으로 보인다. 화자는 "나무와 같이 무성하던 청춘" 시절에 사랑을 잃고 오
지 않는다는 것을 알면서도 호숫가를 서성이며 "너"를 기다리고 있는 상
태이다. "어느덧 잎 지는" 가을까지도 어길 수 없는 약속을 지키려는 듯이
화자는 "호수처럼 눈을 뜨고 밤을 새운다." 그러나 "이제 사랑은 나를 울
리지 않는" 것으로 보아 화자는 실연의 아픔에서 어느 정도 벗어난 시점
에 이른 것으로 추정할 수 있다. 시련의 시간은 화자에게 현재 상황을 객
관적으로 바라볼 수 있는 "조용히 우러르는 눈"을 갖게 해준다.

　"눈"은 화자의 내면을 응시하게 하면서 동시에 자연의 신비를 관조할
수 있게 만든다. "눈"이 있기 때문에 화자는 "불고 가는 바람"의 강도만큼
반응하는 호수의 수면을 볼 수 있고, 바람이 지나가고 난 후, 이어서 곧 고
요한 상태를 유지하는 수면을 바라볼 수도 있다. 4연은 직접적으로 드러
나지 않지만 현실에 번잡하게 반응하는 화자의 심리 상태를 암시한다.
"불고 가는 바람에", "불고 가는 바람 같이 떨던" 호수는 다시 고요한 상
태로 돌아와 평정심을 유지한다. 그러나 화자는 자신이 현실과 거리를
유지하지 않고 힘든 강도만큼 똑같이 반응하였다는 사실을 호수를 통해
깨닫게 된다. 외적인 어떤 것이 지나가고 난 뒤 다시 "고요해질 수 있는
신비"를 갖고 있는 호수는 현재 화자의 내면과 대조적 구도를 보인다. 화
자는 이런 상태와 자신을 병치시키고 "호수"라는 세계와 내면화를 시도
한다. 분출하는 화자의 격정을 "차고" 고요한 상태로 진정시킬 수 있는

"호수"는 자아에게 동일화의 대상이 되는 것이다. 슬픔을 이기고 난 뒤 인내의 시간 끝에 얻게 되는 것은 "차고 슬픈 호수 같은" 마음을 갖는 일인데, 이것이 바로 화자의 내적 욕망임을 알 수 있다.

마음속에 호수를 지니는 일은 기다림이란 인고의 시간 끝에 획득되는 소중한 가치이다. 호수를 통해 자기 내면세계를 비추어보는 화자는 자연과 동일한 내적 성숙이 자신에게 필요하다는 것을 인식하게 된다. 여기서 자연은 자아를 성숙하게 하는 세계로 존재하며 자아의 심리는 이와 동일성을 추구하는 상태로 드러난다. 기다림의 시간을 충분히 거친 후라야만 자아가 성숙하게 된다는 깨달음은 화자가 호수의 세계와 자신의 내면을 응시하면서 서로 대비시킨 후 인식하게 된 것이다. 기다림과 성숙의 상관성을 호수의 세계를 통해 인지하게 되면서 화자는 "차고 슬픈 호수 같은 것을" 마음속에 지닌다. 자아는 호수라는 세계에 동화된다. 물이라는 물질을 통한 자아응시 기능은 "창"을 통해서도 비슷한 양상으로 전개된다.

> 갈피 잡을 수 없이 엇갈린 생각을
> 네게 의지하면
> 나의 그리움은
> 비로소 하나의 形象을 이룬다.
>
> 허구한 날
> 물같이 흐르는 세월의 斷面을
> 조용히 가로막는 透明體
> 나의 窓이여
>
> 언젠가는 모두가
> 검은 忘却의 그늘에 졸 것을
> 너는 지금 永遠과 연결시킨다,
> 사람이 살아가는 理由를 대듯이.

錯雜한 慾望이
純化되어 가는 神秘의 門
이 세상 온갖 하찮은 日常을
너는 하나하나 제자리에 앉힌다.

그리하여 밤이면 밤마다 나는
窓, 너와 더불어 沈默하며
오래오래 참고 기다리는
눈을 기른다, 絶望하지 않는다.

─「窓 1」 전문

    시집『적막강산』에는 창을 제목으로 한 시 세 편이 있다. 세 작품 모두 자아의 내면을 반영한다. 위의 시도 창을 응시하면서 복잡하게 뒤섞여 엉클어진, 자신의 "착잡한 욕망"과 대면한다. 창은 "물같이 흐르는 세월" 속에서 "온갖 하찮은 일상"을 영위해야 하는 화자의 현재를 비춘다. 창 앞 화자는 앞의 두 시에서 살펴본, 비 내리는 풍경 속의 화자나 호수를 바라보는 화자와 동일한 심리 상태를 보인다. 이들 모두 비, 호수, 창에 의지하여 불안하고 차분하지 않은 내면을 들여다보며 자신의 현재를 응시하는 태도를 취한다.

    화자는 "밤이면 밤마다" 창을 들여다보는 이다. 그는 "온갖 하찮은 일상" 하나하나를 "제자리에 앉히는" 창과, "갈피 잡을 수 없이 엇갈린 생각"으로 어지러운 상념에 빠져있는 자신을 대비시킨다. '너'라는 대상으로 의인화된 창을 통해 복잡한 생각은 또렷하게 "하나의 형상"을 이루면서 화자에게 다가온다. 창의 간섭, 혹은 대면으로 인해 화자의 "착잡한 욕망"은 더욱 부각된다.

    1연의 "갈피 잡을 수 없이 엇갈린 생각"은 5연의 "착잡한 욕망"과 동일한 의미를 지닌다. 이 욕망이 "순화되어 가는 신비"를 보여주는 것은 창이다.

물론 창이 이 신비를 지닌 것은 아니다. 창을 통한 내면의 응시는 화자에게 뒤얽힌 욕망으로 착잡해진 자신을 확인하게 한다. 창은 호수처럼 순화된 세계를 지시하기도 한다. 그러므로 화자는 '기꺼이 창과 더불어 침묵하면서', "참고 기다리는 눈을" 기른다. 이런 인내의 시간이 지나가면 복잡한 생각들이 단순해지고 불순한 것들 또한 제거되는 순간을 맞이하게 될 것이다.

그렇다면 창에 "의지하던" 화자는 "창, 너와 더불어 침묵하며" 창 너머에 있는 무엇과 마주치게 되었는가? 그것은 복잡한 일상을 살아가는 인간이란 존재다. 인간은 "언젠가는 모두가 검은 망각의 그늘"에서 졸 운명을 갖고 태어났다. 그러나 영원을 지향하면서 다시 말하면 삶을 "영원과 연결"지으며 살아간다. 이 영원성은 "사람이 살아가는 이유"와 밀접한 관련이 있다. 화자는 영원으로 이어지는 창을 응시하면서 어지러운 일상을 순화해간다. 밤마다 창을 응시하면서 "오래오래 참고 기다리는" 화자는 순화되고 성숙한 인간으로 발전해간다. "검은 망각의 그늘"이라는 부정적 운명에 처해질지라도 화자는 "절망하지 않는다." 창은 이렇게 내면 응시의 기능을 갖고 있으면서 동시에 순화시키는 기능도 내포한다.

이상에서 살펴본 물과 창의 이미지는 내면을 반영하는 기능을 갖는다. 이들을 통해 화자는 자신의 복잡한 내면을 가라앉히고 순화한다. 이때 화자가 취하는 인내와 기다림의 자세는 내적 성숙을 도모하기 위한 태도이다. 화자는 성숙한 내면을 갖고 싶은 자아의 욕망을 행간에 숨기고 암시한다.

다음 시는 화자의 욕망이 직접적으로 드러난 작품이다. 욕망은 적극성을 띠며 나타나지만 실행에 대한 행동성은 여전히 수동적인 상태에 머문다.

　　나의 마음은 비어 있다
　　오직 네가 와서
　　가득 채워주기를 기다리는 뜻으로

이것을 하나 마련하였다.

소리치는 것보다
차라리 눈을 감는 忍耐의 한때
그리고 멀리
떠나가면 그만인 구름 같은 마음을
(중략)
귀를 기울이면 가랑잎이 지는데
조심스런 네 발자국 소리가 들린다.
비어있는 내 마음의 渴求의 標識
窓에 불빛이 켜있는 것을 보아라.

―「窓 2」부분

앞에서 다룬「호수」화자는 "차고 슬픈 호수 같은" 대상을 마음속에 들여놓는다. 반면「창 2」는 "나의 마음"과 등가를 이루는 창을 마련하여 비워 놓는다. 통상적으로 '마음이 비어 있음'은 잡다한 욕망으로부터 벗어난 무욕의 상태를 뜻한다. 세속의 인간은 번뇌에서 벗어나기 위해 자신의 마음 상태를 점검한다. 들끓는 욕망은 번뇌를 일으키는 원인이 되기 때문이다. 꽉 차 있는 마음을 비워낼 수 있는 인간만이 내적 평화를 유지할 수 있고 번잡하지 않은 고요한 삶을 살아갈 수 있을 것이다. 화자는 "네가 와서 가득 채워주기"를 기다리면서 창을 마련한다. 말하자면 '비어 있는 나의 마음'이 '차 있음'을 욕망하기에 창을 준비해 놓은 것이다. '너의 부재'로 인해 내 마음은 '비어 있음'의 상태이다. 이 상실감을 메워줄 '너'를 기다리며 '나'는 "인내의 한때"를 보내고 있다. 그런데 자세히 살펴보면 '비워 놓음'과 '비어 있음'의 상황은 차이가 있다. '비워 놓음'은 어떤 상황을 위해 개인의 능동적 의지를 개입시킨 것이고, '비어 있음'은 어떤 상황을 응시한 후 그것에 대한 진술이다. '비어 있음'은 '차 있음'의 상대적 의미이다.「창 2」의 화자는 '차 있음'을 열망하므로 '비어 있음'은 역기능적 구실을 한다.

'비어 있음'과 관련지어 다른 시를 보면, 스스로 움직이지 않고 다른 것의 행동을 받아들이는 '나'와 스스로 움직여서 행동하는 '너'의 관계가 흥미를 끈다. 「송가」에 "내 마음은 항아리처럼 비어 있고/ 너는 언제나/ 향그러운 술이 되어 그것을 채운다"라는 구절이 있다. 자아는 '비어 있는' 나를 채우는 것이 언제나 '너'임을 공표한다. 둘은 '수동의 나'와 '능동의 너'로 이루어진 관계이다. 이 관계 속의 '너와 나'는 "멀어질 수도 없는/ 가까워질 수도 없는"(「그대」) 거리를 유지하고 있다. '너'를 사랑하는 '나'의 마음은 "제야의 촛불처럼 나 혼자 황홀히 켜졌다간 꺼져버리고"(「그대」) 만다. '너'를 그리워하는 고조된 감정과 달리 '나'의 행동은 아주 소극적이며 수동적인 상태에 머무른다. 자신의 이러한 내면을 응시하면서 자아는 '비어 있음'과 '없음'으로 가득한 '나의 내면'을 발견한다.

부재의 슬픈 감정, 비어 있음으로 해서 느끼는 허전함을 수용하면서 화자는 외부세계에 수동적으로 반응한다. 화자가 표면적으로 대처하는 한 행동은 "소리치는 것보다 차라리 눈을 감는 인내"의 태도이다. 물론 인내의 자세로 빈 곳이 '채워지는' 것은 아니다. 또한 '없음'이 '있음'의 상태로 변하지도 않는다. 그럼에도 화자는 비어 있는 것을 스스로 채우려는 어떠한 행동도 하지 않은 채 눈을 감고 만다. 화자는 이런 상태에 있는 자신의 내면 감정을 살피고 있다. 이를 가라앉히면서 기다림과 인내와 침묵의 자세로 일관한다. 그러면 왜 화자는 기다리며 채워지기만을 바라는가? 화자는 왜 원하는 것을 찾아 나서지 않고 "내 마음의 갈구의 표지"를 의미하는 불을 켜둔 채 기다리고만 있는가? 이는 시인의 내면의식과 연관 지어 해석할 필요가 있다. 곧 첫 시집에서 주를 이루는 그리움, 기다림, 슬픔 등의 내면 정서는 결핍과 상실감, 부재의 체험에서 비롯된다고 볼 수 있다.

정효구는 '빈 마음'이 상징하는 바를 '무욕의 정신'과 관련지었다. 화자의 '빈 마음'은 세속적 욕망으로부터의 초월을 의미하며 일체의 주관적

선입견이나 경험까지도 비워버린 백지, 순백의 허공과 같은 상태로 본다.4) 물론 '빈 마음'의 일반적인 의미를 적용하여 이처럼 해석할 수도 있다. 그러나 다른 시와 이 시 전편에 나타나는 전반적 의미를 주목하여 볼 때 '비어 있음'은 부재와 이로 인한 결핍에서 옴을 알 수 있다. 무욕의 정신으로 분석함은 이를 간과한 데서 오는 해석이다. '빈 마음'은 성숙함, 충만함으로 가득한 상태와는 상대적인 것으로 이것을 갈망하는 화자의 결핍된 내면을 가리킨다.

『적막강산』에 드러나는 그리움, 기다림, 슬픔의 감정은 구체성과 절박함이 결여된 느낌을 준다. 복잡다단한 내면을 들끓게 하는 구체적 현실은 암시되거나 생략된 채 표현되었기 때문이다. 39편의 시에 등장하는 '너'와 '그대'는 사람만을 가리키는 것이 아니다. 의인화된 자연적 소재도 포함된다. 시에서 화자가 지시하는 대상이 모호한 경우가 있다. 이때 불확실한 지시 대상을 추적하다 보면 화자의 내면으로 환원하게 된다. 그리고 관조적인 어조도 삶의 구체성에서 멀어지게 하는 요인이 된다. 화자가 내면을 응시하는 과정에는 주로 물과 창이라는 물질이 개입되어 있다. 이는 화자가 현실을 직접 경험하여 지각하기보다는 간접적 물질을 통해 관념적으로 파악하고 이해함을 의미한다고 하겠다. 이형기 초기시의 화자가 소극성과 피동성을 띠는 이유가 이와 무관하지 않다고 본다. 또한 관념적이고 피상적으로 현실을 표현하고 있음에서도 찾을 수 있다. 그러나 현실의 관념적 접근은 내면의 깊이 속으로 자신을 침잠하게 하는 요소로 작용한다. 세계는 시인에게 여전히 동일화의 매력적인 대상이다. "맑게 살리라. 목마른 뜰악에/ 스스로 충만하는 샘물 하나를"(「목련」)에서 보듯이, 자아는 여전히 '스스로 충만할 수 있는 샘물'을 생성할 수 있는 세계를 지향한다.

---

4) 정효구, 앞의 책, 137~138쪽.

'가득 참'의 세계와 동일화를 시도하는 모습은 다음 시에서 구체화된다. 지시 대상이 불확실한 부분도 있고 삶의 구체적 실상은 암시된 채 전개되지만 시의 구조가 탄탄하고 서정성 또한 돋보이는 작품이다.

가야할 때가 언제인가를
分明히 알고 가는 이의
뒷모습은 얼마나 아름다운가.

봄 한철
激情을 忍耐한
나의 사랑은 지고 있다.

분분한 落花……
訣別이 이룩하는 祝福에 싸여
지금은 가야할 때,

무성한 綠陰과 그리고
멀지 않아 열매 맺는
가을을 向하여

나의 靑春은 꽃답게 죽는다.

헤어지자
섬세한 손길을 흔들며
하롱하롱 꽃잎이 지는 어느 날

나의 사랑, 나의 訣別,
샘터에 물 고이 듯 成熟하는
내 靈魂의 슬픈 눈.

　　　　　　　　　　　　　　　－「落花」 전문

「낙화」는 이형기의 초기시 중 일반인들에게 가장 많이 알려진 작품이다. 효과적인 시어 운용의 탁월함으로 해서 초기시 대표작으로도 꼽힌다. 개화와 사랑, 낙화와 결별의 조화로운 대비, 적재적소에 쓰인 시어들은 독자에게 감동의 공감대를 높이는 요소이다. 화자의 절제된 감정이 각 연에 알맞게 분할되어 있으며 또 각 연마다 3행을 반복되게 배열하여 안정감을 준다. 내용의 강렬함과 감정의 휴지休止라는 측면에서 볼 때, 1행으로 처리한 5연은 3행을 한 연으로 배열한 다른 연이 주는 감정의 강도와 엇비슷한 느낌을 받게 한다.

이 시는 자연 현상과 인간사의 경계를 넘나들며 이들의 관계를 엮어 형상화한다. 그런데 아름다운 "뒷모습"을 지닌 채 떠나가는 것이 "가야할 때가 언제인가를 분명히 알고" 가버린 나의 사랑을 지시하는지, "멀지 않아 열매 맺는 가을을 향하여" 반드시 떨어져내려야 하는 꽃잎을 지시하는지 확실하지 않다. 6연에서도 '섬세한 손길을 흔드는' 것이 화자와 이별한 사람의 행위인지, '하롱하롱 지는' 꽃잎 모습을 가리키는지 불확실하다. 6연 첫 행에 표현된 "헤어지자"는 말은 "나의 결별"과 관련이 있다. 이 시어들과 연결하여 연을 해석하면 다음 두 가지 의미 추출이 가능해진다. 먼저 '사랑하는 임과 이별하는 순간, 떠나가는 이가 남아 있는 이에게 잘 있으란 듯이 손을 흔드는데, 이 이별의 풍경 사이로 꽃잎이 진다'이다. 또 하나는 '임과 이별하자 마치 떠나가는 사람이 손을 흔드는 것처럼 그렇게 꽃잎이 하롱하롱 진다'이다. 결국 이 연에는 어느 봄날의 이별 풍경과 '하롱하롱 꽃잎이 지는' 모습이 겹쳐 있다. '헤어짐'이 주는 무거움과 가볍고 들뜬 모양을 뜻하는 "하롱하롱"이라는 시어가 주는 경쾌함은 감정의 균형 배치로 볼 때 서로 어긋나 있다. 그러나 이를 시인이 의도적으로 형상화한 것이라면 하롱하롱 지는 꽃잎의 가벼운 모습과 '낙화'라는 사실이 주는 무거움을 일부러 어긋나게 엮어 역설적인 상황을 유발하려는 의도로도 볼 수 있겠다.

'뒷모습', '헤어짐', '결별', '가야 함', '죽음'이 아름다운 이유는 가야할 때를 "분명히 알고 가는" 현명함에 있다. 떠나가더라도 '때'가 분명하지 않으면 "결별이 이룩하는 축복"일 수 없고, "꽃답게" 죽는다고 표현할 수 없으며 아름답지도 않을 것이다. 2연에서 '낙화'와 '나의 사랑'은 동일시되어 있다. "봄 한철", "격정을 인내"하고 난 '나의 사랑'은 '지고'(떠나가고) 있다. 그렇다면 뒷모습이 아름다운 이유는 '가야할 때'를 분명히 알고 가는 데만 있는 것이 아니라 격정을 인내했기 때문이기도 하다. 화자는 이러한 결별의 '때'이라야만 아름답다고 말한다.

이 시의 자연 현상과 인간사의 불확실한 경계는 의도된 연 배열과도 관련이 깊다. 사랑하는 이와 '헤어짐'의 상황을 전제로 두고 시 흐름을 다시 배열하면, 6연은 1연으로 와야 한다. 1연과 4연은 자리바꿈을 해도 무방해 보인다. 이렇게 배치해 놓고 해석하면 꽃잎이 지는 어느 봄날, 이별했는데 이별의 슬픈 순간 속으로 떨어지는 꽃잎을 보고 낙화, 곧 결별 의미를 화자가 깨닫는 구조가 된다. 이는 자연적 현상을 인간사로 이입시키는 선경후정 방식과 같다. 이와 같이 6연을 1연으로, 1연을 4연으로 두면 지시 대상이 더 확실해지고 인간사에 낙화 현상이 끼어들게 하여 상입된 느낌이 있지만, 애초 1연이 주는 강렬하고 명확한 아포리즘 메시지는 훨씬 감소해버린다.

「낙화」는 흔히 '이별 후의 성숙'을 주제로 한 작품으로 본다. 그런데 시에는 연인과 이별 때문에 번민하고 고뇌하는 자아의 모습은 어디에도 나타나 있지 않다.[5] 화자는 "봄 한철" 내 사랑은 "격정"에 지나지 않았을 뿐더러, "결별"은 고통을 수반하는 것이 아니라 "축복"해야 할 경사로운 일로

5) 『현대시 창작교실』(이형기, 문학사상사, 1991, 213~214쪽)에는 이 시의 창작 과정이 나와 있다. 이 시는 실연의 구체적 체험이 아닌 상상적 실연을 낙화라는 현상과 결합시켰다고 시인은 말한다. 가난하고 힘든 서울 생활을 참고 견디는 일밖에 별 도리가 없던 그는 지금 참고 견디면 고통이 맑고 깨끗한 무엇으로 승화되리라는 생각을 했다고 한다.

받아들인다. 이별을 아픔이 아니라 축복이라고 화자는 역설한다. 이를 아픔을 이겨내기 위한 반어적 표현이라고 볼 수도 있겠으나 시의 어조와 분위기로 볼 때 맞지 않다. 그렇다면 화자는 이별의 슬픔에 집중하는 것이 아니라 이별한 후의 내적 반응에 주목하고 있음을 알 수 있다. 자연계는 "열매"를 맺기 위하여 "낙화"는 반드시 있어야만 한다. 화자의 내면 성숙은 "결별"한 후 이 의미를 화자가 어떻게 수용하느냐에 따라 달라질 것이다. 결별 의미를 자연에서 일어나는 현상처럼 받아들인다면 화자에게 결별은 축복이 된다. 그러므로 화자는 "청춘"과 "꽃", '낙화'와 '죽음'을 연결하여 "나의 청춘은 꽃답게 죽는다"고 강렬하게 표현한다. 7연에서 이런 자연현상이 자아에게 어떠한 세계인식을 낳는지 보여준다. 열매라는 생성을 위하여 낙화라는 소멸 과정을 거쳐야 한다고 세계는 말한다. 자연적인 현상을 통해 '결별'은 '성숙'의 전제 조건임을 화자는 인지하게 된 것이다. 이 과정에서 자아는 "성숙하는 내 영혼의 슬픈 눈"을 소유하게 된다.

요약하면 시는 화자가 자연에서 벌어지는 '낙화 → 열매'로 이행 과정을 응시, 사유하면서 '낙화 현상 → 성숙한 눈'을 소유하게 되는 내용으로 전개된다. 여기에 인간의 사랑과 이별 풍경을 이입하여 잘 형상화시키고 있다. 자연 현상을 관조하면서 그 섭리를 발견하는 범상한 내용에 인간사를 포개놓았고 이별 의미를 새롭게 조명하는 과정이 이 시의 서정성을 극대화시켰다고 말할 수 있다. 마지막 연에서 '내 사랑과 결별'은 "샘터에 물고이듯" 천천히 차오르면서 충만한 상태로 성숙해갈 것이라는 희망적인 메시지를 남긴다. 이렇게 인내를 통한 성숙함을 열망하는 자아의식은 앞에서 다룬 시들과 일관되게 동일한 맥을 유지하고 있다.

> 나무는
> 실로 運命처럼
> 조용하고 슬픈 姿勢를 가졌다.

홀로 내려가는 언덕길
그 아랫마을에 등불이 켜이듯

그런 姿勢로
平生을 산다.

철 따라 바람이 불고 가는
소란한 마을길 위에

스스로 펴는
그 폭 넓은 그늘……

나무는
제자리에 선 채로 흘러가는
千年의 江물이다.

　　　　　　　　　　　　　　　　　　－「나무」전문

　이형기 초기시에서 자연을 소재로 한 대부분 작품들은 서정장르의 특징인 동일성을 추구한다는 점은 앞에서 지적했다. 시「나무」도 여기에 해당하는 작품이다. 시 구조는 형식상 안정된 형태를 보인다. 대상을 관찰하여 묘사한 첫 연과 대상을 비유하여 내면화한 끝 연의 상관성이 형태의 안정감을 보조한다. 명료한 이미지 구사, 방만하지 않은 감정 처리는 조용히 사색에 잠긴 나무 한 그루를 형상화하는 데 성공적이다. 화자 눈에 비친 나무는 제 스스로 충만함을 몸에 지니고 사는 인간으로 인격화되어 있다.

　태고부터 인간과 동거해온 나무는 인간보다 훨씬 더 장수를 누리는 식물로 신성시되어 왔다. 원시 사회는 거목, 고목을 신성시하고 신수神樹로 여기는 수목 숭배사상이 있었다. 수목은 부정이 없고 신성함을 갖고 있다고 생각하였다. 나무 앞에 제단을 차리고 신수의 덕으로 새 생명이 잉태

되기를 발원하는 행위는 오랫동안 면면히 이어진다. 민속에서 보면 거목 주변은 신역으로 삼고 그 생장력의 위대함에 경이감을 나타냈다. 임동권은 우리나라의 신목 종류는 주로 고거목古巨木이 대부분이었는데 송松, 교목喬木, 율栗, 잡목, 류柳, 괴목槐木 등이 여기에 해당했고 이 중 괴목이 가장 많았다고 말한다.6) 대지에 깊이 뿌리를 박고 풍우를 이겨 내면서 수백 년을 자라나는 무성한 거수巨樹는 인간에게 경외 대상이 되기에 충분했다. 서양에서도 나무를 "현현 세계의 전체, 하늘과 땅과 물의 총체, 돌의 정적인 생명에 반대되는 동적인 생명을 상징한다."7)고 보았다. 그리고 "상록수는 영원한 생명, 불사의 영, 불멸을 나타낸다. 낙엽수는 끊임없이 탄생하고 재생하는 세계, 살기 위한 죽음, 부활, 재생산, 생명 원리를 나타낸다."8)고 볼 수 있다. 거목 아래 서 있을 때 거목으로부터 우러나오는 무언의 에너지를 상기해본다면 인용하는 말이 비약이 아님을 알 수 있다. 특히 세계수로 표현되는 나무들은 서양신화에도 많이 등장한다. 이러한 수목 숭배사상과 상징 의미를 끌어들이지 않더라도 가지를 늘어뜨려 휴식처를 제공하거나, 계절 변화에 끊임없이 답하며 새로운 모습을 보여주는 나무의 미덕은 분명히 인간이 닮고 싶은 여러 측면을 갖고 있다고 보겠다.

시의 소재인 "나무"는 "폭 넓은 그늘을"을 가진 것으로 보아 큰 나무임을 알 수 있다. 또한 나무를 보고 화자가 "천년의 강물"을 상상했다면 평범하거나 왜소하지 않은 외형을 연상할 수 있겠다. 화자는 나무를 깊이 있는 눈으로 관찰한다. 그리고 나무는 "운명처럼/ 조용하고 슬픈 자세"를 갖고 있음을 발견한다. '나무의 운명'은 어떤 것일까? 왜 슬픈 자세를 가졌다고 했는가? 이는 "제자리에 선 채" 이동할 수 없는 운명을 갖고 있다는 점에서 찾을 수 있다. 인간에게 숭배의 대상이 될지라도 이동이 불가능한

---

6) 임동권, 「단군신화의 민속학적 고찰」, 『민속문학연구』, 백문사, 1994, 56~58쪽.
7) 진 쿠퍼, 이윤기 옮김, 『세계문화상징사전』, 까치, 1996, 368쪽.
8) 진 쿠퍼, 같은 책, 369쪽.

'나무의 운명'은 속박의 천형을 지니고 태어난다. 하늘을 향해 끝없이 수직으로 몸을 확대하지만 수평의 제약과 땅에 붙박인 운명, 이러한 나무의 조건이 "슬픈 자세"라는 시어 속에 함축된다.

2연과 4연은 나무가 서 있는 공간인데, 화자는 나무가 있는 마을길을 왕래할 때, 혹은 그 아래에서 휴식을 취할 때, 이러한 조건을 묵묵히 받아들이며 평생을 살아가는 나무를 보며 '슬픈 자세'를 갖고 있음을 인식하게 된다. 4연까지는 나무의 운명을 비극적으로 바라보는 화자가 있다. 그러나 5연은 이와 다른 인식이 나타난다. 5연은 6연의 주관적 비약을 도출하기 위한 가교 구실을 한다. 자신의 의지와는 상관없이 주어진 운명을 숙명처럼 안고 슬픈 자세로 '평생을 사는' 나무가 4연까지 나타났다면, 5연에는 "스스로", "폭 넓은 그늘"을 펴놓는 큰 나무가 있다. 여기서 그늘의 넓이는 화자의 시각으로 보면, 나무의 정체성이나 의지와 관련지을 수 있다. 나무는 이동하지 않는 대신 하늘로의 높이와 대지로의 깊이를 갖춘다. 나무는 "제자리에 선 채로" 스스로 충만한 깊이와 높이를 간직한다. 또한 그러한 자세로 '천년'(오랜 세월)을 유구하게 영생한다.

나무는 한자리에 서서 오랜 세월 동안 대지의 중심을 향해 뿌리를 두고 땅 속의 물을 거느리며 스스로 깊어지는 것이다. 그러면서 제 의지로 출렁이는 강물을 내면에 갖추게 된다. 스스로 흘러가는 "천년의 강물"처럼 물을 품은 나무는 이동하지 않고도 이동할 수 있게 된다. 화자는 나무의 주관화된 의미를 다소 돌발적인 비유를 통해 밝힘으로써 처음의 비극적 인식을 반전시킨다. 조용하고 슬픈 자세로 변함없이 내면에 충만한 강물을 키우는 나무는 화자에게 동일성의 대상으로 비춰지기에 부족함이 없다.

　　자라서 늙고 싶다
　　나는 한 그루 樹木같이

먼 旅程이 끝간 곳에
그늘을 느린 나의 追憶

또 어느덧 하루해가 저물어
그곳에 藤椅子를 내놓고 쉴 때—

눈을 감고 있으면
靑春의 자취 위에 내리는 싸락눈
漂白된 悲劇의 粉末

— 그러나 나는
겨울날 단양한 陽地쪽에
누워서 존다

육중한 大地에 묻힌
사랑과 미움

내 가고 난 다음 천년쯤 후에
자라서 무성한 가지를 펴라

—「老年幻覺」전문


밑도 끝도 없이 내리는 가을비
가을비 속에 鎭坐한 무게를
그 누구도 가늠하지 못한다
표정은 뿌연 시야에 가리우고
다만 윤곽만을 드러낸 산
천년 또는 그 이상의 세월이
오후 한때 가을비에 젖는다
이 심연 같은 적막에 싸여
조는 둥 마는 둥

아마도 반쯤 눈을 감고
放心無限 비에 젖는 산
그 옛날의 激怒의 기억은 간 데 없다
깎아지른 절벽도 앙상한 바위도
오직 한 가닥
완만한 곡선에 눌러버린 채

–「山」 부분

　시「노년환각」은 미래에 펼쳐질 노년 시점에서 자신의 현재를 회상하는 화자를 볼 수 있다. 화자는 현재와 미래를 중첩시켜 표현한다. 앞의 시「나무」에서 나무를 내면에 충만함을 갖춘 사물로 내재화하여 동일화의 대상으로 삼았는데「노년환각」에서는 직접 동일화의 대상으로 삼는다. 시에는 직접적으로 나무가 등장하지는 않는다. 그러나 첫 연과 마지막 연에 드러나는 것은 바로 수목 이미지이다. 시에서 '노년'은 "먼 여정이 끝간 곳"으로 표현된다. 인생을 하루로 설정하여 놓으면 노년은 "하루해가 저무는" 시간이다. 화자가 미래의 한 시점에서 자신의 과거를 추억하는 부분은 3연부터다. 화자는 먼 훗날 펼쳐질 자신의 노년을 환각에 빠진 것처럼 상상한다. '노년의 시간'은 '하루해가 저물어 나무 아래 등의자를 내놓고 쉬는' 나날일 것이다.

　화자는 "눈을 감고" 지나간 청춘 시간을 반추한다. 그런데 6연을 보면 화자의 청춘은 "사랑과 미움"의 시간과 맞닿아 있는 것으로 보인다. 이는 "청춘의 자취 위에 내리는 싸락눈"은 "표백된 비극의 분말"로 표현한 데서 드러난다. 또 화자는 "대지에 묻힌/ 사랑과 미움"이 '내 가고 난 다음' '천년 후에나 가지를 펴라'고 말한다. 화자의 현재는 '사랑과 미움'의 순간에 처한 상태라는 것을 암시한다고 보겠다. 이 상태에서 화자는 자라서 늙어가는 순서를 밟는 나무를 발견한다. 자신과 '자라서 늙는 한 그루 수목'은 대척되는 지점에 자리하고 있음을 알게 된 것이다. 그러므로 "자라서 늙고" 싶은 화자의 욕망을 나무가 환기한다. 화자는 '늙음'이란 '사랑과 미움'에 초월할 수 있는 시간이라고 생각한다. 이를 다 겪고 난 후 일정한 거리를 유지하면서 현재를 추억할 수 있는 시간이 '노년'이다. 이렇게 현재의 화자는 자신이 원하는 노년의 삶을 미리 경험하고 있다.

그렇다면 '자라서 늙는'이라는 의미는 무엇일까? 이는 두 번째 「산」이라는 시에서 추론해볼 수 있다. 시에서 '산'은 노년기에 해당한다. "조는 듯 마는 듯", "반쯤 눈을 감고", "그 옛날의 격노의 기억"을 버린 시어들이 드러내는 의미는 노년기의 모습과 일치한다. 또 '무게를 가늠할 수 없이 깊이 있고, 격정의 기억을 다 이겨낸' 산은 바람직한 노년의 삶을 의인화한 것이다. 묵묵한 모습을 보이는 산은 노년의 이상적인 삶의 모습과 닮았다. 산은 마치 '자라서 늙어가는 한 그루의 수목'과도 같다. 또 산의 모습은 "가을비 속에 진좌한 무게를/ 그 누구도 가늠하지" 못할 만큼 의연하다. 산은 누구도 가늠할 수 없는 자신의 무게 즉, 내면적 깊이를 갖고 있다. 그러나 산은 "윤곽만을 드러낸 채" 그 상태대로 "천년 또는 그 이상의 세월"을 살아왔다. 이처럼 '격노의 기억이나 깎아지른 절벽, 앙상한 바위' 같은 부정적인 것을 다 포용할 수 있으려면 천년 혹은 그 너머의 시간을 견디면서 늙어야 한다. 산은 이렇게 자라면서 늙은 과정을 행해온 것이다.

이와 같이 수목은 산처럼 힘든 감정들을 다 이겨내고 늙은, 하나의 인격체이다. '자라서 늙는'은 '자라서 늙어가는' 것이다. 자아는 자연을 통해 '미숙'에서 '성숙', '비어 있음'에서 '가득 참'의 의미를 되새기며 노년을 미리 지각한다. 위의 시에서 살펴보았듯이 여기에는 '인내'하며 '기다리는' 현재의 시간이 지나가면 내면의 깊이를 갖춘 충만한 미래가 올 것이라는 낙관적 인식이 들어있다. 그가 말하는 '노년'은 바로 원숙함, 충만함의 깊이를 갖춘 시간을 말한다. 이렇게 화자는 성숙하고 충만한 삶을 살아가는 나무와 산, 즉 자연의 모습을 동일화의 대상으로 삼는다.

　다음 시는 위에서 살펴본 시들과 사뭇 이질적이다. 지금까지 시가 자연을 동일화의 대상으로 삼는 자아의 모습이 드러났다면, 이 시의 자아는 자연과 동일화된 상태로 나타난다고 말할 수 있다. 화자는 비가 내리는 산 풍경을 고즈넉하게 펼쳐놓으면서 이 풍경 속으로 아예 잠입하는 순간을 경험하고 있는 듯하다.

　　　산에 오는 비는
　　　소리만 난다

　　　먼데서 또닥또닥
　　　가슴을 두드린다

　　　몰래 젖고
　　　몰래 잠이 든다

　　　單調로운 꿈을
　　　되풀이한다

　　　문득 나는
　　　한 마리 새가 되어

　　　雲霧萬里를
　　　단숨에 날은다

　　　　　　　　　　　　　　　－「산비」 전문


　「산비」는 한가하고 여유로움이 배어 있는 작품이다. 시 속에는 산에 오는 빗소리에 집중하는 화자가 있다. 시는 '산, 빗소리, 화자, 새의 비상, 운무'

등의 소재를 매우 유기적으로 형상화하였다. 현재 화자는 소리만 내고 있는 빗소리를 멀리서 듣고 있다. 소리는 멀리서 화자의 가슴을 두드린다. 산에 내리는 비는 그저 먼데서 화자 가슴을 토닥이듯이 내리고 있다. "단조로운 꿈을 되풀이" 하는 것처럼 시의 행간에서 빗소리는 규칙적으로 단조롭게 이어진다. 이 빗소리에 화자는 마음의 안정을 얻고 있는 것처럼 보인다. 화자는 빗소리를 들으며 자신의 감흥을 돋우는 이 소리가 문득 느꺼워서 단숨에 만 리까지 날아오르는 새가 된다.

이 시는 언어로 표현할 수 있는 많은 장점들을 적절하게 이용하고 있다. 산비 소리의 청각과 먼데서 혼자 산비에 젖어 잠이 드는 화자, 비 내리는 하강 구도가 흐트러지면서 갑자기 상승 구도로 바뀌는 장면, 비약적으로 공간을 끊어내는 효과, 정적인 풍광 속에서 무한한 창공으로 급상승하는 동적인 선, 그 사이의 산새 한 마리, 행간의 무한한 여백 등은 마치 호방한 한시 한 편을 보고 있는 듯하다. 이 시는 여백을 두어 읽는 사람이 적극적으로 의미를 채굴하게 하는 시다. 또한 특별한 감정 개입 없이 자신을 산비에 동화되어 사는 산새 한 마리로 보고 거침없이 "운무 만 리를 단숨에" 날아오르는 경지를 읊는다. 이형기 시인의 활달하고 심원한 정신의 공간을 엿볼 수 있게 하는 시다. 이 시는 이형기의 두 번째 시집에 들어있다.

지금까지 이형기의 세계인식을 동일성의 측면과 연관 지어 살펴보았다. 이런 시들은 거의 첫 번째 시집 『적막강산』에 수록되어 있다. 자연을 동일화의 대상으로 삼는 시들은 세계를 내면화하면서 깊이를 추구하는 특성을 보인다. 초기시에 나타난 이런 특성은 반복성을 지닌 자연 소재를 많이 활용하고 형상화한 데서 볼 수 있었다. 이형기는 자연을 관찰하면서 자신을 응시하고, 자신에게 결핍된 것, 상실감 등과 대면하였다. 작품들은 화자의 경험을 소거한 관조적 어조, 여백을 많이 두는 시어의 운용으로 인해 구체성이 결여된 감이 있고, 현실과 일정한 거리를 두고 진행되어 관념적으로 흐른 경향도 보였다. 그러나 시어의 효과적인 압축과 과잉되지 않은 감정 처리, 시어 속에 내재된 풍부한 의미는 이러한 점을 충분히 상쇄하는 느낌을 주었다.

물과 창의 이미지를 통해 자신의 내면을 응시하는 시에서 '비'나 '호수', '창'은 자아의 내면을 똑바로 바라보게 하는 기능을 갖고 있었다. 한시의 선경후정 방식처럼 세계와 인간사를 순차적으로 배열하기도 하고 둘을 섞어서 조직하기도 하여 화자의 결핍된 내면을 암시하거나, 직접 드러내기도 했다. 이 사물들은 자아의 내면을 비추면서 결핍된 내면을 인식하게 하는 이중의 구실을 내포했다. 여기서 자연은 자아를 성숙함으로 이끌어가는 존재였으며, 감정의 불순함도 순화시키는 기능을 갖고 있었다. 자연이라는 대상이 갖는 이러한 세계를 소유하기 위해서 자아에게 반드시 인내의 태도가 수반되었다. 자아는 직접 소리치지 않고 눈을 감고 기다리는 자세를 취하는데, 참고 기다리면 성숙하게 된다는 원론적이고도 일반적인 전망을 드러내었다.

사물 응시는 비어 있는 자아의 내면을 응시하는 것과 동일한 행위인데 이를 통해 화자는 결핍된 내면을 응시하게 된다. 비어 있는 내면은 화자가 능동적인 의지로 비워낸 무욕의 상태가 아니라 어떤 상실감으로 인해 빈 상태였으므로 충만한 대상과는 다른, 자신을 바라보는 화자의 태도에는 일종의 페이소스가 감돌고 있었다. 비어 있는 내면을 충만한 상태로 채우고 싶어 하는 화자는 이러한 충만함 또한 인내와 기다림에서 온다는 당위적 인식을 자연을 통해 확인하였다. 충만함의 깊이는 인내에서 출발하여 성숙함에 이르는 과정에 동반되는 것이었다.

시인은 자연과 동일화를 꾀하면서 자신의 내면에 있어야 할 세계를 욕망하였다. 자아와 세계의 동일성을 염두에 두고 볼 때 이러한 세계인식은 서정시의 본령에서 크게 벗어나지 않는다. 그러나 자아와 내면 사이에 개입된 사물에 의해 대면한 세계인식에는 한계가 있는 듯하다. 왜냐하면, 다음 시집에 나타나는 시들은 사물을 통한 인식과 그에 따른 깨달음에 이르는 과정을 소거하고 대상과 직접 대면하는 자아가 대두되기 때문이다. 자아는 자연을 동일화의 대상으로 바라보는 것을 지양하고 자연을 자연으로 존재하게 하는 태도를 취한다. 여기에는 어떤 것의 부재와 상실감에서 오는 슬픔, 그리움, 기다림이라는 자아의 내면 정서가 더 이상 틈입할 자리가 없다.

# 2. 인식의 확장과 응축의 깊이

두 번째 시집『돌베개의 시』에는 자아가 세계와 동일화를 추구하기 위해 자연을 대상으로 삼는 시는 찾아보기 힘들다. 대신 자아의 시각을 더 확대하여 상황이나 사물들을 객관적으로 인식하려는 모습을 포착할 수 있다. 여기에서 이형기는 절제하던 시어를 늘리고 행간 여백은 줄인다. 또한 시에 생활의 구체적 흔적을 배어들게 하여 모호한 서정적 감정을 배제시킨다. 자연은 자아 성숙을 위해 있는 것으로 인식하지 않고 그냥 자연으로 존재하게 한다. 자연의 의미를 주관적으로 정의하지 않으며 관찰은 관찰로써 마무리된다. 응시의 시각이 소망이나 욕망의 다른 표현이라는 것을 의식하고 의도적으로 지양함을 알 수 있다. 또 사물을 통해 자아의 상실감이나 결핍을 표현하는 데서 벗어나 있어 사물의 의미가 훨씬 더 역동성을 띠며 다양한 시각 또한 함유되었다.

이 시집에서 보이는 자유로운 시각의 변화가 세계인식의 한 단면을 말해주는데, 특기할 만한 것은 시 속에 화자가 직접 드러나지 않아 주관적인 감정과 일정한 거리를 유지하고 있으며, 그의 시의 특징이라 말할 수 있는 과감하고 돌발적인 비유가 잘 활용되었다는 점이다. 이와 같은 특징이 심화되고 극대화된 시집은 세 번째로 출간한『꿈꾸는 한발』이다. 이후 이형기 시는 초기시의 서정성을 상상하기 어려울 정도로 단절된 면모를 보인다. 많은 논자들은 이와 같은 변화에 초점을 맞추어 정반합의 변증법적 발전사로 이형기 시를 이해하지만 이것이 반드시 발전사라고 보기는 어렵다. 세계인식의 변화에서 오는 자연스런 변모이므로 초기시의 서정성을 극복하기 위해 이러한 세계로 나아갔다는 식의 논의는 적절치 않다.

한편 정효구는 "두 번째 시집에서부터 기다림, 외로움, 슬픔, 서러움 등과 같은 젊은 시절의 충동적인 내면 정서를 상당 부분 지워버리기 시작한다. 그 대신 그의 작품에는 보다 서사적이며 현실적인 화자가 등장하게 되고 그 화자가 전달하는 내용 또한 개인의 서정적인 감성 영역을 벗어나고 있다."9)고 평가했다. 이는 1963년에 나온 첫 번째 시집 이후, 8년 뒤인 1971년에 출간된 두 번째 시집에서 보인 변화를 올바르고 적절하게 지적한 것이라고 보겠다. 이형기의 두 번째 시집에서 보이는 이와 같은 시세계의 변화는 인식의 확장과 맞물려 사물에 대한 경계를 지워나가는 것과 관련이 깊다.

세계가 동일화의 대상에서 멀어졌을 때 자아는 세계(대상)와 어떤 관계를 유지해야 되는가에 대한 의문이 생긴다. 서복관의 글은 이러한 의문을 어느 정도 해소해준다. 서복관은 중국 예술정신이 어떠한 모습으로 발현되는지 장자를 통해 재발견해냈다. 다음은 장자의 「응제왕」10)에 나오는 부분이다. "지인의 마음의 작용은 거울과 같다. 사물을 보내지도 맞아들이지도 않는다. 사물에 따라 응하여 비춰주되 감추지 않는다. 그러므로 사물에 대응하여 자기 몸을 손상시키지 않을 수 있는 것이다."11) 이 말을

---

9) 정효구, 「초월과 맞섬」, ≪시와시학≫, 1991. 봄, 138쪽.
10) 서복관, 권덕주 외 역, 『중국예술정신』, 동문선, 2000, 114쪽. 서복관은 공자와 장자의 예술 사상이 중국 예술의 성격을 가장 핵심적으로 보여준다고 말한다. 장자의 지고한 정신세계를 통해 중국 순수예술정신을 설명하면서 장자의 세계와 예술가의 세계에는 경계가 없음을 여러 근거를 토대로 증명해 보인다.
11) 김달진(『장자』, 문학동네, 1999, 107쪽)은 이 부분을 다음과 같이 해석한다. "지인(至人)의 마음은 마치 거울과 같다. 비쳐 오는 것이 밉다고 해서 배척하지도 않고, 곱다고 해서 환영하지도 않으며, 비쳐진 것이 떠나가도 굳이 그 자취를 남기려고 하지 않는다. 그리하여 그것은 모든 사물을 능히 비추며 조금도 몸을 상하지 않는다"(至人之用心若鏡 不將不迎 應而不藏 故能勝物而不傷).

서복관은 다음과 같이 해석한다. '사물을 보내지도 않고 맞아들이지도 않는 것'은 '대상을 시간과 공간의 관계 속에 놓고 처리하지 않는다.'는 뜻이다. 만일 이와 같이 하게 되면 지식을 추구하는 인과의 활동이 되어버리기 때문이다. 또한 '자신의 이해와 호의에 대한 선입견을 대상 그 자체에 가하지 않는다.'는 뜻이기도 하다. '선입견을 대상 그 자체에 가하게 되면 마음이 대상에 의해서 영향을 받게 되고, 대상도 선입견에 의해서 왜곡'되기 때문에 사물을 거울의 작용처럼 대할 수 없게 되는 것이다. 그리고 마음이 지식 방면의 쪽으로 가지 않고 선입견에 의한 장애도 없게 되면 마음의 허정虛靜한 본성이 드러나게 된다. 서복관은 사물에 대해 이 상태에 있게 되면 곧 시간과 공간을 초월한 아무런 걸림이 없는 무한한 존재가 된다고 본다.

서복관은 이어서 사물을 맞아들이거나 보내는 일이 있게 되면 곧 한계와 간격이 생겨난다고 말한다. 사물을 보내지도 맞아들이지도 않고, '사물에 따라 응하여 비쳐주되 감추지 않게' 되어야만 '자유로운 만남과 자유로운 만물, 양자 모두가 어떤 한계나 간격이 없는 주객양망主客養望의 만남'을 가질 수 있다는 것이다. 여기서 '감추다'는 말은 주관의 개입으로 사물을 왜곡시켜서 본질을 드러나지 않게 한다는 뜻과 상통한다. 그는 '사물에 대응하되 자기 몸을 손상시키지 않는다.'는 뜻을 다음과 같이 구별 지어 설명해준다. 먼저, 만물이 마음을 흔든다면, 이것은 자기를 손상시키는 '기상己傷'이고 대상을 굴절시켜 자신의 호오를 따르게 한다면, 이는 대상을 손상시키는 '물상物傷'이라는 것이다. 사물을 맞아들이지도 보내지도 않으면서, 주체와 객체가 자유롭게 어떤 한계나 간격 없이 서로 접하는 것을 '불상不傷'이라고 한다. '불상'과 같이 마음의 본래 면모 속에서 정현呈現되어 나오는 대상이야말로 저절로 미적 대상이 될 수 있다.[12]

---

12) 서복관, 같은 책, 116쪽 참고.

서복관의 해석을 다시 정리하면 이렇다. 예술가는 사물에 '기상'과 '물상'을 행하지 말아야 한다. 행하지 않으면 사물의 본질을 호도하지 않게 되고 결과적으로는 주체와 객체가 서로에게 종속되지 않고 자유롭게 된다. 서복관의 말은 주체나 주관이 흔히 대상이나 사물에 가하는 폭력성에 대해 재고하게 해준다. 동일성 추구를 위한 대상은 주관의 가해를 당한 희생물일 수 있기 때문이다. 그러나 예술은 주관의 가해 위에서 존립한다. 그렇다면 굴절의 각도와 왜곡의 정도 차이에서 이러한 문제를 생각해야 할 것이다. 정도와 각도에 따라 객관성과 주관성이 갈리고 여기 사이에도 많은 인접성이 자리할 수 있다.

어윈 에드만은 언어의 근원적 속성 자체에 주관성이 들어있다고 말한다. 이때 근원적이란 발화 상황이나 사용될 때를 의미한다고 보겠다. "궁극적으로 모든 언어는 은유적이다. 실제로 경험한 것을 나타내려고 할 때는 어떤 식의 논법을 써 보아도 그것은 결국 심한 우회의 방식의 암시나 상징 이상의 것으로밖에 되지 않는다. 그러나 감각적으로 선명한 말을 골라냄으로써 우리들의 인상을 정열과 연상으로 한다든가 혹은 정열을 인상과 연상시킴으로써 시는 대개 다른 어떤 언어보다도 더 한층 문제의 핵심에 접근하게 될 것이다. 시가 의미하는 것을 정확히 말한다거나 시를 완전히, 혹은 정확히 번역할 수가 없다는 이유가 여기에 있다."13) 이로 보면 결국 대상에 가하는 주관적 시각은 자신의 감성을 드러내려는 데만 있지 않고 사물의 핵심에 잘 접근하기 위해서라는 것을 알 수 있다. 이형기 시에 드러난 사물이나 비유적 의미도 이를 염두에 두고 추적해나가야 할 것이다.

이형기 시의 인식 확장은 우선 소재와 기법적인 측면의 변화에서 발견할 수 있다. 동일화의 대상이 아닌 자연과 우주만물에 반응하는 자아의 확장된 오관은 웅혼해진 세계인식에서 온다. 이형기는 대상과 동일화에

---

13) 어윈 에드만, 박용숙 역, 『예술과 인간』, 문예출판사, 69~70쪽.

서 벗어나 감각의 자유로운 활용을 통해 사물들이 활발하게 노니는 공간을 마련한다. 오감각의 활용은 시각의 편협성을 막아준다. 일반적으로 주관은 '나는 본다'는 것에서 출발한다. '나는 본다'를 곧, '나는 안다'와 같은 의미로 취급해온 서양철학은 인식작용을 지배하는 것이 시각임을 반증해온 역사이기도 하다. 앞 절에서 살펴본 '본다—응시'에는 다음과 같은 흥미로운 내용이 들어있다.

> 한 사람의 시인이 자신의 꿈과 시적 창조를 살릴(生) 때 그는 이러한 자연적 통일을 실현하는 것이다. 그때 응시된 자연은 명상을 도와주며 또 이미 명상의 여러 수단을 포함하고 있는 것처럼 보이는 것이다. 시인은 우리에게 '존재하는 것의 명상에 우리가 대표로 위임한 물과 가능한 한 가까이 맺어질 것'을 요구한다. 그러나 보다 더 잘 응시하는 것은 호수일까, 아니면 눈일까? 호수나 연못이나 잠자는 물은, 우리를 물가에 멈춰 서게 한다. 그것은 의지를 향해서 다음과 같이 말한다. 너는 보다 멀리 가지는 못할 것이다. 너는 먼 사물들, 즉 저쪽의 사물들을 보도록 되어 한편 무엇인가가 여기서 이미 보고 있는 것이다. 호수는 모든 빛을 빼앗아 그것으로 하나의 세계를 만든다. 그에 의해서 이미 세계는 응시되고 표현되어 있다. 그는 또한 세계는 나의 표현이라고 말할 수도 있다.[14]

지금까지 응시는 자아의 의지로 행해진 것으로 알고 있었으나 이 글을 보면 세계에 의해 자아가 응시되고 있음을 알 수 있다. 응시하는 눈은 능동적 의지에서 나온 것이 아니라 그 반대이다. 자아는 또한 먼 세계에 있는 사물들을 호수에 한정해서만 본다. 호수에 비친 것만이 전 세계라고 보는 것이다. 이는 부분적 세계를 전체로 이해하는 오류를 낳게 된다. 또 응시하는 한 자아는 보다 멀리 가지는 못한다. 응시된 자연을 전체라고

---

14) 가스똥 바슐라르, 앞의 책, 47쪽.

인식하고 있기 때문인데, 그는 그 세계 안에 갇혀 멀리 갈 필요성을 느끼지 못한다. 이렇게 되면 '세계는 나를 통과한 표현'이 되어 '나'의 나르시시즘은 더욱 강화되게 된다. 응시는 세계와 동일화를 욕망하는 것에서 오는데 세계는 자아의 시각에 의해 한정되게 되고 이 한정된 세계는 다시 자아에게 응시된다. 이것이 함유된 '응시'는 자아에게 인식의 새로운 지평으로 진일보하기 어렵게 만든다. 이형기는 시각 위주에서 벗어나 다른 감각으로 전이를 꾀하는데, 이는 세계의 부분적 이해에서 전체적 이해로 이행되고 있음을 반영한다.

다음 시는 청각적 심상이 내용의 주축을 이룬다. 소리에 반응하는 화자의 내면을 추적해보기로 하자.

> 누군가 밤내 바위를 쪼고 있다.
> 그 정소리의 울림만큼 밤은 깊어간다.
> 深夜에 이르러선 온 골이 쩡쩡
> 진동한다
> 살아 있는 모든 것들이
> 잠을 깨선 일제히 울어댄다
> 도대체 죽은 것이 어디 있는가
> 죽음조차도 그렇게 소리치며 울고 있다
> 일이 마침내 여기에 이르도록
> 온갖 혼령을 흔들어 깨운 자 누군가
> 미련하게도 무작정 바위를 쪼아대는
> 그 밤내의 정소리는 누구의 짓인가.

-「밤」전문

밤은 어둠과 마찬가지로 우주 창조 이전의 암흑, 탄생 전의 암흑을 상징하며, 또한 혼돈, 죽음, 광기, 붕괴, 세계의 태아 단계로 역행과 모든 것을 감싸주는 모성15)을 상징하기도 한다. '밤'은 단순하게 보면 낮의 상대적 의미이다. 그러나 '자연'이 단순한 소재의 의미를 넘어 자아성숙을 돕는 어떤 세계가 되었듯이, 문학작품에 나타난 '밤'이라는 소재가 갖는 상징성도 어떤 목적성과 결부되어 존재해왔다. 우리 작품 속에서 내부의 역사적 굴곡, 연속된 외침과 맞물린 '밤'은 대부분 '시대나 시기의 어둠'을 상징했다. 식민지를 거쳐 독재 권력의 시대에도 '밤'은 여전히 이 상징의 두꺼운 옷을 입고 피압박 민중의 최전방에 함께하고 있었다. 어두운 '밤'은 희망의 '새벽'과 대치되어 있었으므로, '밤'을 극복하려는 의지 유무가 작품의 중요한 주제의식을 대변하여 주었다. 우리의 '밤'은 물리적인 시간을 가리키는 본연의 뜻을 잃어버리고 '현실적 어둠'을 상징하면서 시대의 아픔과 행보를 같이해온 것이다. 그러나 이 시의 '밤'은 무겁고 어두운 상징성을 벗었으며, 어떠한 목적성도 지니지 않음을 알 수 있다.

시의 시간적 배경은 낮의 상대적 의미로 쓰인 밤이다. 우선 시의 초점을 '바위', '밤 내내 바위를 쪼고 있는 사람', '정 소리', '정 소리에 반응하는 만물'에 두고 분석해 보고자 한다. 시 속의 화자는 숨어서 누군가가 정으로 바위를 쪼는 소리를 듣고 있다. 이 구조로 보면 화자는 바위 쪼는 소리에 온 골이 쩡쩡 울려서 잠을 못 자거나 깬 사람이다. 화자는 보이지 않는 누군가의 이 행위에서 "무작정 바위를 쪼아대기" 때문에 미련하다고 판단한다. 현실적으로 석수장이는 '이유 없이' 혹은, '조건 없이' 밤에 무작정 바위를 쪼지 않는다. 그에게는 바위를 쪼아야 하는 어떤 목적이 분명히 있다. 또한 밤은 고된 낮일을 접고 휴식을 취하는 시간이므로 이들이 '심야'까지 일을 연장하는 법은 흔하지 않다. 그런데 '정 소리'는 밤이 깊을수록 커지며 '밤 내내' 이어지고 있다. '죽음'과 '혼령'마저도 이 정 소리에 깨어나 반응하며, '살아 있는 모든 것'들도 마찬가지 반응을 보인다. 곧

15) 진 쿠퍼, 앞의 책, 230쪽.

정 소리를 내는 주인공은 생명과 "온갖 혼령을 흔들어 깨운" 자임을 알 수 있다. '바위 → 골짜기 → 생명체 → 죽음 → 혼령' 등을 깨우며 "정소리"는 만상을 왕래한다. 온갖 삼라만상이 바위를 쪼는 소리에 일어나 조응하고 있다.

'정'은 돌에 구멍을 뚫거나 돌을 쪼아서 다듬는, 쇠로 만든 연장을 말한다. 이러한 도구로 "온 골이 쩡쩡 진동"하도록 바위를 쪼는 행위가 가능할까? 사위가 조용한 깊은 밤이라도 이 조그마한 도구로 온 골짜기를 울려서 "살아 있는 모든 것들이 잠을 깨"게 할 수 없다. 또한 이 소리로 죽음조차 깨어나 "도대체 죽은 것이 어디 있는가" 하고 "소리치며 울고" 있게 하지는 못한다. 그렇다면 몹시 과장된 표현일 수 있으므로 문면 내용처럼 실제로 밤에 '바위'를 쪼고 있다고 보기는 어렵다. 이는 관념의 바위이며 이 관념의 바위를 쪼는 정 소리로 이해할 수밖에 없다. 여기서 '바위를 쪼는 누군가'의 행위에 집중해야 하는데 그가 밤 내내 정 소리를 내는 목적은 바로 삼라만상을 '깨어나게' 하려는 데 있는 것으로 보인다. 밤은 관습적으로 보면, 만물이 잠드는 시간이다. 누군가의 행위는 이 관습적 인식에 '정'을 대는 행위라고도 볼 수 있다. 그의 '정'은 '생물학적 죽음'마저도 일깨운다. 이 무소불위의 '정'은 바로 문인의 '펜'을 연상하게 한다. 누군가의 밤 동안 노역은 어떤 무모한 '짓'(행위)으로 비칠 수도 있다. 그러나 여기서 '혼령'마저도 깨울 수 있는 힘을 가진 사람, 온갖 사물에도 생명을 부여할 수 있는 사람은 시인이 가장 적절할 것으로 보인다. '바위'와도 같은 관습적인 단단한 세계를 밤새워 쪼는 시인과 밤새워 정을 쪼는 누군가는 동일인이라고 보아도 무방할 것이다. 화자는 자신의 행위를 누군가의 것으로 전이하여 객관성을 확보한다.

다음 시「봄밤의 귀뚜리」도 이와 같은 세계인식의 변화를 느낄 수 있다.

봄밤에도 귀뚜리가 우는 것일까.
봄밤, 그러나 우리 집 부엌에선
귀뚜리처럼 우는 벌레가 있다.

너무 일찍 왔거나 너무 늦게 왔거나
아무튼 제철은 아닌데도
스스럼없이 목청껏 우는 벌레.

생명은 누구도 어쩌지 못한다.
그저 열심히 열심히 울고
또 열심히 열심히 사는 당당한 긍지

아아 하늘같다
하늘의 뜻이다.
봄밤 子正에 하늘까지 울린다.

귀를 기울여라.
태고의 原始林을 마구 뒤흔드는
메아리 쩌렁,

메아리 쩌렁
서울 都心의 숲 솟은 高層街
그것은 原始에서 現代까지를

열심히 당당하게 혼자서도 운다.
목청껏 하늘의 뜻을
아아 하늘만큼 크게 운다.

- 「봄밤의 귀뚜리」 전문

「밤」에서 울리는 정 소리의 파장은 만물에 이르기까지 확대되었다. 이렇게 이형기의 시적 너비는 무한해지고 생사의 경계에서도 벗어난다. 미물에도 이르고 우주의 '유성'에도 닿는다. 이러한 확대와 축소는 인식의 유연한 확장에서 온다. 「봄밤의 귀뚜리」에서도 앞의 시처럼 시각이 아닌, 청각적 이미지로 대상을 수용한다.

시는 '귀뚜리처럼 봄밤에 우는 벌레' 소리를 듣는 화자와 '우는 소리'에 대한 화자의 인식 부분으로 나뉜다. 시 속에서 '우는 벌레'인 '미물'은 인간과 동등한 하나의 생명체이다. 생명체의 임무는 주어진 본분대로 살아간다. 생의 의지를 표현하며 "스스럼없이 목청껏 우는 벌레"는 인간처럼 당당하게 '열심히 울고, 열심히 사는' 긍지를 지닌 존재이다. 이 미물은 하늘에 생명을 부여받은 대로 열심히 살고 있다. 이 생명을 주도해나가는 것은 '자연의 이치'인 "하늘의 뜻"이다.

유학에서는 '자연의 이치'를 '천명과 성'의 두 가지 측면으로 나누어 구별한다. '천명天命'은 자연계가 잘 순환하도록 하여 만물 전체에 삶의 조건을 제공하는 것이고, '성性'은 만물 하나하나를 낳고 기르는 원동력이 되는 것이다.16) 만물이 생겨나고 자라도록 명령한다는 뜻에서 '천명'이고, 만물 하나하나에 주어진 생성과 성장의 원동력을 '살려는 의지'(性＝忄＋生)로 보아 '성'이다. 이 의지는 몸을 계속 살게 하는 근원적인 것이다. '살려는 의지'는 천명으로 주어지는데, 이는 '나와 너', 그리고 '동물과 식물'에 작용하는 그것과도 일치한다.17) '나'를 살아가게 하는 본질인 '살려는 의지'는 '너'에게도 존재한다. '나'를 살아가게 하는 참다운 존재인 이 의지는 만상에 작용한다. 이 의지대로 살아가는 '참다운 나는 곧 너이며 만물'로 확대될 수 있다.

---

16) 이기동 역해, 『논어강설』, 성균관대학교출판부, 1996, 41쪽.
17) 이기동 역해, 『대학·중용강설』, 성균관대학교출판부, 1996, 22~34쪽.

그렇다면 '하늘(天)'은 어떻게 해석할 수 있을까? 인간 존재의 본질은 근원을 이루는 '살려는 의지'에서 찾을 수 있다고 위에서 언급하였다. 이 의지는 생명을 가진 모든 것에 공통적으로 존재한다. 내 본질이 곧 남의 본질에 있는 것이므로 전체적으로 두루 존재한다. 개인적으로 보면 개별성을 갖지만, 이를 초월한 전체성을 지닌 본질이다. 이 '살려는 의지'의 전체성을 '천天'이라고 부른다. 천天의 명命이란 천지 만물의 전체성에서 본 살려는 의지이다. 이를 토대로 하면, 이 시에서 인간과 미물 사이의 경계는 가름할 수 없다. 인간에게도 곤충에게도 두루 전체적으로 존재하는 이 의지 때문에 하늘 아래 생명체는 동등하게 된다. 그러므로 곤충의 '살려는 의지'는 "하늘" 같은 것으로써 "하늘의 뜻"으로 부여된 것이다. '천명'으로 주어진 살려는 의지를 행하는 "우는 벌레"는 생명의 시원인 "태고의 원시림"에서 "현대"의 "서울 도심의 숲 솟은 고층 가"까지, 시공을 초월하면서 "당당하게 혼자서도" 생명의 존재를 알린다. 이 소리의 진폭은 인간계와 우주계까지를 넘나든다. 이 존재의 소리에 '귀를 기울이는 숨은 화자'와 '우는 벌레'는 우주 위의 동일자이다. 이 시에는 이렇게 우주 만물까지 확장되고 인간과 미물 사이의 경계를 지운 새로운 인식의 지평이 나타나 있다.

하늘만한 안경을 끼고
밤하늘을 보라
별들이 보인다
하나의 별이 三十億光年을 살아온
三十億光年의 歷程이 보인다
銀河의 물결이 보인다
별이 별끼리 만나고 헤어지는
그 만남과 헤어짐이 보인다
하늘만한 안경

아아 어둠이 보인다
늘 어둠과 함께 있는 빛이 보인다

―「하늘만한 안경」 전문

이 시와 다음에 이어지는 「하운」의 공통점은 '호수', '창'에 국한되었던 한계를 보이지 않는다는 데에 있다. 우주 만물, 삼라만상, 하늘과 같이 인식의 범위가 매우 커서 한정할 수 없는 넓이를 갖는다. 이 공간 속에 살아가는 생명체의 동등함을 인식하는 측면 또한 이와 같은 넓이를 지닌다. 화자의 시각은 극대와 극소에 자유자재로 왕래하여 인식의 깊이와 넓이는 측정치를 벗어났다. 시에 보이는 과장된 비유도 이에 한몫을 하는데, 과장에서 오는 비현실성이나 불편함보다는 막힘이 없고 활달하여 광대한 느낌을 주는 데에 일조한다. 「하늘만한 안경」은 '하늘만한 안경'으로 비유된 화자의 시각에 집중할 필요가 있다.

어떤 사물을 '본다'는 것은 언어보다 먼저 일어나는 인식 행위이다. 보는 행위가 인식 행위와 밀접성이 있기는 하지만 사실 일상사에서는 보아도 인식하지 못하는 경우가 더 많다. 그렇다면 보는 것보다 더 중요한 것은 그것을 어떻게, 무엇으로 인식하느냐이다. 그리고 어떠한 언어로 표현되었느냐이다. 표현 재료인 언어의 정치한 분석은 시인의 세계인식을 제대로 밝혀줄 열쇠다. 이 시의 화자는 별을 보며 별의 '역정 그리고 만남과 헤어짐'을, '어둠과 함께 있는 빛'을 본다. 보는 것이 아니라 보면서 생각에 잠기는 것이지만 화자는 "보인다"라고 말한다. 다시 면밀히 보면 '보인다'는 표현이 더 정확하다는 느낌이 든다. 왜냐하면, "하늘만한 안경을 끼고" 보아야만 '별들이 보이고, 무한대에 가까운 시간을 살아온 별이 보이고, 별의 군집인 은하수가 보이기' 때문이다. 이러한 것들은 '하늘만한 안경'을 끼지 않았다고 보이지 않을 리가 없는데, 굳이 화자는 이 안경을 끼고 보라고 주문한다. 이는 인식의 변화에 대한 주문으로 이해할 수 있다.

'하늘만한 안경'을 끼고 밤하늘을 보면, '별 < 별의 역정 < 은하수 < 별의 만남과 헤어짐 < 어둠 < 어둠과 빛'을 볼 수 있다. 보이는 것들은 단계적으로 점점 더 확대되었다. 시의 의미망은 이 점층 구조에서 발견할 수 있다. 별의 역정과 만남과 헤어짐, 어둠과 함께 있는 빛을 보기 위해 이 안경이 필요하다. 하늘만큼 확장된 인식이 있어야만 세계를 깊이 있게 이해할 수 있을 것이다. 그러므로 이 안경을 끼고서 보라는 것은 인식의 확장에 대한 주문이다. 이 안경으로 포착한 것은 어둠만이 아니다. 이것과 공존하는 빛도 있다. 이 안경은 세계를 양면성이나 전체성, 균형적 시각으로 바라볼 수 있게 해준다. 인간의 시각은 편견과 선입견에서 벗어나기 어렵다. 만남이나 빛 같은 삶의 한 면만을 보는 시각의 편협성은 '하늘만한 안경'의 대비로 인해 더욱 편협해진다. 균형성과 전체성을 갖춘 이 안경을 낀 자아에게 세계는 무한한 시공을 제공한다. 다소 평면적이고 평범한 내용을 형상화한 것이지만 객관성과 확장된 깊이의 획득 측면에서 보면 비중이 있는 작품이다.

지금까지 이형기의 확장된 인식과 사물에 대한 경계를 지운 작품을 살펴보았다. 여기서 자연은 자아의 대상성으로 존재하지 않는다. 소재와 감각을 확대하여 편협함에서 벗어났고 시공간 또한 무한하게 확장되었다. 이러한 확장과 경계 지우기는 표현 기법 측면에서도 찾아볼 수 있다. 과감한 비유는 언어의 관습에 혼란을 일으키어 독자에게 신선한 세계를 제공해준다. 이와 같은 기법적 측면의 변화를 인식 확장과 연관 짓는 이유는 선택한 시어와 의미를 결합하는 과정에 세계인식을 드러내는 요소들이 녹아있기 때문이다. 이형기는 "사물의 총화는 세계를 이룬다. 그리고 세계는 시간과 공간을 그 존립의 기본 축으로 하여 구체적인 양상을 언어화한다. 대상의 언어화란 그 대상을 그 언어가 그렇게 하기에 합당한 지시물로 이해했다."[18]는 뜻이라고 말한다. 또한 그는 "인간의 언어 표현은 본질적으로 말하는 사람을 원점으로 하는 세계의 원근법적 해석"이라고 본다.

본성적으로 언어 표현에 민감하고 성숙한 정신을 소유한 사람은 서로 무관한 사물과 이질적인 경험을 유기적으로 통합하여 새로운 의미로 창조하는 능력을 갖고 있다고 한다. 흔히 불교에서 고승들이 제자들을 깨우치기 위해 던지는 화두는 고도의 비유적 표현으로, 본질적으로 보면 이와 같은 상태에서 창조되어 탄생한다. 화두를 받은 제자들은 이것에 집중하게 되는데 보통 속세의 관습, 인식의 관습을 부수는 순간에 화두의 의미가 드러난다. 어부와 '통발'의 관계처럼, 고기를 잡기 위해 설치해놓은 통발은 고기가 잡히는 순간까지 유효한 사물이다. 시인의 비유적 언어 표현도 이와 같다. 낯익은 세계를 낯설게 바라보게 하고 평범한 세계를 새로운 세계로 만드는 화두, 통발에 해당하는 탁월한 비유야말로 구사하는 자의 높은 정신세계를 독자에게 맛볼 수 있게 해주며 인식의 혁명을 가져다준다.

의인법과 함께 시에서 가장 많이 활용하는 비유적 표현법은 은유이다. 사물을 인식할 때 갖는 직관은 상상력과 관련이 있다. 이 직관의 결과물이 은유인데, 이렇게 창조된 언어는 평범한 세계를 새로운 세계로 탈바꿈시키는 마력을 발휘한다. 이형기는 "시인의 과제는 언어로 새로운 세계를 열어줘야 하는 것이고 이때 은유가 바로 새로운 언어"[19]라고 말한다. 인식 확장 없이는 새로운 언어를 창조할 수 없으므로 뛰어난 비유는 확장된 인식의 준거로 보아도 무방하다.

> 숲은 조용히 타고 있다
> 눈을 뜰 수 없는 금빛 불꽃의
> 황홀한 燃上에 출렁이는 바다여
> (중략)
> 아아 나의 소망의 變幻自在여
> 누구도 그것을 볼 수 없다

---

18) 이형기, 『시란 무엇인가』, 한국문연, 1993, 155쪽.
19) 이형기, 『현대시 창작교실』, 문학사상사, 1991, 127쪽.

새벽과 日暮의
노을이 비낀 그 視線이 아니고는

-「숲」부분

海岸線을 따라
그 둘레만큼 커다란 어망을 던진다
등허리가 밖으로 비어져 나와
육중하게 몸을 뒤트는 大魚
그 비늘에 찬란한 금빛이 흩어질 때
바다는 일제히 함성을 지른다
놓치지 말아라
힘껏 당겨라
아니 뛰어 들어라 뛰어 들어라
빙빙 도는 바다 곤추서는 바다
숨찬 뒤범벅이다
가슴에선가 아랫배에선가
불끈 솟는
아아 慾望의 夏雲
구름 따라 바다는 돌연 昇天한다

-「夏雲」전문

　　시집『돌베개의 시』에 포함된 시들의 특징으로, 확장된 인식의 표출과
비유 그리고 역동적이면서도 화려한 표현 기법을 들 수 있다. 첫 번째 시
「숲」은 화려한 표현과 동적인 이미지를 구사한 작품이다. 화자는 숲을
"조용히 타고 있다"고 표현한다. 숲 풍경을 보며 "금빛 불꽃"이 활활 타오
르는 느낌을 받은 것이다. 화자는 여러 색깔이 어우러져 온 산이 불타고
있는 모습과 놀에 물들어 붉게 "출렁이는 바다"를 병치시켜 놓는다. 숲은
곧 바다이다. 특히 바다는 "새벽과 일모의 노을이 비낀" 시간에 금빛으로
물든다. 붉게 단풍이 든 가을 숲은, 햇빛에 반사되어 눈을 뜰 수 없을 만큼

금빛으로 반짝이는 바다와 유사관계를 이룬다. 숲에서 바다의 출렁임이, 단풍에서 금빛 불꽃이 나온다.

단풍이 절정에 이른 숲에서 출렁이는 금빛 바다 이미지를 연상하는 것은 이전 시에서는 전혀 발견할 수 없었던 것으로 매우 돌발적이다. 그런데 화자는 황금빛으로 물든 숲 풍경을 타오르는 불꽃으로 그리고 놀빛에 반사되어 물비늘 반짝이는 동적인 바다로 변환시킨다. 숲을 "불꽃이게 그리고 물결이게" 표현하는 자유로운 상상력은 누구에게나 가능하지는 않다. 유연한 사고와 깊이 있는 사색이 내재되어야만 창조된다. 이런 세계를 만드는 자신의 상상력을 화자는 "나의 소망의 변환자재"라고 말한다. 이처럼 「숲」은 세계를 변환자재하려는 시인의 활달한 경지와 복합적 이미지가 자유롭게 구사된 작품이다.

이어지는 시 「하운」에서도 동적 이미지는 극대화되었다. 힘찬 어조 속의 남성적 이미지, 생동감 있게 비유한 바다, 숨 가쁘게 이어지는 풍광 묘사는 변화무쌍한 '여름철 구름(하운)'과 알맞게 등가를 이룬다. 이 시는 먼저, 연 끝부분에 나온 "욕망의 하운"을 어떻게 보느냐가 중요하다고 말할 수 있다. 시를 잘 들여다보면 「숲」의 "나의 소망의 변환자재"와 "욕망의 하운"은 깊이 관련되어 있음을 알게 된다. 변화무쌍한 여름철 구름을 개성 있게 창조해내려는 화자의 '변환자재의 욕망'이 작품을 관통하고 있기 때문이다. 곧 "욕망의 하운"은 '여름 구름'을 '변환자재의 상상력'으로 나타내보고자 하는 화자의 욕망을 내포한 말이다. 하지만 시에서 이 경지를 욕망하는 화자의 모습은 드러나지 않는다. 그리고 "커다란 어망"을 던져 무엇을 잡는지도 중요하다. 돌연한 '바다의 승천'도 이 시를 이해하는 핵심적 요소이다.

우선 문면을 따라가 보자. 화자는 '해안선 둘레만큼 커다란 어망'을 던져 고기를 잡는다. 어망 안에 잡힌 것은 '등허리가 밖으로 비어져 나와 몸을 뒤트는 대어'이다. "대어"의 비늘에 '찬란한 금빛이 흩어'지는데, 이때

"바다는 일제히 함성을 지른다." 여기서 '대어'는 무엇을 가리킬까? 뒷부분을 보면 대어는 바다를 가리키는 것처럼 되어 있다. 그러나 대어를 '바다'로 해석하면 의미가 불확실해진다. 어망에 잡힌 대어, 즉 바다가 자신을 보면서 "놓치지 말아라, 힘껏 당겨라"라고 함성을 지를 수는 없기 때문이다.

그렇다면 화자는 실제로 바다라는 현장을 보고 있기보다 다른 공간을 바라본다는 것을 알 수 있다. 대어는 바다에 있는 것이 아니다. 대어가 있는 공간은 하늘이고, '대어'는 실상, '하늘에 있는 구름'을 가리킨다. 흔히 어망을 바다에 던진다는 관습적인 생각으로 이 시를 접근하면 의미가 모호해짐을 알 수 있다. 바다에 어망을 던지는 것이 아니라 하늘에다 던지는 것이다. 화자는 여름날 누워서 파노라마처럼 펼쳐지는 변환자재의 구름을 보고 있다. 그는 푸른 하늘을 푸른 바다로 변환시킨다. 이렇게 되면 하늘에 떠다니는 구름은 바다에서 노니는 커다란 대어가 된다. 이때 화자는 커다란 어망을 하늘에 던져 구름을 고기처럼 잡아 올리고 싶은 욕망을 느낀다. 대어를 낚는 과정은 마치 바다 현장에서 일어나는 것처럼 진행된다. "구름 따라 바다는 돌연 승천"하는 데서 이 환상 같은 바다 풍경은 하늘로 환원된다. 시인은 이 구절에다 슬쩍 하늘을 바다로 연상했음을 암시한다.

정리하면, 시의 화자는 누워 하늘을 보면서 하늘은 바다이고, 여름 구름은 하늘에서 노니는 대어로 상상한다. 상상의 어망을 던져 대어를 끌어당기며 생동하는 이미지를 건져 올린다. '육중하게 몸을 뒤트는', '찬란한 금빛', '바다의 함성', '뛰어들기', '빙빙 도는', '곧추서는', '불끈 솟는'의 시어가 주는 역동적인 느낌은 구름의 변화를 매우 실감나게 표현한 것이다. 독자에게 마치 이 모든 일은 바다에서 일어난 것이라는 착각을 하게 만든다. 찬란함에서 육중함에 이르는 화려한 이미지와 오감을 활용한 감각적 시어, 생동하는 어휘들은 시인의 활달한 세계인식과 인과관계를 이룬다.

변환자재의 경지를 욕망하는 시인은 이 시에서 성공을 거둔 것으로 보인다. 상하 공간의 도발적 도치, 이미지와 시어의 구사, 비유 기법 모두 이전 시작과 판이하게 다르기 때문이다. 특히 관습적으로 쓰던 구름, 바다 등의 관념어를 살아 있는 생물로 바꾼 활유적 표현법은 단순한 기법적 장치를 넘어 시라는 장르의 본질을 환기시키는 적절성을 지녔다고 보겠다. 이 작품에서 돋보이는 것은 시인의 경쾌한 상상력이다. 이런 참신한 창조는 앞으로 이어질 행보를 예고한다. 시인은 본디 "잠자고 있는 상상력을 일깨우는 데 있어서 소리의 유려한 아름다움이나 그 시의 움직임 등을 사용하는 것만이 아니라 감정을 불러일으키는 언어도 사용하는 것이다. 이와 같은 감정의 환기는 주로 언어의 선택에 달려 있지만, 언어라는 것은 우리들이 지닌 추상적이며 인습적인 경험의 공식을 깨어 부수고, 경험을 어린아이와 같은 싱싱한 상상력에 도달하는 감각적인 요소로 만들어버리는 성질을 지니는 것"[20]이기에 시인이 인습적 언어에 저항하는지 아닌지는 시에 사용된 언어를 보면 알게 된다.

이형기 시에 등장하는 '변환자재의 싱싱한 상상력'은 대부분 비유의 기법을 통해 나타난다. 이형기는 의도적 방법론으로, 서로 관련이 없는 사물을 다소 과격하면서도 폭력적으로 결합하여 사물 사이에 새로운 의미망을 형성한다. 사물 간 결합에서 거리가 가까울 경우, 폭력성은 약화되고 시의 의미는 선명해진다. 사물 사이의 거리가 너무 떨어질 경우, 폭력성만 표출되어 난해한 시가 되기 쉽다. 그러니 결합하기 어려운 사물이나 서로 다른 체험들이 잘 조화를 이루어 독특한 함축성을 내포하게 하고 또 유기적 통일성도 드러나게 한다면 좋은 시가 되는 요건을 어느 정도 갖추었다고 보겠다. 전혀 다른 이미지들을 결합시키되 시적 긴장감을 적절하게 유지하는 것도 여기에 해당한다고 말할 수 있다.

이형기는 시에서 전통적인 서정성을 추구하지 않게 된 이유로 서정적인 시에 대한 회의감을 꼽는다. 그는 자신의 시가 미당이나 청록파의 아

---

20) 어윈 에드만, 앞의 책, 64쪽.

류밖에는 될 수 없지 않을까 하는 불안감이 있었는데, 이를 타개하기 위해 십여 년 모색 기간을 갖게 되었다고 고백한다.[21] 이러한 과정에서 그는 보들레르나 오스카 와일드, 셰스토프에게 직간접적인 영향을 받았다.[22] 특히 보들레르에게 심취되었던 것은 '서정과는 다른 어떤 전율'을 그의 시에서 발견하여서이다. 이형기는 '전율'은 '흔들어 깨우는 시, 충격을 주는 시, 일종의 비수나 독약 같은 시, 예리한 칼날 같은 남성적인 시'[23]에서 온다고 보았다.

이형기 시는 각기 다른 이미지들을 결합시켜 시적 긴장감을 유발하게 한다. 결합물 사이의 유기적 인과관계가 유지되면서 작품 전체가 하나의 일관된 비유로 된 「하운」같은 시도 있고, 각 구절이 낱낱의 비유를 이루어 통합되는 시도 있다. 미술 기법에 물감을 점으로 찍어 풍경을 만들어 나가는 점묘법이 있는데 그의 시에도 한 구절로 된 비유가 모여 전체를 이루면서 한 편의 시를 완성하는 점묘식 기법이 발견된다. 이런 기법의 시들은 사물과 인과관계가 약화된 상태로 표현된다. 점 하나로는 풍경을 이루지 못하고 여럿 혹은 수많은 점이 모여야 하나의 형상을 갖추는 것처럼 이런 시들은 각각의 구절들을 모아야만 하나의 의미를 완성할 수 있다. 이 유형은 그의 시에 빈번하게 나타난다. 예를 들면 다음과 같다.

> 黃昏이로다
> 드디어 기우는 社稷이로다
> 변방에는 도둑의 무리
> 잔을 들고 고기를 뜯을 때
> 바닥난 內帑金

21) 이형기, 「나의 이력서」, ≪시와시학≫, 1992. 봄, 113쪽.
22) 이형기, 『서서 흐르는 강물』, 휘경출판사, 1979.
23) 문혜원, 「이형기 시의 창작방식에 대한 연구」, 『한국 현대시와 전통』, 태학사, 2003, 130쪽.

바닥을 보는 荒淫이로다
해여
이제 막 숨을 거둔 해여

―「해바라기」 부분


그대는 내 腫氣
다년생 宿根
해마다 벌겋게 되살아난다

―「發熱」 부분


삼월은
꽃 피기 전에 꽃이 피려는
무직한 통증
온몸이 저리는.

不治의 坐骨神經痛이다.
목마름이다.
타는 간장이다.

―「三月은」 부분


　이 시들은 다소 난해하여 내용 파악이 어려우나 제목을 구심점으로 하여 비유한 구절을 이해해나가면 어느 정도 의미가 드러난다. 「해바라기」는 고개 숙인 꽃의 모습과 황혼의 해를 관련짓고 있는 듯하다. 황혼은 하루가 기울어 가는 시간이므로 이를 "기우는 사직"이라 비유할 수 있다. 한 나라가 기울어가면 "변방에 도둑의 무리"가 들끓게 될 것이다. "황음"에 빠져 먹고 마시다 보니 임금이 개인적으로 쓰던 "내탕금"은 이미 바닥이 났다. 이렇게 나라가 기울어가는 상황을 "이제 막 숨을 거둔 해"라고 표현한다. 전통적으로 해는 임금을, 해를 따르는 해바라기는 임금에 대한 충성심이 가득한 신하를 상징한다. 이와 관계없이 시인은 기울어진 해바라기 모습과 황혼의 해를 같은 선상에 놓고 "기우는 사직"이라는 새로운 비유를 만들어낸다. 「발열」 또한 어떤 의미 창출에 필요한 시어들을 시인이 상상하는 내용들과 결부지어 열거하였다. 「삼월은」에서도 '묵직한 통증 · 불치의 좌골신경통 · 목마름 · 타는 간장'라는 시어가 배열되어 있다. 이들은 순서가 바뀌어도 시의 내용에 큰 변화를 주지 않는다. 겨울 끝에 오는 삼월은 개화의 계절이므로 통상적으로 희망과 관련짓는다. 그러나 여기서는 희망을 연상하게 하는 요소보다 비관적이고 부정적인 요소들의 결합으로 이루어졌다. 이는 자아의 특수한 세계인식에서 온다. 이와 같은 기법은 다음에서 더 극대화되어 나타난다.

> 터진 內臟이다
> 한 무데기 蛔蟲을 쏟는다
> 어느새 旣定事實이 되어버린
> 이 軟禁狀態
> 皇帝는 계속 無電을 치지만
> 그야말로 隔靴搔癢일 수밖에 없는
> 창궐하는 무좀이다
> 陛下 亂中이옵니다 고정하소서
> 바야흐로 여름은 堆肥처럼 뜨고 있다
> 또 갈아대는 濕布
> 진종일 차지도 않고 뜨겁지도 않으니
> 내 그대를 입에서 토해 내치리라
>
>                  ─「장마」 전문

「장마」는 은유적 표현 여러 개를 배열했는데 전체적으로 '싱싱하고 경쾌한 상상력'은 소거되었다. 보편적으로 서정 시인들은 시를 창작할 때 추하고, 혐오스러운 요소는 피하고 의식적으로 시어를 아름답게 조탁하여 미적 세계를 창조하려는 노력을 기울인다. 그러나 이형기는 이 시에서 이러한 태도와 거리를 두고 일부러 어둡고 추한 느낌의 이미지를 구사한다.

여러 날 계속해서 비 내리는 상황을 형상화한 이 시는 매우 독특한 상상력을 펼쳐 보인다. 시 분석에 앞서 빠른 이해를 위해 내용을 재구성해 보자. '바야흐로 여름철은 습하여 퇴비처럼 뜨고 있다. 밖은 터진 내장에서 쏟아지는 내용물처럼, 길게 빠져나오는 한 무더기 회충처럼 장대비가 쏟아진다. 기정사실이 되었으니 이런 상태는 오래된 듯하다. 황제는 연금 상태에서 벗어나기 위해 무전을 치지만 신하는 난중이니 그냥 있으라는 시원하지 않은 말(마치 무좀이 창궐하여 가려운데, 신발 신은 발을 긁는 것처럼 시원치 않은)만 한다. 그러니 내가 할 수 있는 일은 창궐하는 무좀 위에 연신 습포를 갈아대며 입에서 비를 빨리 토해 멀리 보내는 일이다.' 이렇게 대강 의미를 추리고 보면, 장마철 외부 출입을 못하고 연금 상태처럼 갇혀 지내는 한 사람의 답답한 마음을 표현한 시임을 알 수 있다.

이 시의 출발은 '여름은 퇴비처럼 뜨고 있다'에서 시작된다. 화자는 매우 습하고 후텁지근한 장마철 특유의 기상 상황을 퇴비가 썩어 뜨는 것 같다고 느낀다. 썩는 느낌의 이미지와 유기적인 의미구조를 고려하려면 이것과 유사한 이미지를 보이는 어휘를 선택할 수밖에 없다. 그런데 이런 이미지 흐름을 시의 중간과 끝에서 막는 것이 "황제"이다. 이 부분은 장마철에 연금 상태에 있는 것이 무엇인지 의문을 갖는다면 곧 해결된다. 장마가 끝난다는 것은 해가 나오는 상태이다. 장마철에는 인간보다 더 연금 상태에 있는 것은 바로 '해'다. '해'를 이형기는 '황제'로 비유한다. 해는 이 상태에서 벗어나 황제처럼 거동을 차리고 밖으로 납시고 싶지만 곁의 신하가 지금은 장마철(난중)이니 갑갑증이나 노여움을 가라앉히라고 말한다. 자신의 제한된 활동이 불만스러운 '해'는 이런 모든 상황이 성에 차지 않아 "격화소양"의 느낌이 들 수밖에 없다.

이 시의 무겁고 음울하며 추한 느낌의 이미지에 초점을 두어 이는 세계와 불화에서 나온다고 본 논의들이 있다. 물론 이런 측면을 완전히 배제할 수는 없지만 시를 분석해본 결과 시인이 불화의 시각으로 세계를 인식했다고 말하기는 어렵다. 시인은 더 새로운 비유의 혁명을 생각하면서 어떤 상황을 표현하기 위해 유기적 관계에 있는 시어들을 치밀하게 동원한 작품임을 알 수 있다. 습하고 답답한데 마음대로 외출마저 할 수 없는 장마철 풍경을 효과적으로 나타내기 위하여 시인은 의도적으로 추하고 사물 사이의 거리가 먼 시어를 선택하여 난해함을 유발하였다. 위화감을 주는 껄끄러운 어휘들을 통해 독자에게 새로운 시각을 열어줌과 동시에 신선한 의미를 창조해내려는 하나의 시도이다. 비유가 의도적으로 사물 사이의 폭력적 결합을 꾀해 의미를 창조하는 것처럼, 이 시 또한 이런 표현을 구사하여 보편적 인식에 충격을 주므로 세계와 불화로 이해하기보다는 세계인식의 확장과 연관 짓는 것이 더 타당하다고 본다.

　문혜원은 이형기의 중기시를 뒷받침하는 시론적인 바탕은 '세계에 대한 비유적 이해'라고 말한다.[24] 시인은 대상을 이해하고 해석하되 비유와 상상력을 통해 이루어져야 한다. 위의 시에서 분석했듯이, 이형기는 비유를 세계인식을 드러내는 수단으로 사용한다. 그러나 그의 방법은 다소 과격하다. 시작 방법론으로 원관념과 보조관념 사이의 거리를 이형기는 의도적으로 조절한다. 이 둘을 결합할 때 유사성이 큰 것일수록 그 관계가 관습적 질서를 모방하는 것이 되어 새로운 시각이나 의미를 보여주지 못한다고 이형기는 생각했다. 비유에서 결합되는 사물의 거리가 멀면 멀수록 현실을 초월하는 상상력이 보다 강하게 작용하며, 큰 충격성을 발휘한다고 생각하였던 것이다. 그는 사물과 거리를 의도적으로 확대하거나, 이질적인 것들과 결합을 시도하면서 서정시의 전통 문법에서 벗어나려고 했다. 또 초현실주의자들의 방법을 원용하면서 치밀하게 난해와 이해의

---

24) 문혜원, 앞의 책, 134~135쪽.

거리를 조종하려고 노력한다. 이때 발생되는 시적 긴장감과 지적 쾌감을 그는 시의 행간에 숨겨놓아 독자들의 몫으로 남긴다.

이건청은 이형기 시가 섭리와 순응의 세계로부터 대립과 갈등, 부조화의 세계에 관심을 가지면서 대상에 대한 응전과 투시의 강한 정신을 보인다고 말했다.25) 또 그의 이러한 변신은 세계관의 변화와 관련이 깊음을 지적했다. 이형기 시에서 발견되는 '독의 미학, 복수의 미학'은 연구사 검토에서 정리하였듯이 대부분의 논자들이 동의하는 내용이기도 하다. 이형기의 시세계가 위의 특징을 표출하고 있는 것에는 이의가 없으나, 그가 이런 작품만을 창작한 것은 아니다. 인간 내면의 아름다움이나 소시민적 소망, 인간적 갈등 등, '독'과 '복수', '파멸', '불화'와는 다른 성격을 가진 작품들이 있다. 이런 시들은 위의 강렬한 용어들에 가려 분석 대상에서 제외된 감이 없지 않다. 그러나 강렬한 정신의 이면을 들여다보게 하는 이 작품들은 그의 심원한 인식의 깊이와 맥을 같이한다.

미학에서 흔히 쓰는 조화를 장파는 화해和諧라고 표현한다.26) 조화調和라고 하지 않는 이유는 '조'가 '정제되지 않은 것을 가지런하게 하다'의 의미를 지니고 있어서다. 그는 인류가 창조해 낸 것을 통해 "인체의 내부(심리)는 최선의 상태에 있고, 인간과 사물·타인·단체·사회·자연은 최선의 관계를 지닌다. 우주의 발전 법칙과 연관된 인간의 발전은 최선의 방향으로 진행된다."는 것을 발견하고 낙관적이면서, 발전적 방향에서 창조물을 바라본다. 화해는 최선의 생존 상태와 최선의 발전 상태를 말하며 인류 이상이라는 것이다. 화해라는 말에는 서로 다른 것들이 어우러진다는 의미가 들어있으며, 다른 것들을 용납한다는 뜻도 포함되어 있음을 그는 강조한다.

사물은 그것과 상반되는 사물이 있기 때문에 고유의 성질을 유지할 수

---

25) 이건청, 『해방 후 한국시인연구』, 새미, 2004, 36쪽.
26) 장파, 앞의 책, 118쪽.

있다. 상하, 좌우, 미추, 강약 등 지구상에 존재하는 수많은 개념은 상대성에 의지한다. 상대성을 인정하고 서로 대립, 투쟁하는 것들이 함께 어우러져야만 사물이 존재하고 세계가 존립할 수 있을 것이다. 수용과 응축의 깊이를 보이는 작품들은 자아가 세계와 동일화를 추구하려는 것과는 다르다. 자기 내면에 던져진 많은 사물이나 요소들을 오랜 시간 위무하여 자기화한 것이다. 또 이런 작품들은 사물을 자아의 욕망대로 끌어당겨 표현하지 않는다. 사물이 사물로서 존재하게 하는 공간이 넓고 자아가 세계를 바라보는 시각도 한층 여유롭다.

> 섬으로 갈까보다
> 지도를 펴들고 더듬는 뱃길…
> 가서 이렇게 살까보다.
>
> 낮잠을 깬
> 섬의 선술집의
> 작부의 기둥서방의
> 선하품.
>
> 아직 해가 지기는 이른
> 오후 네 시쯤
> 또는 네 시 반쯤
> 얼굴이 꺼칠한 가을 해바라기.
>
> 육자배기나
> 목포의 눈물이나
> 떨어지지 않는 화투패나
> 또 무엇이나
>
> 新聞壁紙의 빈대핏자국이나

쌓인 담배꽁초나
콜록기침이나
또 무엇이나

虛勢여 虛勢여
아아 적막한 虛勢여

이를테면 羅老島의
外羅老島쯤으로 가는 舊式旅愁…
모조리 혼자 차지한 양
虛勢나 부리며 살까보다.

　　　　　　　　　　　　　　　　　　　　　　－「舊式旅愁」전문


　이 시는 두 번째 시집에 수록된 작품이다. 제2시집,『돌베개의 시』는
첫 시집과 달리 삶의 구체성이 강화되었음은 앞에서 지적한 바 있다. 사
소하면서도 신변잡기적 내용을 표명한 작품인데 작부의 기둥서방이나 되
고 싶다는 소망을 담은 시는 당시 시인의 시작 태도로 보아 매우 이례적
이다. 시는 '개인적 소망─소망하는 모습 상상─소망 강화'와 같이 크게
세 부분으로 나누어진다.
　구식은 '촌스러운', 혹은 '시대에 뒤떨어진', '옛날이었다면 가능한'이란
의미를 내포한다. '여수'는 '객지에서 느끼는 쓸쓸함이나 시름'인데 여기에
'구식'을 얹어놓았으므로 의미 그대로 '옛날식 여수'이다. '객지의 쓸쓸함
을 옛날식으로 달래는 것'으로 해석할 수 있다. 화자는 자신의 소망에 '구
식'이라는 말을 수식하여 중화시키려는 의도를 보인다. 화자는 지도에서
뱃길을 짚어가며 머무르고 싶은 섬 하나를 모색하는 중이다. 어떤 섬이어
도 좋지만 마지막 연으로 보아 고흥반도의 외나로도나 나로도쯤이 좋을
것이라고 생각한다. 2연부터는 '자신이 바라는 삶의 모습'을 벌여놓는다.
　화자는 섬에 사는 작부의 기둥서방이 되어 있다. '기둥서방'은 기부妓夫

라고 하는데 조선시대부터 있었다고 한다. 주로 관기가 아닌 사기私妓의 간판 남편으로, 자신은 놀고 지내면서 건달 등의 행패를 보호하는 천한 계층의 사내를 말한다. 이 기둥서방은 낮잠을 늘어지게 자고 '오후 네 시 무렵'에나 일어나 선하품을 한다. 도시 생활리듬과 동떨어진 삶이다. 그가 하는 일이란 남도민요 '육자배기'나 '목포의 눈물'을 들으며 '화투패'나 떼는 일이다. 아니면 정한이 서린 노래를 직접 부를 수도 있을 것이다. 시를 보면 신문으로 바른 벽지의 빈대 핏자국, 담배꽁초가 수북이 쌓인 재떨이, 기침과 담배연기가 가득한 방 안, 그 안에 얼굴은 꺼칠하지만 근심 걱정 하나 없는 사내가 있는 풍경이 떠오른다.

기둥서방으로 지내는 섬 생활은 긴장감도 없고 어떤 지적인 작업하고도 거리가 멀다. 생활을 위해 반드시 출근 시간에 자신을 맞추고, 시스템의 하위조직으로써 부산하게 움직이면서 머리를 써야할 필요도 없다. 몸 리듬에 맞게 일어나, 하고 싶은 대로 하는 생활은 이와 반대로 살고 있는 화자의 현재 삶을 생각할 수 있다. 그는 육지와 떨어진 '섬'에서 흔히 생각할 수 있는 어부의 삶이 아닌, 생활 전선과 무관한 빌붙는 삶, 여자에게 기생이나 하면서 살고 싶다. 화자는 현재 치열하게 머리를 써야하고 생활에 허덕이며 몸과 마음이 유리된 삶을 살아가고 있을 것이다. 이 삶에서 벗어나고 싶다는 화자 생각이 여기에 반영되었다고 하겠다. 하지만 화자의 모든 상상은 "적막한 허세"에 불과하다. 허세일지라도 그는 허세라도 부리며 살아가고 싶다.

화자는 자신이 소망하는 삶이 "적막한 허세"임을 안다. 이런 모든 것은 "구식여수"인 것이다. '옛날식' 상상 혹은 '촌스러운' 상상이라고 부를 수 있다. 그러나 이런 삶을 소망하는 모습에서 시인의 질박한 내면이 드러난다. 세상과 치열하게 대결하지 않고 남의 삶에 기대어 편안히 살아가는 '기둥서방'이야말로 몸과 마음이 겉돌지 않고 함께 하는 생활이라고 상상했을 것 같다. 삶의 긴장감과 피로감을 줄이고 여유 있는 시각으로 느슨하고 느리게 살아가는 삶을 용납하려는 수용 자세에 이 시의 초점이 있다.

시인의 다섯 번째 시집인『보물섬의 지도』에는 천주교 신자들의 머리를 자른 곳을 기리기 위해 만든 성지 '절두산'을 소재로 쓴「절두산」이 있다. '절두'와『산해경』에 나오는 '비두만飛頭蠻'이란 종족, 머리와 팔이 없는 희랍의 조각상 '토르소'를 섞어 재미있는 상상력을 발휘한 시다.[27] 심각하고 무거운 분위기를 주는 시와는 다른, 이처럼 가벼운 기분으로 감상할 수 있는 시가 아래에서 분석할「맥타령」이다. 이 시도『보물섬의 지도』에 수록되었다.「맥타령」은 여러 요소를 끌어들여 물 흐르듯이 이어지는 '타령'조의 여유를 선사한다. 시의 여유 있는 분위기는 '언어유희'에서 온다. '말재롱'이라고도 하는 언어유희는 한 가지 이상의 외연적 의미나 동음이의어를 사용함으로써 시적 의미를 풍요롭게 하며 재미를 준다.

다음은 고전소설『춘향전』에서 이몽룡과 춘향이 만나 노는 대목이다. "너와 나와 유정하니 정情자로 놀아보자. 담담 장강수 유유원객정, 하교불상송 강수원함정, 송국남포 불승정, 무인불견 송아정, 한태조 희우정, 삼태육경 백관조정, 도장 청정, 각씨 친정, 친고 통정, 난세 평정, 우리 둘이 천년 인정, 월명성희 소상송정, 세상만물 조화정, 근심 걱정, 소시 원정, 주워 인정, 음식 투정, 복 없는 저 방정, 송정, 관정, 내정, 외정, 애송정, 천양정, 양귀비의 심향정, 이비의 소상정, 한송정, 백화만발 호춘정, 기린 토월 백운정, 너와 나와 만난 정, 일정, 실정, 논지하면 내 마음은 원형이정, 네 마음은 일편탁정, 이같이 다정하다가, 만일 즉 파정하면, 복통

---

27) 시인은 다섯 번째 시집 자서에서 이렇게 말한다. "시인은 시를 쓰는 사람이기보다는 오히려 시를 찾는 사람이라고 나는 생각한다. 찾는 시가 어디 있으며, 또 어떤 모양을 하고 있는지 알지 못한다. 구름을 잡는 듯한 암중모색이다. 그러한 모색의 관정에서 문득 손에 잡히는 것이 있어 한 편의 시를 써내게 된다. 그러나 막상 그 시를 완성해 놓고 보면 거기 남아 있는 것은 시가 아니라 시의 껍데기에 불과하다. 다시 새로운 모색이 시작되지 않을 수 없다. …… 그러므로 시는 본질적으로 실험이 낳은 미완성품이요, 안주를 거부하는 도전인 것이다."

절정이 걱정이 되니 진정으로 원정하자는 그 정짜다."[28] 이 노래에서 보듯이 의미의 인과성보다는 구절 끝 '정'의 동음반복을 통해 언어유희의 미적 쾌감을 꾀했다는 것을 알 수 있다.

『봉산탈춤』의 한 장면도 동음반복의 묘미를 통해 유희적 쾌감을 준다. 말뚝이가 자신을 부르는 양반을 향해 대답하는 대목이다. "양반인지 좌반인지 허리 꺾어 절반인지 개다리소반인지 꾸래미전에 백반인지 말뚝아 꼴뚝아 밭 가운데 쇠뚝아 오뉴월에 말뚝아 잔대뚝에 메뚝아 부러진 다리 절뚝아[29]"하며 쏟아내는 동음반복은 끝없이 이어질 듯하다. 이처럼 판소리나 연희대본, 고소설 등에는 언어유희가 많이 원용된다. 뿐만 아니라 임제의 "북창이 맑다거늘 우장 없이 길을 가니"나 이에 대구하는 "어이 얼어자리"라는 한우 시조, 황진이와 김삿갓 작품에 나오는 언어유희와 중의성은 상황의 긴장감이나 비극성을 누그러뜨려 여유와 해학, 풍자성을 배가한다. 현대 풍자시에도 언어유희는 중요한 요소다. 단순한 말장난으로 끝나는 경우도 있지만, 기지가 풍부하고 어조가 날카로워 인생을 풍자하기도 한다.

맥은 뛴다
뛰거나 말거나
貘은 꿈을 먹거나 말거나
위에서 아래로
아래서 위로
막힌 구멍 뚫습니다
하필이면 그 자리
좋지 그 자리에
맥맥히 흐르는 人脈 金脈 血脈

28) 전규태 편저,『한국고전문학대전집 1』, 세종출판공사, 1970, 36~37쪽.
29) 심우성,『마당굿 연희본』, 깊은샘, 1988, 311쪽.

그리고 동맥경화증 코끼리를
진맥하는 葉脈처럼 가녀린 손

늙은 산맥이
그 손등을 사뿐히 타고 앉아
麥奴들 날뛰는 麥秋들 바라볼 때
코가 맥맥한 어느 숙맥
레스토랑 맥심의 식칼을 휘두른다
옳거니
얽히고설킨 亂脈相을 드디어
一刀兩斷!
그렇거나 말거나
로버트 리프레씨「믿거나 말거나」
맥 빠진 사내 홀로
칼로 물 베기 놀이 하는 맥타령!

— 「맥타령」 전문

'맥'자로 끝나거나 시작하는 이 시는 '맥' 자와 동음관계에 있는 시어들을 나열하였는데 의미의 유기성은 단절되어 있다. '맥'에 해당하는 상황과 어휘를 추려보면 이렇다. '뛰는 맥'에서 시작하여, '꿈을 먹는 맥(인간의 악몽을 먹는다는 동물)', '맥힌(막힌) 구멍을 뚫고', '맥맥히 흘러가는 인맥, 금맥, 혈맥', '진맥하는 엽맥처럼 가는 손', '늙은 산맥', '맥노(보리깜부기) 날뛰는 맥추(보릿가을)', '코가 맥맥한 어느 숙맥은 레스토랑 맥심에서 포크와 나이프로 양식을 먹고', '복잡한 난맥상을 단번에 쳐서 끊어내고', '칼로 물 베기 하듯 혼자 노는 맥 빠진 사내'로 끝맺음하였다. 처음 부분의 '뛰거나 말거나, 먹거나 말거나'의 시어와 마지막 부분의 '그러거나 말거나, 믿거나 말거나'의 '~거나'의 중첩도 말의 재미를 느끼게 한다.

시의 화자는 "맥이 빠진 남자"이다. 맥진脈盡한 이 남자는 맥 빠진 상황 때문에 맥진(脈診:맥박의 수나 강약으로 병세를 판단하는 일, 이를 뒤집어 진맥이라고 해도 같은 뜻이다)해 본 적이 있는 듯하다. 그는 레스토랑 맥심에서 '맥' 자와 음이 같은 말들을 연상한다. 맥에 해당하는 말들을 좌충우돌하듯 이으면서 얽히고설킨 '맥' 자를 '일도양단'하듯 끊어내려고 하지만 이것도 '칼로 물 베기'와도 같이 맥 빠진 놀이다. 그런데 이 '맥' 자가 계속 반복이 되면서 시에 경쾌한 리듬이 생겨난다. 인간의 유희 본능을 자극하여 말의 즐거움을 배가시킨다. 이렇게 「맥타령」은 시에 유희적 요소를 가미하였다. 뻗어가는 말의 가지에는 날카롭게 인생을 풍자하려는 의도가 없고 무딘 혹은 즐거움, 심심파적의 여유와 한가함이 묻어있다. 사물을 유연하게 바라보는 인식의 반영이며, 세계를 있는 그대로 수용하는 자아의식의 발로로 볼 수 있다.

  이순이면 귀가 순하다
  싫은 소리
  역겨운 말도
  다 듣고 새겨야 한다
  그 이순을
  4년이나 넘겼지만 나는
  여전히 순하지 못한 귀
  걸핏하면 고까운 생각이 들어
  역정만 늘어가는 귀를 가졌다

  　　　　　　　　　　　　　　　 -「귀」부분

  상이한 것들과 어우러지고 자신과 다른 것을 용납하는 일은 대립하고 배척하는 것보다 더 어려운 일이다. 자아의식이 강할수록 자신과 다른 것을 경계하고 대치하는 경향을 보이기 때문에 조화와 같은 맥락의 수용이나 화해의 자세는 만만치 않은 내공에서 나온다고 볼 수 있다. 「귀」는 여덟 번째 시집에 실린 작품으로 수용, 순응의 자세를 지향하는 자아의식을 엿보게 한다. 시가 평이하고 깊은 울림이 없어 읽는 재미는 없지만 자신과 다른 것을 받아들이려는 화자의 직접적인 태도가 눈길을 끈다. 시의 내용은 '보통의 귀'와 '자신의 귀'를 비교하는 데서 시작된다.

'천명'은 내 삶을 이끄는 주체이면서 동시에 만물의 삶을 이끄는 주체이므로 내 삶을 영위하는 주체인 '나'가 천명이며, 곧 너고 만물임은 앞에서 밝힌 바 있다. 천명을 알기(知天命) 전에는 너와 나는 각각이지만, 천명을 알고 난 후부터는 너의 마음의 근원이 나의 마음의 근원과 같은 것이므로 상대방이 무슨 말을 하더라도 귀에 거슬리지 않고 저절로 알게 되고, 귀를 곤두세우는 일이 없게 된다. 이 경지가 '이순'이다. 육십의 '보통의 귀'는 '이순'에 도달했으나 육십이 넘은 '자신의 귀'는 여전히 '순하지 못한 귀'라는 대비는 세상 순리나 법칙과 달리 살고 있는 자신에 대한 반성이 내재한다. '역정만 늘어가는 귀'를 가진 화자는 '싫은 소리, 역겨운 말'을 용납하지 못하는 자신을 바라보면서 '이순'을 되새긴다.

타인의 소리를 듣지 않으려는 '순하지 못한 귀'의 발견은 편협한 자아의식에서 탈피하고 싶은 내면의 발견이다. 화자는 '역정만 늘어가는 귀'와 '이순의 귀' 대비를 통해 타인과 관계를 생각한다. 이는 상이한 것과 화합하려는 수용의 자세를 반증한다. 수용과 화합을 위해서는 먼저 귀가 열려 있어야 한다. 이렇게 타인과 조화를 이루지 못하는 귀를 탓하는 화자와 달리 「바람의 캔버스」는 '어울림'을 잘하는 화자가 나온다. 이 시는 시집에 상재하지 못한 작품이다. 화자의 "캔버스는 바람으로 되어있다." 화자는 "주변의 풍경과 나의 초상화"를 "거기에 그린다." 이들은 "열 가지 스무 가지 서른 가지로 어지러운/ 그러나 잘 조화된 색깔의 어울림/ 그 어울림은 어울림 그대로 하나를 이룬다." 나의 캔버스는 "아무것도 없는 텅 빈 바람의 자리"이다. 화자는 바람의 캔버스에다 조화를 이룰 만한 색깔들을 색칠하여 그림을 그리는 것이다. 바람의 캔버스는 물론 자기 삶의 궤적에 대한 은유이다. 비록 바람의 힘을 빌린 조화이지만, 각기 다른 것을 수용하려는 자아의 모습을 확연하게 드러낸다.

항복한 자는
두 손을 번쩍 위로 치켜든다.
그리하여 뜻밖에도
하늘을 저 혼자 차지해 버린다.

손은 완전히 비어있다.
들었던 것도 내버리지 않으면
항복할 수가 없다.
막바지에 몰려 벌거벗고 나선
겨울 들판의 앙상한 나무 한 그루.

실은 행복에서
내리긋는 한 줄만 덜어내면 항복이다.
겨우 한 줄만 덜어내도
행복처럼 기를 쓰고 지킬 필요가 없는
항복의 축복

하늘에 새 한 마리 날고 있다.
벌거벗은 겨울나무가 새가 되어
한 줄 덜어낸
항복의 그 가벼움을 날고 있다.

아니다. 퇴로가 차단된 막바지
추락의 꿈이
하늘을 다 차지한 새 한 마리
두 손을 치켜들고 그렇게 날리고 있다.
─「항복에 대하여」전문

'받아들임'의 자세에 대해 생각하게 하면서 이 시는 '항복'의 의미를 새롭게 한다. 일반적으로 '항복'은 당한 자에게 굴욕과 수치심을 준다. 자아를 포기하는 것이므로 자존심에 상처를 입는다. 항복하는 순간, 자신의 의지와 상관없이 남의 의지대로 조종당해야 한다. 이러한 모든 상황이 항복 의미라는 것을 알면서도 "두 손을 번쩍 위로 치켜" 들어 순순히 항복함으로써 오히려 "하늘을 저 혼자 차지해버린다"는 궤변 같은 논리는 일대 반전에 가깝다.

시는 화자가 '겨울 들판의 앙상한 나무 한 그루'를 보는 데서부터 시작된다. 화자 시각은 주관적이다. 겨울나무를 "막바지에 몰려 벌거벗고" 나섰다고 보기 때문이다. 나무는 강한 겨울 추위에 굴복하여, 벌거벗긴 채 비어 있는 상태로 항복의 자세를 취한다. 화자는 겨울나무의 자세에 항복한 자의 자세를 중첩시킨다. 자기가 소유한 것에 집착해 있으면 항복할 수 없다. '덜어내야 함', '버려야 함'의 자세가 항복이다. 겨울나무의 자세가 이와 같다. 이런 상황을 3연에서 인간사에 대입한다. '행복'과 '항복'의 차이는 '한 줄' 차이라는 논법은 일면 깨달음을 주는 발견일 수 있다. 그러나 큰 울림을 주는 감동적인 사유는 아니다. 이는 누구나 조금만 사색하면 발견할 수 있는 내용이다. 뒤에 겨울나무의 다른 국면이 등장하여 이를 뒷받침하지 않았다면 이 시는 평범한 수준에 머물렀을 것이다.

4연에서는 "벌거벗은 겨울나무"가 새가 되어 하늘을 날고 있다. 나무가 새로 전이되는 광경이다. 회화적 상상력이 필요한 부분인데 이는 마치 르네 마그리트의 그림을 연상하게 한다. '나뭇잎처럼 그려진 새, 장화로 변하는 발, 나뭇잎 하나가 나무 한 그루'인 마그리트의 그림은 언어의 공감각적 표현과 같다. 겨울나무가 새로 전환되는 상상력은 이런 회화적 상상력과 일치한다. 나무는 새가 되어서, 행복의 무거움에서 벗어나 항복의 가벼움을 즐기고 있다. 여기에는 한 줄의 무거움, 즉 많은 것을 소유한 여름날 나무와 한 줄을 버린, 겨울나무의 무소유가 대비되어 있다. 그런데 소유와 무소유, 행복과 항복의 구도로 되어 있는 이것을 다시 뒤트는 것이 5연이다. 나무는 무소유의 가벼움, 항복의 가벼움을 즐기는 것이 아니다. '퇴로가 차단되어 막다른 곳'에 봉착한 "추락의 꿈"이 도리어 '하늘을 다 차지하게 하는 힘'으로 작용한다. 삶의 순간에서 '퇴로가 차단되어' '추락'할 수밖에 없을 때는 그만큼 절박하고 절체절명의 위기일 수 있다. 그런데 화자는 이때가 '하늘을 다 차지한' 순간이며 바로 나무는 이 순간을 맛보고 있다는 것이다. 나무의 자세를 통해 인식의 새로운 확장을 보인 작품이라고 하겠다.

이형기는 응축시킨 물 한 방울에다 '바다' 전체를 담아낸다. 소금 한 알에서 "바다" 전체를, "모래" 한 알에서 사막 전체를 발견하는 세계인식이 그에게 나타난다. "그 큰 바다를 다 가질 순 없다/ 알맹이 하나만 내게 다오/ 그러자 어디선가 뚝 한 방울 눈물이 떨어졌다(중략)/ 내가 이렇게 다만 한 방울로/ 그 바다 자초지종을 요약하리니"(「바다」)라고 하면서 그는 한 방울의 눈물에서 '바다 전체'를 본다. 그의 다른 시를 보자. "눈물 한 방울 바다에 떨어진다." 이것은 '내가 나에게 떨어뜨린' 것이다. 이 눈물은 '돌멩이처럼 가라앉았다'가, "천년동안 자라서", '바위가 되고 암초가 된다.' 그리고 이것은 "틀림없이 천년 만에 발효한다"(「천년의 독」)고 말한다.

전체를 포함한 한 방울의 응축된 심상은 '나뭇잎' 하나에도 나타난다. "나뭇잎을 가만히 들여다보면/ 한 세기 전의 해적선이 바다를 누빈다." 나뭇잎 속에는 "나무가 뿌리째/ 그 밑바닥에 침몰해 있다."(「나뭇잎을 가만히 들여다보면」) 또한 그는 사막의 모래 한 알에서도 바다를 발견한다. "모래 한 알마다에/ 말라버린 바다의 최종단위", 이것은 "입경 0.5밀리의 알갱이/ 외톨바다"이다. 이 작은 알갱이 안에 "외톨이 무수한 외톨 불러 모아/ 서로 등을 돌리고 있는 바다"(「외톨바다」)가 다 들어있다. 이들은 작은 모래 한 알 속에 들어있는 "갇힌 바다"이다.

바슐라르는 물을 우주적 나르시시즘으로 확대시킨다. 대지의 참다운 눈은 물인데 상상력 측면에서 보면 '물은 대지의 시선이 되고 시간을 바라보는 계기가 된다.'[30] 앞 절에서 분석했듯이 물은 자신의 내면을 반영한다. 반영된 자신의 이미지는 한 세계의 중심으로 숲 전체, 하늘 전체로 확대해낼 수 있다. 부분으로 전체를 말하는 것처럼, 하나가 전체로 확대되고 전체가 하나로 축소된다. 그런데 이형기의 시공 개념과 한 방울로 축소되는 '응축의 물' 속에는 바슐라르 사유보다 더 무궁한 사유가 내포되어 있다. 그의 세계인식은 불교의 인과론적 사유와 화엄사상에 깊이 닿아 있다.

의상의 『화엄일승법계도』는 화엄의 세계관을 도장 형식으로 새겨 넣은 도인圖印이다. 총 이백십 개 글자를 새기어 '화엄경'의 근본정신을 요약했는데, 여기에는 '일중일체다중일, 일즉일체다즉일一中一切多中一, 一卽一切多卽一'[31]이라는 구절이 있다. '하나 속에 일체가 있고, 모든 것 속에 하나가 있다. 하나가 일체이고 모든 것이 하나다.'는 뜻이다. 또 '일미진중함시방一微塵中含十方', 즉 '미세한 먼지 속에는 시방(十方-동서남북의 사방, 동남·동북·서남·서북의 사우, 상하)이 포함'되어 있다. 여기 '일미진一微塵'에서 '진塵'은 '사沙'의 만분의 1에 해당한다. 보통 불교 시간은 인간의 유한한 숫자 개념을 뛰어넘는다. '무량원겁즉일념無量遠劫卽一念'처럼 '찰나 속에 겁이, 과거·현재·미래가 찰나 속'에 다 들어 있다. 인도에서 시간을 나타낼 때 흔히 우리가 말하는 겁, 즉 한 칼파(Kalpa : 劫)는 브라흐마의 1주야인데, 인간의 시간으로는 86억 4천만 년이며 세계의 2000주기를 포섭한다.[32] 이와 상대 개념인 찰나는 손가락 한 번 튕기는 시간인데 이 시간에도 65번의 찰나가 들어 있다고 한다. 1찰나는 1초의 칠십오 분의 일[33]로도 본다. 이렇게 짧은 찰나 속에 현재와

30) 가스똥 바슐라르, 앞의 책, 41~51쪽.
31) 원효 외, 이기영 역, 『한국의 불교사상』, 삼성출판사, 1987, 273쪽.
32) 아서 코트렐, 편집부 역, 『세계신화사전』, 까치, 1997, 85쪽.
33) 김운학 편저, 『반야심경』, 삼성미술문화재단, 1981, 54쪽.

과거, 미래의 무궁한 시간이 다 포함된다.

나아가 우주와 이 세상의 바퀴는 '인드라망의 구슬'[34])처럼 서로를 비추며 돌아간다. 구슬 속에는 모든 것들이 서로를 반조返照하면서 반송返送한다. 서로 속에 '내 본성(자성)'이 들어 있으므로 '내 고유성'에 집착하거나 고유성을 구별할 필요가 없다. 이것은 논어에 나오는 '천명' 개념과 일맥상통한다. 내 의지가 곧 우주 만물 의지와 상통하므로, 이 의지는 인간이나 미물인 벌레에게도 공통적으로 발견된다. 이렇게 확장된 사유와 불교식의 시간 개념, 화엄사상, 연기緣起說 및 공간의식은 이형기의 시 속에서 빈번히 드러난다. '물 한 방울'이나 '모래 한 알'처럼 응축되어 맞물린 세계는 '돌 하나'에도 나타난다.

다음 시는 세계를 내부로 끌어들여 변주되는 모습을 바라보는 화자를 만나게 된다. 이 세계는 응축된 상태로 존재하면서 전체를 다 아울러 보여준다.

> 여기 돌 하나 있다
> 그냥 그렇게

---

34) 인드라는 인도의 제석천인데, 비와 벼락 신이다. 그는 우주의 물을 모두 들이키고서 산 위에 앉아 있는 한발(旱魃)의 뱀인 브리트라를 죽여 물을 해방시키고 생명을 싹트게 했다고 한다. 불교 설화에는 제석천궁에 인드라의 그물이 있다고 한다. 이를 '인드라망'이라고 한다(아서 코트렐, 『세계신화사전』, 앞의 책, 127쪽). 이 제석천궁에 있는 구슬은 강목마다 아름다운 구슬(美玉)이 비치는데 한 구슬 중에 이미 다른 모든 구슬이 비치고 있으며, 다시 하나의 주영(珠影) 중에 다른 모든 구슬과 주영이 반영되어 상호간 무궁무진하게 서로를 교영하고 있다. 불교 영향을 많이 받은 보르헤스는 인드라망의 구슬을 토대로 「알레프」를 썼다. 보르헤스는 알레프라는 구슬을 보았는데 이 작은 구슬 안에 크기의 축소 없이 무한한 우주 공간이 다 들어 있다고 말했다(호르헤 루이스 보르헤스·알리시아 후라도 공저, 김홍근 편역, 『보르헤스의 불교 강의』, 여시아문, 1998, 26쪽). 이형기 또한 「알레프 또는 자각적 모방」이란 글에서 상호의존적으로 맞물고 돌아가는 영원한 되풀이인 원환관계로 우주의 시간과 공간을 이해했다(박선영, 앞의 논문, 61쪽 참고).

그것은 가장 견고한 감옥이다
갇혀 있는 수인은 바로 돌 자신이다
그러므로 언제나 탈옥의 꿈으로
불타고 있는 돌
그 불길 식히려고
때로는 진종일 비를 불러오는 돌
돌의 내부는 심장으로 가득 차 있다
그것은 푸르다 원시의 달밤처럼
또는 이미 죽어버린 미래의 추억처럼
그리하여 스스로 증식하는 돌
사막의 물고기와 에스키모의 눈보라를 낳고
하루살이의 영원과 별똥별의 추락과 바다를 낳는다
돌도끼로 찍어낸 생나무의 절규와
절규를 감싸 안고 있는 침묵이
우주공간으로 발사하는 전파
희망과 절망이 맞물려 돌아가는
바람의 소용돌이를 낳는다
그리고 이튿날은 세상을 다시
견고한 감옥으로 되돌려 놓는 돌

그것이 여기 있다
응고된 광활한 자유가 있다
그냥 그렇게

—「돌의 환타지아」 전문

    물방울 하나에 우주 전체가 들어있다는 이형기의 세계인식을 앞에서 언급했는데, 이 시 또한 '돌'에 우주 전체가 다 상감되어 있다는 사유를 보이는 작품이다. 돌 속의 우주와 우주 속의 돌은 서로 걸림이 없이 융합하는 상입관계에 있다. 전혀 걸림이 없는 돌 속의 우주는 온갖 법의 이치가 널리 하나로 융화되어 구별이 없는 원융무애 상태를 보인다. 그러나 원래 우주 속 '돌 하나는 그냥 그렇게' 있을 뿐이다. "그냥 그렇게"라고 함은 '보이는 그 자체로' 혹은 '감정 없이 무생물인 채', '흔하게' 등등, 그렇게 있음을 말한다. 이 무생물인 돌은 아무런 말이 없다. "그러나 잘 귀를 기울이면 그것들은 모두 말을 한다. 그것도 참으로 오묘한 말이다. 상상력이란 그런 말을 알아듣는 귀의 다른 이름이다."35) 이형기는 사물의 말을 들을 수 있는 귀를 통해 돌 속에 들어 있는 우주의 응축된 소리를 듣는다. 그리고 그는 들어있는 그 세계를 끌어내준다. '일미진중함시방一微塵中含十方'에서처럼 우주 속의 '돌'은 '일미진'이지만 '시방'의 세계를 다 보여준다.

세 개 연으로 된 이 시는 일곱 번째 시집 『죽지 않는 도시』에 수록이 되었다. '환타지아'는 형식의 제약을 받지 않고 악상의 자유로운 전개에 의하여 작곡한 낭만적인 악곡을 뜻한다. 악곡처럼 자유롭게 전개되는 돌의 세계를 이형기는 시에서 펼쳐 보인다. '돌'은 우주만물과 연기된 모습으로 나타난다. 사물은 홀로 존재하는 것이 아니라 서로 얽혀 있다. '돌'은 시 「물고기」36)에서처럼 2백만 년을 지상에서 거뜬히 존재해온 "화석 물고기"와 동일한 사물로 볼 수 있다.

1연에서 돌은 대상으로 그냥 존재하는 돌이고 인식 이전의 돌이다. 마지막 3연의 돌은 2연을 거쳐 태어난 돌이므로 "그냥 그렇게" 있지만 돌 안에는 축소된 우주가 들어 있으며 새로운 존재로 탄생된 인격화된 돌이다. 3연의 돌은 앞에서 말한 '일一'이며 곧 '다多'이기도 하다. 이미 개별적 존

<hr />

35) 이형기, 「불꽃 속의 싸락눈」, 『절벽』, 문학세계사, 1998, 112쪽.
36) 「물고기」 전문은 다음과 같다. "물고기 한 마리 바위 속에 있다./ 약간 휘어진 꼬리와 지느러미/ 펴고 쑥 앞으로 나갈 채비를 하고 있다./ 그러나 한번도 그러지 않고/ 거뜬히 2백만 년/ 그냥 그렇게 버티고 있는 물고기,/ 왜 그러는진 말하지 않는다./ 물에 살아 이름이 물고기인 물고기/ 바위 속에 사는 까닭 또한 말하지 않는다./ 온갖 질문과 질문에의 대답을/ 모조리 봉쇄해 버린 물고기,/ 뭔지 모르지만 세상엔 분명/침묵이란 것이 있다./ 정해진 모양이 없는 침묵의 한 가지 모양/ 화석 물고기/ 인간들만 그 앞에서/ 품위 없이 뭔가를 수군대고 있다." 이 시는 화석 속에 들어 있는 물고기를 소재로 쓴 작품이다.

재를 초월한 개념이므로 '돌'이 아니라 '모래'여도, '먼지'여도, '물'이나 '귀뚜라미'여도 상관이 없다. '돌'은 우주만물이고, '우주'는 곧 '돌'이기 때문이다. 이와 같은 불교식 사유를 시로 형상화하기란 어렵다. 그러나 이형기는 이 사유를 바탕으로 돌 하나에다 응축된 우주의 모습을 판타지아처럼 자유롭게 전개한다.

2연에서 돌 하나가 "그냥 그렇게" 있는 상태를 "가장 견고한 감옥"이라고 화자는 단언한다. 이때 감옥에 갇혀 있는 것은 바로 "돌 자신"이다. 여기서 불교의 유식사상을 통해 감옥 의미를 잠깐 살펴보기로 하자. 유식唯識사상에 따르면, 사람의 마음은 전오식(眼·耳·鼻·舌·身)과 이것을 통할하는 전육식인 의식, 전육식을 보다 심층인 '나'라는 의식에서 지배하는 제칠식이 있다. 제칠식을 흔히 자아의식이라고 말한다.[37] 자아의식은 일종의 에고이즘과 상통한다. 다음 네 가지와 자아의식은 관련이 깊다. 자기가 아닌 자기에 대해 애착을 갖는 것을 '아애我愛'라고 하고, 진정한 자기 참모습을 모르는 어리석음을 '아치我痴'라고 한다. 자기 자신을 모르면서 거짓 자기에 애착을 느끼는 자만심을 '아만我慢'이라고 하며, 자기에 대한 그릇된 견해와 주장을 갖고 그것을 내세우는 것을 '아견我見'이라고 한다. 이런 개념으로 보면 존재가 가장 견고하여 빠져나올 수 없는 감옥은 바로 마음속에 있는 자아의식에 갇혀 있을 때이다. 오관으로 안 것, 깨달은 것, 소유한 것 등을 자기 자신이라고 생각하는 한, 돌 자신은 이러한 감옥에 갇혀 있을 수밖에 없다.

이 단단한 감옥에서 존재는 언제나 탈옥을 꿈꾼다. 돌은 여러 가지 번뇌와 욕망으로 "불타고 있는" 자신의 감옥에서 벗어나고 싶어 한다. "불타고 있는 돌"이란 견고한 감옥 내부를 실감하고 있는 돌이며, 이런 아수라장과 같은 내부와 거리를 두고 바라보는 돌이라고 할 수 있다. 이런

---

37) 원효 외, 앞의 책, 43쪽.

자신을 바라보는 또 다른 자아가 있지 않으면 '자신이 갇혀 있음'도, '불타고 있는 내면'도 인식하지 못할 뿐더러 느낄 수도 없다. 탈옥 감행은 치열하게 진행된다. "불길"은 '진종일 비를 불러 모아 식혀'야 할 만큼 솟아오른다. 시 내용을 보면 2연의 6행까지는 화자가 감옥이라고 한정한 돌의 내부에서 일어나는 일이다. 그런데 이 내부는 더 깊은 내부를 가지고 있다. 2연 7행의 "돌의 내부는"에서부터 17행 "바람의 소용돌이를 낳는다." 까지가 돌의 진정한 내부라고 말할 수 있다.

"돌의 내부"를 화자는 "심장으로 가득 차 있다"고 말한다. '심장'으로만 된 돌의 내부는 다음 행에서 보면 "원시의 달밤"처럼 푸르고, "이미 죽어버린 미래의 추억처럼" 푸르다. '뜨겁거나 붉지 않고 푸른' 심장은 '원시의 달밤에서부터 죽어버린 미래의 추억'까지를 포괄하고 있다. "원시의 푸른 달밤"은 말 그대로 지구가 시작되던 태초의 싱싱함, 인간의 인식이 상감되기 전을 말한다. 태곳적 어느 달밤이 돌에 새겨져 있다는 뜻으로 해석할 수 있다. 그리고 돌의 심장은 "죽어버린 미래의 추억"으로 가득 차 있다. 이는 '인간의 인식이 가미된 것으로, 과거 어떤 시점에서 상상했던, 미래의 어떤 것에 대한 추억'을 말한다. 여기서 추억은 살아 있는 것이 아니라 죽어버린 것이므로 과거에 생각했던 미래의 어떤 모습과 일치하지 않음을 나타낸다. 현재로선 과거에 생각했던 미래의 모습이 아니므로 "죽어버린 미래"라고 말할 수 있다. 그러므로 부정적인 의미를 내포한다. 정리하면 "돌의 내부"는 "원시의 달밤처럼 푸른"이라는 긍정적인 요소와 "죽어버린 미래의 추억처럼"이라는 부정적인 요소가 공존하고 있다. 이 부분은 뒤의 "희망과 절망"이라는 시어로 뒷받침되어 명확해진다. 또한 돌 내부에는 '원시와 미래'라는 시간이 공존한다. 이런 상반된 요소가 돌의 내부에 꽉 차 있다고 화자는 말한다.

시에 드러난 부정과 긍정 사이, 희망과 절망 사이에는 광활한 인식의 공간이 놓여 있다. 돌은 '사막과 북극의 설원'을 함축한다. 또 돌 속에는

'하루살이의 영원, 별똥별, 바다'도 들어있고 '돌도끼로 찍어낸 생나무의 절규'도 함께한다. '돌도끼'는 간석기에 해당하므로 원시보다 더 후대 시간을 가리키기 위해 등장하는 사물이다. 수목이 인간처럼 감수성을 갖고 있다고 볼 때, 나무를 벌채하는 일은 사람으로 치면 일종의 무자비한 외과 수술이라고 말할 수 있다. 인간이 필요에 의해 나무를 마구 벌채할 때 인디언들은 마치 나무 정령이 원통해하는 것처럼 일 마일이나 혹은 더 멀리 떨어진 곳에서도 이상한 절규와 신음소리를 듣는다고 한다. 또한 도끼 밑에서 나무가 흐느끼는 것을 들은 적도 있다고 한다.38) 이렇게 돌 안에는 자신의 몸인 돌도끼로, 상해를 입힌 '생나무의 절규'가 새겨져 있다. '돌'의 내부에는 태초 시간에서 먼 우주 공간에 걸쳐 행해진 폭력적인 인간의 역사와 행위 등 근본적인 인因이 다 포함되어 있다.

돌 내부를 이루는 근본적 인因의 광활한 공간은 역설적 기법에 의해 더 깊어진다. "죽어버린 미래, 사막의 물고기, 하루살이의 영원, 절규를 감싸 안고 있는 침묵"은 앞뒤 구절이 모순을 일으킨다. 마지막 3연의 "응고된 광활한 자유"도 논리적으로 모순을 보이는 구절이다. 역설은 '하루살이의 꿈인 영원에 대한 열망'인 희망과 '별똥별의 추락'인, 절망을 아우른다. 돌은 하나만 택하여 증식하는 것이 아니라 희망적이기도 하고 절망적이기도 한 순간과 영원을 함께 아우르고 있다. 또한 돌은 '생나무의 절규'에 반응하며 우주공간으로 전파를 보내기도 한다. 결국 '영원/순간, 희망/절망, 원시/미래, 사막/북극(바다), 절규/침묵, 추락/발사, 지상/우주' 등 상대 개념과 '긍정/부정'의 의미가 돌 내부에 공존한다. 두 개념은 서로 의지하고 있으므로 한쪽이 다른 쪽 개념의 우위에 서지 않는다. 우주는 서로 연기되어 이것이 있으므로 저것이 있다. 우주 속 돌 안에는 이 모든 세계가 아무런 차별 없이 수용되어 있다. 돌 안에는 모든 세계인 우주가 다 들어있다.

---

38) 프레이저, 김상일 옮김, 『황금가지』, 을유문화사, 1983, 163쪽.

돌 내부는 우주이므로 또한 "광활한 자유"를 갖고 있다.

2연 마지막에는 "이튿날은 세상을 다시/ 견고한 감옥으로 되돌려 놓는" 돌이 있다고 화자는 말한다. 이는 돌 내부가 바로 세상의 '제유'임을 암시한다. 이것은 또한 인간의 내면과도 같다. 모든 것을 꽉 물고 있는 돌은 응고된, 혹은 축소된 세계이다. 이형기는 이렇게 돌 하나를 통해 과거에서 미래, 긍정에서 부정, 지상에서 우주 등으로 확장된 세계를 본다. 돌 속에 들어있는 모든 것이 세상의 모습을 반조하고 있는 것이다. 그러나 "광활한 자유"가 돌 내부에 존재할지라도 '이튿날이면 다시 견고한 감옥'이 되는 돌을 2연 끝에서 화자는 보여준다. 이것은 존재가 앞에서 언급한 자아의식에서 벗어나기 어려운 상태에 있음을 말한다. 왜냐하면 돌은 벗어날 수 없는 감옥에서 벗어나려고 하는, 언제나 '탈옥의 꿈'으로 '불타고 있기' 때문이다. "이튿날은 세상을 다시/ 견고한 감옥으로 되돌려 놓는 돌"이라는 표현에서 보면 존재는 견고한 감옥과도 같은 내부에서 탈출하려는 꿈으로만 가득 차 있고, 탈옥을 감행하지는 않는다. 이것은 광활한 자유를 꿈꾸면서도 다시 감옥에 자진 수감되는 인간 존재 모습을 비유하고 있다고 본다.

앞에서 말한 제7식인 자아의식은 진짜인 자신의 참모습과 구별되어야 하며 이것에 의해 극복되어야 한다. 이것이 불교에서 말하는 자기구원에 이르는 길이다. 그러나 이형기는 자아의식 속에서 벗어나지 못하고 순환되는 현실계의 존재에 대해서는 해석을 유보한다. 여기에서 더 나아가면 시가 사상이나 교리를 설명하기 위한 수단으로 전락해버리거나, 섣부른 깨달음을 유포할 수 있기 때문이라고 판단하지 않았을까? 그는 시와 종교, 시와 진리, 시와 아포리즘 사이의 거리를 적절히 조절한다. 그의 시는 섣부른 깨달음을 드러내려고 하기보다 "탈옥의 꿈으로 불타고 있는" 모습과 꿈꾸면서도 "견고한 감옥"에 다시 갇히는 존재들의 현존 모습을 형상화하는 쪽에 선다고 본다.

이상에서 인식의 확장과 응축의 깊이를 보이는 시들을 분석하였다. 시의 소재가 자연에만 국한되지 않고 우주 만물에까지 확대되었다. 시적 넓이와 깊이가 무한해지면서 생사의 경계에도 벗어났다. 모래에서 우주의 유성에 이르기까지 다양한 소재를 다루며 공간도 자유자재로 축소와 확대가 이루어졌다. 이런 모든 것은 유연한 사고와 인식의 깊이 있는 확장에서 온다고 생각한다. 인식 확장은 세계를 비유적으로 표현한 것과 밀접한 연관이 있었다. 시의 기법적 측면 변화에서 오는 것이지만 단순히 기법적 차원의 변화만이 아니라 기존 각도와는 다르게 세계를 이해하여 전체성에 이르는 한 방법으로 활용하였다.

비유에서 보인 보편적 인식에 위화감을 조성하는 사물들의 결합이나, 이질적 사물들의 열거는 일상적인 사고와 고정관념을 갖고 있는 이들에게 분명 충격을 주는 것이었다. 이 기법으로 세계를 이해하게 되면 세상에 존재하는 모든 것들이 시의 대상으로 바뀔 수 있다. 물론 우주 만물이 다 시의 소재가 될 수 있으나 예술성, 서정성, 형상화 등의 과정에서 보면 시의 소재로 삼기 어려운 우주 만물은 많다. 그런데 이형기는 비유와 사물 사이의 거리를 조종하는 의도적 방법론을 통해 형상화하기 힘든 사물들이나 상황도 시적인 것으로 창조했다. 부정적인 것, 미추의 개념도 일종의 '전율' 혹은 '충격' 수단을 위하여 과감하게 끌어들였다. 새로운 의미의 창조를 통해 새로운 세계를 만들어냈던 것이다. 인식 확장은 소재의 확장에서도 나타나지만 사물 사이의 고정적인 경계를 지워나가는 비유나 상징의 방법을 활용한 데서 잘 드러났다고 본다.

서로 다른 것들이 어우러지는 수용의 세계도 인식의 확장 측면에서 살펴보았다. 다른 것들을 차별 없이 용납하는 시인의 인식 속에는 모든 존재를 포용하며, 대립하지만 서로 겨루지 않는 세계가 들어 있었다. 수용은 고유주의, 자기중심주의를 버려야만 가능하다. 수용의 틀 속에는 상대성을 지닌 같음/다름, 화합/분열, 날카로움/무딤, 미/추 등 섞임과 어울림이 있다.

상대적인 것들은 서로 만나 화학적 변화를 일으키는 것이 아니었다. 저절로 질서를 이루고 제자리를 찾아 가는 물리적 변화로서 틀이다. 자아의 주관적 개입으로 화학변화를 주도하지 않으면서 사물을 따라가며 그 변화를 자아는 지켜보고 있었다. 또한 시에 드러나는 수용과 응축의 세계는 시공과 고금을 넘나들고 있었다. 여기에는 불교적 사유가 함유되어 있었고 우주의 시원과 먼 미래의 공간이 함께하였다. 그 세계를 이형기는 자신의 내부로 끌어들여 존재하게 하였고 이 광활한 사유로 세계를 형상화하였다.

Ⅲ.

불화의 세계와 정체성 찾기

# 1. 노역의 헛됨과 존재의 길

삶의 문제로 끊임없이 고민할 수밖에 없는 인간은 이를 해결하기 위해 여러 가지 방법에 몰두한다. 특히 한계상황에 처했을 땐 존재 문제에 대한 근본적인 질문에 봉착하게 될 것이다. 인간은 보통 어떤 상황의 해결을 위해 분주하다가도 그 상황이 끝나면 전과 똑같은 일상을 반복하려는 속성을 지닌다. 일상성은 무엇에 '길들여짐'을 뜻하는데 이것은 편안함과 안주를 속성으로 하기 때문에 일상성에 익숙해지면 여기서 벗어나는 것 자체를 생각하는 것만으로도 불안한 마음을 갖게 된다. 그런데 일상성은 권태를 동반하므로 일상성에서 벗어남은 곧 권태로부터 해방됨을 의미한다.

일상에 머물러 있으면 일상은 잘 보이지 않는다. 일상에 안주하면 일상은 내부에 고착하여 인식되지 않는 특성을 지녀서일 것이다. 오세영은 일곱 번째 시집『죽지 않는 도시』해설에서 이형기는 권태, 고독, 절망, 허무 등을 문제 삼아 존재의 근원적 속성을 탐구한다고 말한다.[1] 여기서 지적하는 권태는 위에서 말한 일상성의 한 본질에서 나온다. 일상에 안주한다 함은 남과 비슷한 사고방식을 갖고 안정감 있게 생활한다는 것을 뜻한다. 그러나 이런 삶은 자기라는 존재 자체를 잃어버리는 삶이다. 존재의 개성을 망각하는 것이므로 이는 자기상실, 자기망각이라는 상태에 처하게 된다. 존재의 망각은 자기의 죽음이라고도 말할 수 있다.

---

1) 오세영,『20세기 한국시인론』, 월인, 2005, 318~319쪽.

자기망각 상태는 자신의 삶은 포근함과 평온함으로 충만하다고 생각하는 것이라고 한다. 이 평온함이 부지불식간에 깨질지 모른다는 것에서 존재는 불안함을 느낄 것이다. 그런데 안락함을 흔드는 불안은 일상성의 배면에 가려져 있다. 일상의 현실 속에서 '나'라는 존재 또한 전면에 나서지 않고 자기 존재 뒤에 잊힌 상태로 방치되어 있다. 망각된 채 방치된 '나'를 실은 '진정한 나', '참 나'라고 한다.[2] 존재 안에 있는, 또 다른 자기인 존재를 부르는 소리가 들려오는 순간이 일상의 편안함을 뒤흔드는 순간이다. '일상의 나'와 '참 나'라는 분리된 둘 관계를 생각하는 순간으로 돌입하는 것이다. 일상으로부터 유리됨은 불편하고 불안하지만 이 순간에 바로 존재의 문제가 대두된다. 존재 이유에 대해 질문이 시작되는 이 순간이 실존의 세계로 들어가는 문을 두드리는 순간이다.

　이형기는 시를 통해 존재 문제를 제기한다. 오세영의 지적처럼 인생과 존재 문제를 탐구하면서 대면하게 된 것은 삶에 대한 근본적 고뇌이다. 존재는 신이 정해놓은 길로 가야 하는가? 왜 가는지 모르는 길을 인간은 가야만 하는가? 똑같은 삶이 반복되는 이유를 알지 못한 채 끝없이 반복해야 하는가? 이러한 질문은 그의 시에서 지속적으로 제기된다. 이때 이형기에게 세계는 불화의 대상이 된다. 이 세계 속에서 불화하는 존재의 모습은 처절하기만 하다.

　이 절에서는 존재의 근본적인 문제를 질문하는 시들을 분석한다. 이 부분은 주제가 명료하고, 시의 초점이 뚜렷하기 때문에 시로서 풍부한 의미를 전달하기는 어렵다. 먼저, 반복되는 일상을 표현한 시를 모아 분석하고 되풀이되는 일상 속의 허무함에 대해서도 살피고자 한다. 그리고 존재의 '길'에서 만나는 고뇌하는 자아의 모습을 추적한다. 나아가 누구나 다 가는 길인데 끝을 알 수 없는 삶의 길, 이러한 존재를 바라보는 원인 모를

---

2) 이기상, 『철학노트』, 까치, 2003, 50~51쪽 참고.

슬픔, 존재의 현존 모습 등을 다루고자 한다. 존재를 바라보는 이형기의 인식 속에는 헛된 노역을 하면서 소멸해가는 존재자들의 슬픈 모습이 들어있다.

> 三伏 한더위, 그 사내는 언덕길을 오르고 있다.
> 끌고 가는 자전거 짐판에는 쌓아올린 세케의 맥주궤짝
> 자기는 마시지도 못할 저 많은 맥주 때문에
> 흘린 땀은 맥주병을 몇 개나 채울 것인가.
> 그러자 언덕 위에서도 또 한 대의 自轉車가 달려온다.
> 가볍게 핸들을 잡은 소년의 맥주처럼 시원한 모습…
> 갑자기 멈칫, 그리고 기우뚱,
> 비틀거리다가 맥주궤짝은 비스듬히 넘어져 버린다.
> 맥주는 간데없고 온통 거품뿐이다.
> 신이여 보소서, 이 허황한 崩壞를
> 崩壞해선 거품이 이는 이 人間事의 우연을
> 당신 뜻이지만
> 한번 정한 후에는 당신도 어쩌지 못하는
> 이 당신의 뜻을 보소서 신이여.
> ─「自轉車와 麥酒가 있는 풍경」 전문

이 시는 사소한 풍경에서 시작된다. 카뮈는 "모든 위대한 행동과 모든 위대한 사상은 가소로운 발단을 가지고 있다. 위대한 작품들은 흔히 길모퉁이에서나 음식점의 회랑에서 태어난다. 부조리도 이와 마찬가지이다. 부조리의 세계는 그 어느 것보다도 이 비참한 탄생에서 고귀함을 이끌어낸다."[3]고 한다. 비참한 탄생이란 사소하고도 우연한 출발을 말하는 것이고 고귀함이란 개인적인 차원을 넘는다는 것을 의미한다고 본다. 부조리가 탄생하는 출발 지점처럼 모든 존재 문제도 이런 사소함에서 발생된

---

3) A. 까뮈, 이정림 역, 『시지프의 신화』, 범우사, 1984, 43쪽.

측면을 배제할 수 없을 것이다. 이 시는 이형기 작품에서 존재의 근원적 문제에 대한 질문이 구체적으로 시작된다는 점에서 의미가 있다. 시는 구체적이면서 평이한 시어를 사용하여 쉽게 해석이 된다. 내용은 순차적으로 전개되다가 뒷부분에서 극적으로 마무리된다. '자전거와 맥주'가 만들어낸 "온통 거품뿐"인 풍경이 이 시의 핵심이다. "허황한 붕괴", "붕괴해서 거품이 이는 인간사의 우연"에 대해 화자는 이 세상을 만들었다는 신에게 질문한다. 신에 대한 질문은 곧 존재에 대한 질문이기도 하다.

화자는 두 인물을 관찰한다. 짐칸에 쌓아 올린 맥주는 '삼복 한더위에 언덕을 올라가는 사내'가 소유할 수 없는 물건이다. 남을 위해 싣고 가는 이 물건 때문에 노동자는 비지땀을 흘리고 있다. 자전거를 끌고 '비지땀을 흘리면서 올라가는 짐꾼'과 "맥주처럼 시원한 모습"으로 '자전거를 타고 언덕을 내려오는 소년'의 모습은 극적 대비를 이룬다. 언덕길을 올라감은 '↑ = 짐, 노동, 사내'와 같은 형태로 나타낼 수 있다. 반대로 언덕길을 내려옴은 '↓ = (−짐), (−노동), 소년'으로 나타낼 수 있다. '오르다'라는 말에는 이미 삶을 영위하기 위한 무거움의 뜻이 가미되어 있다. '내려오다'는 '가볍게, 시원한'이라는 말이 수식되어 있으므로 이와는 상대적이다. 이렇게 보면 올라감은 삶의 노역이고, 내려옴은 놀이와도 같음을 알 수 있다. 삶의 무거운 짐을 짊어지고 올라가는 자전거와 반대로 시원하게 내려오는 자전거의 극적 대비는 우연일 수 있는 풍경을 불편하게 보기 위한 의도적 장치로도 볼 수 있다.

짐꾼이 싣고 가는 것은 깨지면 "온통 거품뿐"인 맥주이다. 이것을 싣고 올라가는 것 자체가 뒤의 "허황한 붕괴"를 예고한다. '허황한 붕괴'는 일차적으로는 깨어져 거품 이는 맥주병을 의미한다. 그러나 허황하다는 맥주와 같이 거품이 이는 삶의 본질을 암시하기 위한 의도임을 간파해야 한다. 이것은 '붕괴하면 거품이 일 인간사'와 같기 때문이다. 여기에서 화자는 질문을 한다. '모든 인간사가 붕괴하면 거품뿐'인데, '자기는 마시지도

(소유하지도) 못할 저 많은 짐을 지고 힘들게 올라가는 존재가 인간이라는 말인가?' 이렇게 힘들게 살아가게 하는 것도 신의 뜻이라면 우연히 일어난 이 일도 신의 뜻인가? 신이 이렇게 정해놓았다면 신은 존재의 거품까지 어떻게 해결해야 하는 것 아닌가? 거품은 어떻게 하지 못하는 신은 허황된 존재가 아닐까? 이러한 질문이 시 마지막 부분에 함축되어 있다. 화자의 질문은 평범하게 보이는 한 장면에서 시작하여 존재의 속성에 대한 근원적 질문으로 이어진다. 그렇다면 '거품'은 무엇을 상징하는 것일까? 거품은 삶의 본질이 아니라 표면이다. 여기에는 본질인 줄 알았던 것이 붕괴해버리면 거품에 불과하다는 인식이 들어있고 허무함도 함께한다. 이 시는 거품뿐인 인간사의 허무하고 비관적인 인식을 형상화한 작품이다.

　『금강경』에 삶의 허무한 속성을 알려주기 위한 다음과 같은 구절이 있다. "일체유위법一切有爲法은 여몽환포영如夢幻泡影하며 여로역여전如露亦如電하니 응작여시관應作如是觀이니라.4)" 이는 우리나라 고대소설이나 시 주제로도 많이 원용되는 것이므로 익숙한 내용이다. 감산은 이것을 "중생이 하는 모든 행위는 꿈, 환상, 물거품, 그림자 같고, 이슬 같고 또한 번갯불 같으니 마땅히 이와 같이 보아야 하느니라."로 풀이한다. 인간이 살아가면서 힘들게 이룩한 삶의 업적과 일체 행위가 '꿈, 환상, 물거품, 그림자, 이슬, 번갯불'과 다름없다고 말한다. 금강경 사상은 일체가 공이라는 데서부터 시작하기 때문에 이를 비유적으로 보여주기 위해서 이와 같이 표현한 것이다.

　일상에서는 중요한 일체 행위가 곧 꿈이고 물거품과 같다는 사유는 존재의 노역도 이와 같은 것에 불과하다는 사실을 인식하게 한다. '붕괴해서

---

4) 감산, 오진탁 옮김, 『감산의 금강경 풀이』, 서광사, 1992, 155쪽. 여기서 오진탁은 꿈은 우리 몸이 허망하다는 말이고, 환상이란 우리 생각이 헛되다는 뜻이며 물거품이란 우리 번뇌가 물거품처럼 일어난다는 의미고, 그림자는 중생의 업과 장애가 허깨비라는 뜻이라고 말한다.

거품이 이는 모든 인간사'는 일체가 공이라는 사유와 닮았다. 인간이 행하는 행위는 '거품만 일어나는' 속성을 갖는다. 거품은 본질과 대립된 의미이다. 화자는 본질인 것으로 알고 땀을 흘리며 열심히 살아가는 존재의 속성에 대해 의문이 든다. 거품만이 이는 세상, 그렇다면 본질은 무엇인가? 이 질문이 바로 일상을 뒤흔드는 사건이다.

일상은 존재의 참모습을 망각하게 한다. 일상에 갇히면 인간은 달팽이처럼 "집을 떠메고 다닌다/ 실은 집에 갇혀 사는 한평생/ 위대한 습관의 힘으로 느릿느릿/ 밤이면 역시 두 다리 뻗고/ 그 집에서 잠든다/ 오 즐거운 내 집이여!"(「즐거운 내 집」)라고 하면서 만족하고 만다. 일상에 갇힌 인간은 불편해도 그것을 모르고 "즐거운 내 집"이라고 외치며 습관적인 삶에 길들어 살아가는 것이다. 이러한 인간의 모습을 반어적으로 표현한 「즐거운 내 집」은 일상에 빠져 본질을 잃어버린 존재 모습을 잘 그리고 있다. 이 형기는 삶의 본질은 알 수 없지만 끝없이 계속되는 인간의 삶과 행위에 '왜'라는 질문을 던진다. 이는 본질에 대한 탐구를 시도하는 행위이다.

다음은 성으로 들어가려고 부단히 노력하는 측량기사와 물거품을 물고 달려왔다가 되돌아가는 파도의 맹목적인 행위에 집중한 시이다.

> 어깨를 축 늘어뜨린 채
> 오늘도 혼자 돌아오고 있다
> 보나마나 허탕
> 성으로 가는 길을 찾지 못한 거다
> (중략)
> 이름부터가 잘못인가보다
> Key로 가는 첫걸음 K
> 가도 가도 첫걸음
> 요컨대 원점만을 맴도는 K
>
> — 「측량기사 K」 부분

우 달려든다
부딪쳐 부서진다
허옇게 거품을 물고 끝장나는
그 파도소리

아무것도 달라질 게 없는 자리가
그대로 멀쩡하게 남아 있다
절벽을 절벽으로
절벽에 쏟아지는 햇빛은 햇빛으로
절망적으로 모두

그러나 눈썹하나 까딱하지 않고
그는 또 새로 시작한다
벌거벗고 온몸으로
매번 다시 전부를 내던지는 이판사판

해안은 텅 비어 있다
아니 진땀나는 침묵이 해안을
가득 채우고 있다 언제나
그리고 그 속에 그가 혼자

허옇게 거품을 물고 끝장나 버리는
아무도 안보는 백주의 결투!
오늘도 또 그 진종일의 되풀이
그 파도소리

－「파도소리」 전문

시 「측량기사 K」는 카프카 소설 『성』을 모티프로 한다. 이 시는 K의
행위가 화자의 관찰 대상이 된다. K는 "오늘도 혼자 돌아오고 있다." 그는
성으로 들어가는 길을 찾지 못하고 매일 똑같은 자리만 맴도는 사내이다.

성으로 들어가는 근본적인 열쇠가 없이 성 주위를 맴도는 측량기사의 동선은 끝없이 반복되는 일상을 영위하는 인간의 동선과 차이를 보이지 않는다. 그는 성이 있기 때문에 찾아가지만 성에는 들어가지 못한다. 이는 여러 가지 측면에서 살펴야 할 문제이나, 여기서는 실체가 없는 데도 실체가 있다고 믿는 그의 행위에만 초점을 두고자 한다.

구조기능론자들은 사회는 상호의존적인 부분들로 구성되어 있다고 말한다. 이렇게 조직된 각 부분은 전체적으로 사회의 기능화에 필요한 역할을 수행해야한다는 가정에서부터 출발한다. 여기에는 거대한 시스템의 작동을 원활히 돌아가게 하는 한 부분이 존재이고 존재는 이 시스템 장치를 구성하는 부속품에 불과하다는 인식이 깔려있다. 조직의 일원이 되면 자아를 망각하기 쉽다. 조직의 바깥으로 나와서 위로 올라가 시스템 전체를 움직이는 것이 무엇인가를 탐색하거나 인지하지 않는다면 자아는 이 조직의 부분이라는 사실조차도 망각하게 된다.

사회를 퍼즐처럼 꼭 맞춰 이루어진 조직이라고 보았을 때, 퍼즐 한 조각 즉, 부분 중 한 조각이라도 일탈한다면 전체 구조에 문제가 생긴다. 사회 조직에서 부분의 일탈은 시스템 작동에 문제를 일으킬 수 있으므로 그것의 일탈 행위에 대해 인정할 수 없게 된다. 집단 속 개인은 집단에 속한 한 '부분'이어야 하는데, 이를 흔드는 '부분'은 조직의 입장에서 보면 매우 위험한 존재이다. 그는 조직적이고 기계적으로 돌아가야 하는 '전체'에게도, 자아를 망각하고 편안하게 일상을 즐기는 '부분'에게도 불편할 뿐더러 불안한 기분을 제공하기 때문에 위험한 존재로 볼 수밖에 없다.

카프카 소설은 조직의 실체가 없음에도 실체가 있다고 생각하고, 실체의 상부를 찾아 헤매는 존재 모습과 관료주의의 환상에 대해 재고하게 하는 소설이다. 소설 속 측량기사 K는 자신이 어떤 존재인지 말해주고 인정해줄 실체를 찾기 위해서 성으로 간다. 위에서 말한 것처럼 그는 전체나 조직을 불편하게 하는 존재이다. 부분들은 아무도 실체를 찾아 성으로 가지 않기 때문이다. K가 이렇게 성 주변을 맴도는 것은 자신의 존재증명을 위해서이다. 그의 반복적인 동선은 존재증명을 위한 것이지만 이는 물거품과 같은 행위에 지나지 않는다. 그의 존재를 증명해줄 어떤 실체도 없기 때문이다. 다시 말하면 본질은 없는데 존재는 본질을 찾아 맹목적으로 움직인다. K는 결국 입성하지 못하고 언제나 "첫걸음"인 "원점"만을 맴돌고 만다. K는 곧 질문하는 존재이다.

모리스 블랑쇼는 측량기사 행위에서 "이것이 진실인가 하고 발을 멈추자마자 모든 것이 신빙성이 없는 허위의 것이 된다. 또 그곳에 근거를 두자마자 우리에게는 모든 것이 결핍이 된다."[5)]는 것을 발견한다. 존재의 부조리한 측면을 설파한 말이다. 여기라고 생각하고 '멈추는 순간 신빙성이 없는 허위'가 되고, 뿌리를 내리고 안주하면 '결핍을 느끼는 존재'가 바로 인간인 것이다. '측량기사의 행위'나 '되풀이되는 파도소리'에는 존재의 이러한 속성이 잘 드러난다.

두 번째 시 「파도소리」에서 '파도'는 특별한 목적 없이 되풀이되는 특징을 지닌다. 파도 모습과 일상에서 맹목적으로 삶을 반복하는 존재 모습은 유사하다. 시의 화자는 "파도소리"에 몰입되어 있다. 1연에서 보면 '달려들어서 부딪치고 부서져 끝장나는 것'은 파도가 아니라 파도소리다. 사생결단으로 달려와 끝장이 났지만 2연에서 보면 "달라질 게 없는 자리"만 확인된다. 파도가 달려와서 부딪치는 이유는 무엇인가 달라져야 한다고 생각하기 때문일 것이다. 그러나 '절벽, 햇빛' 모두 '원점' 그대로다. "매번 다시 전부를 내던지며" 시작하는 존재자의 노역은 멈추지 않는다. 이는 시시포스의 노동과 같다. "시시포스의 달력에는 날짜가 없다./ 다만 이렇게 씌어 있을 뿐이다./ ― 해가 뜬다"(「시시포스의 달력」). 시시포스에게는 끝이 없는 시작만 있다. "끝이 곧 시작인 노역자"의 천형처럼 파도의 되풀이도 이와 흡사하다.

---

5) 모리스 블랑쇼, 박혜영 역, 『문학의 공간』, 책세상, 1991, 100쪽.

3연에서 파도의 행위는 '그'로 의인화되어 나타난다. 그는 혼자서 끝이 없는 노역을 시작한다. 시작만 있는 삶은 목적이 불확실하거나 없어서이기도 하다. 파도는 "오늘도 또 그 진종일의 되풀이"를 시작한다. 파도는 반복되는 일상을 인식하지 못한다. '눈썹 하나 까딱 하지 않고 다시 시작하는' 파도의 모습 속에는 절망적인 태도가 들어 있지 않다. 화자는 파도의 되풀이되는 모습과 인간의 일상을 동일선상에 놓는다. 절망을 느끼는 것은 파도가 아니라 파도를 관찰하는 화자이다. 화자는 끊임없이 행위를 하지만 "아무것도 달라질 게 없는 자리가/ 그대로 멀쩡하게 남아" 있는 결과에 절망감을 느낀다. "허옇게 거품을 물고 끝장나는" 것임에도 다시 시작하는 파도의 맹목성에 화자는 붙들려 있다. 이렇게 일상을 되풀이하는 존재자의 고된 역정을 화자는 "파도소리"로 청각화한다.

이 시는 '파도의 되풀이 : 인간의 일상 = 파도소리 : 존재의 노역 행위'라는 구도로 짜였다. 화자가 "파도소리"에 집중한 이유는 노역 행위의 무목적성에 초점을 맞춰서이다. 화자는 파도의 행위에 수반되는 소리에 집중하면서 존재자의 맹목적인 행위를 병치시키고 있다. '허옇게 이는 거품'을 통해 화자는 삶의 속성과 행위의 헛됨을 말하고자 한다. 화자는 관념 속에서 물결을 일으켜 진종일 '전부를 내던지며 이판사판으로 시작하는' 노역 행위의 본질은 무엇인지에 의문을 던지는 것이다. 인간은 "벌거벗은 온몸"으로, "삽으로/ 밤내 바다를 퍼낸다.// 새벽녘에는/ 한 방울 땀으로 졸아들어/ 물결 새로 뚝 떨어져 버리는 / 간밤의 꾸리(苦力)"(「바다 무제」)에 종사한다. 이판사판으로, '밤 내내' 힘들게 노역을 하지만 그 행위는 "바다를 퍼내 바다에 보태"는 것에 불과한 행위이므로 다시 원점으로 돌아간다. 존재는 더 이상 나가지 못하고 갇혀버린다. 그러나 존재는 이것을 의식하지 못한 채 행위를 계속하고 있다. 이러한 반복적이고도 무목적성을 지닌 존재의 행위에 대해 화자는 '절망적인' 시선을 거두지 못한다.

파도의 행위를 바라보는 화자의 시선에 허무함까지 들어 있는 「파도」
또한 비극적인 존재의 모습이 매우 심화되었다.

　　그것은 일제히 저쪽에서 달려온다
　　허옇게 거품을 물고 부딪친다
　　그리고 끝내 무릎을 꿇고 만다

　　끊임없이 그렇게 되풀이하는 것
　　어제의 죽음을 쓸어가는 오늘의 죽음
　　그래도 아무것도 불어나지 않는 것

　　부서져라 부서져라
　　부서지기 위해 또 일어서라

　　파도여 파도여
　　절망을 확인하는 몸부림이여
　　　　　　　　　　　　　　　　　　　　－「파도」 전문

「파도소리」와 같은 주제를 담고 있는 「파도」는 여덟 번째 시집 『절벽』
에 들어있다. 앞 시가 '종일 되풀이되는 줄도 모르고 다시 시작하는' 파도
의 무목적성과 맹목성에 초점을 두었다면, 이 시는 "끊임없이 그렇게 되
풀이하는" 파도의 '절망을 확인하는 몸부림'에 방점이 찍혀 있다. 권태로
울 정도로 반복되는 행동의 결과는 '끝내 무릎을 꿇는' 것이다. 곧 반복되
는 행위의 끝은 '달려와서 부딪쳐' 죽는 것으로 마무리된다. "어차피 헛되
고 헛된 어제의 되풀이"(「가을맞이 연습」)와 같은 파도의 몸부림은 허무
의식과 죽음의 문제로 귀결된다. 그런데 존재에게 중요한 "오늘의 죽음"
은 "어제의 죽음"을 쓸어가는 것에 지나지 않을 뿐이어서 세상에는 어떤

변화도 주지 않는다고 화자는 말한다. 세상은 여전히 '아무것도 불어나거나 줄어들지 않는' 상태로 운행된다.

파도를 관찰하는 화자에게 노역의 끝, '몸부림'의 끝이 죽음이라는 사실은 매우 비극적이다. '부서지면서도 또 일어나야하는' 시시포스의 처절한 고뇌와 파도의 모습은 등치관계에 놓인다. '파도'는 '부서지면서도 일어서야 하는' 숙명을 지닌 시시포스적 인간이다. 파도의 숙명처럼 인간의 모든 행위는 헛된 반복이고 단순한 노역에 그친다. 이러한 한계상황 앞에서 존재는 절망할 수밖에 없다. 삶의 무목적성과 허망함은 "실존의 근본 상황으로서의 부조리"[6]에서 온다. 삶에 어떠한 당위성이나 논리성을 적용할 수 없는 것을 부조리 상태라고 말한다. 존재의 부조리에서 오는 고뇌와 절망감을 화자는 파도를 통해 확인하고 있다.

존재는 반드시 죽어야 하는 유한성을 지닌다. 죽음은 존재가 인식하건 인식하지 않건 간에 진행되고 있다. 「아무 일도 일어나지 않았다」는 죽음 후에 일어날 일을 예상하며 쓴 시이다. 여기에는 죽음을 바라보는 이형기의 냉정한 시각이 드러나 있다. "그는 마침내 숨을 거두었다/ 살아생전/ 가장 소중한 생명이었기에 그는/ 어둠 속에서/ 꺼진 그 불길의 향방을 지켜보았다/ ─ 이제 세상에는/ 엄청난 변화가 올 거다"(「아무 일도 일어나지 않았다」). 존재의 죽음은 당사자와 주변에게 매우 중대한 일이기 때문에 '엄청난 변화'가 일어날 것이라고 충분히 예상할 수 있다. 그러나 "이튿날도 그 이튿날도/ 해는 여전히 동쪽에서 뜨고 서쪽으로 지고/ 아무 일도 일어나지 않았다/ 그리고 형제들한테서도 그는/ 사흘 만에 잊혀져 버렸다." 이렇게 허무하게 끝나버려도 '살아생전 목숨 걸고 끊임없이 무엇인가를 되풀이해야 하는' 존재가 인간이라는 사실, 이 모순된 존재 조건이 화자를 절망에 빠지게 한다.

---

6) 김준오, 『그해 겨울의 눈』, 고려원, 1985, 243~244쪽.

"바닷가에서/ 아이가 모래성을 쌓고 있다// 파도가 밀려와서/ 자취도 없이 쓸어가 버린다"(「모래성」). 그런데 아이는 "까닭은 없다 그저 그렇게" 공들여서 다시 모래성을 쌓는다. '끝내는 무릎을 꿇고, 자취도 없이 쓸려가 버려도', "내일은 또 다른 아이가 와서" 그렇게 놀면서 또 모래성을 쌓는 인간이란 존재, 그 숙명에 대한 의문을 화자는 끝내 풀지 못한다. 파도의 반복적 행위에서, "거품"과 "모래성"이라는 시어가 동일하게 내포하는, 허무하게 없어지거나 무너지는 속성을 지닌 세상의 모든 존재들을 홀로 바라보는 시인의 모습은 비극적이면서도 고독하다.

'파도'의 끝없는 되풀이는 다음 시에서 '혼자 길을 가는' 고독한 존재 모습으로 변이되어 나타난다. 두 편 모두 '홀로' 삶의 길을 걸어가는 '단독자' 모습을 형상화한다. '길' 위 존재는 누가 대신할 수 없는 제 삶의 길을 고독하게 걸어가야만 한다.

> 빈 들판이다
> 들판 가운데 길이 나 있다
> 가물가물 한 가닥 누군가 혼자 가고 있다
> 아 소실점!
> 어느새 길도 그도 없다
> 없는 그 저쪽은 낭떠러지
> 신의 함정
> 그리고 더 이상은 아무도 모르는
> 길이 나 있다 빈 들판에
>
> 그래도 또 누군가 가고 있다
> 역시 혼자다
>
> ─「길」 전문

실존주의자들은 이 세계에 아무 뜻 없이 내던져져 있는 우연한 존재, 존재하지 않을 수도 있는 존재가 인간이라고 말한다. 그러나 여기에서 인간의 괴로운 자유가 시작된다. 이 세상에 던져진 존재가 느끼는 허무함은 개인적 비애나 우울한 성격을 넘어 특수하게 존재한 그 당시의 사회적, 지적 요소와도 관련이 있다. 김형효는 서양 허무주의의 출발을 근대성에서 찾는다.7) 근대정신은 이성을 신의 자리에 둔다. 이 정신을 통해 자아성이 더욱 부각되어 신의 자리가 무의미해졌다. 근대성이 들어서면서 모든 존재자는 각기 대상으로 변해버렸고 주체성의 내재성 속으로 객관적인 존재들이 포함된 것이다.

이렇게 근대성은 모든 존재자를 객관적 대상으로 환원시킴으로써 인간은 모든 존재자를 정복할 수 있다는 환상을 심어준다. 신 대신 신의 자리에 올라선 인간은 무신론을 주장하게 되는데 이는 허무주의의 본질이 아니라 서양 허무주의의 결과라고 김형효는 보고 있다. 그러나 신 자리를 대신한 인간 존재가 필연적으로 대면하게 되는 것은 죽음의 문제이다. 세상에 우연히 내던져진 존재자는 자유롭게 존재하지 않을 수도 있는 자유를 가졌지만 존재하지 않을 자유를 선택한다고 해서 죽음의 문제가 해결되는 것은 아니다.

시 「길」에서 화자는 '들판 가운데 나 있는' 길을 '혼자' 가는 존재에 주목한다. 이 길은 분명히 "낭떠러지", 곧 죽음을 향해 가는 길이다. 죽음으로 가는 길임에도 존재는 그 길을 가야만 하는 숙명을 지녔다. 인간에게 부여된 이 숙명은 "신의 함정"이다. 살아서 행하는 모든 행위가 죽음 문제와 직면하게 되면 허무로 직결될 수밖에 없는 것도 "신의 함정"이다. 「길」에서는 죽음을 향해 갈 수밖에 없는 존재의 비극적 슬픔이 "소실점"으로 응축되어 있다.

---

7) 김형효, 『하이데거와 화엄의 사유』, 청계, 2002, 217쪽.

'길'은 흔히 '삶의 여정'을 뜻한다. 목표를 향해가는 과정에서 존재 의지를 발휘하게 해야만 길로서 의미를 지닌다. 목표에 집중하면서 행하는 과정이 곧 '길'의 의미일 것이다. 그런데 이 시의 '길'은 이미 끝이 정해져 있다. 끝이 정해져 있는 '길'이란 과정 자체마저도 무화시킨다. 끝이 정해진 '길'은 과정에 의미를 둘 수가 없으므로 존재 입장에서 보면 진정한 의미의 '길'이 아니다. 그러므로 "어느새 길도 그도 없다"고 보겠다. 이렇게 존재 앞에 놓인 인생길은 무의미하다. 죽음으로 이어지는 이 무의미한 길을 가면서 그래도 살아야 한다는 모순이 이 길에서 확인될 뿐이다. "낭떠러지"를 향해 정해진 길을 가는 존재는 목표와 과정마저 허무한 것으로 되돌린다. 이러한 자아의 세계인식이 「길」에 중점적으로 형상화되었다. 잡지에 발표했으나 시집에 묶이지 않은 말년 작품 「신용불량자」[8]에도 존재는 '허무의 공간'으로 날아가고야 만다는 사실을 상기시킨다. 이형기는 말년까지도 삶과 죽음의 문제에 집착하고 있었다.

> 이 길은 필경
> 저기 저쪽 낭떠러지에 이른다
> 사시사철 거칠게 파도치는 바다가
> 그 아래서 온몸을 뒤틀고 있는 거기
>
> 오늘도 나는 목발을 짚고
> 절뚝절뚝 이 길을 가고 있다
> 종점이 어딘가는
> 새삼 물어볼 필요가 없어
> 오냐 오냐 그래

---

8) 시 「신용불량자」 전문은 다음과 같다. "이제 자네는 신용불량잘세/ 무슨 소리/ 나는 아예 신용카드 자체가 없는 걸/ 아무리 그래봤자 소용이 없네/ 카드 같은 거 있거나 말거나/ 끝내는 그쪽으로 날아갈 먼지 한 올/ 눈을 똑바로 뜨고 보면/ 환히 보이는 허무의 공간/ 이제 자네는 틀림없는/ 신용불량잘세."

하늘이나 쳐다보면서

그야 뭐 틀림없이 거꾸로 떨어지지
모든 기억의 등불 한꺼번에
캄캄하게 꺼져버리는 어둠
어둠의 공포
그리고 만사가 끝나버린다 허망하게

—「저쪽 낭떠러지」 부분

　허무와 비극적 세계인식이 더 직접성을 띤 시가 「저쪽 낭떠러지」이다. 화자는 '목발을 짚은' 상태로, '절뚝거리며' 자신에게 주어진 삶의 길을 걸어가고 있다. 이형기는 지속적으로 죽음 문제에 의문을 제기한다. 이 시가 「길」보다 더 비극적이고 절망적인 느낌이 드는 것은 물리적인 시간의 흐름에서 오는 육체의 노쇠함이 더해졌기 때문으로 보인다. 화자는 길 끝은 반드시 "낭떠러지"이고, "틀림없이 거꾸로" 떨어진다는 사실을 안다. 길의 종점이 어딘지 알기 때문에 그는 "오냐 오냐 하늘이나 쳐다보면서" 짐짓 태연하게, 초월한 척이라도 하면서 갈 수 있다.

　화자가 인식하는 "저쪽 낭떠러지"는 "사시사철 거칠게 파도치는" 곳이고 "온몸을 뒤틀고" 있는 곳이다. 이곳은 가기 싫다고 가지 않을 수 없다. 모든 조건을 불문하고 "목발"에 의지해서라도 가야만 한다. "기억의 등불"이 한꺼번에 없어지고 "어둠의 공포"도 도사리고 있어 '만사가 허망하게 끝나버린다'고 해도 그곳을 향해 존재는 가야만 한다는 사실을 화자는 알고 있다. 시를 엄밀하게 보면, 지금까지 존재의 죽음을 허무하게 바라보며 비극적인 태도를 취했던 화자의 모습과 함께 이와 다른 모습이 끼어들어 있다. "그야 뭐 틀림없이 거꾸로 떨어지지"에서 드러나는 냉소적 어조와 "지구 밖으로는 떨어지지 않을 게다/ 그게 어디냐"라는 자조 섞인 어조로 볼 때 죽음 문제에 대한 밀착도가 떨어짐을 알 수 있다.

길 위를 걸어가는 존재의 무목적성에 주목한 시 「낙타」<sup>9)</sup>가 있다. 이 시 또한 발표했으나 시집에 상재하지 않은 작품이다. '낙타'는 광대한 사막을 혼자서 간다. "왜 가는지를 모르고" 사막을 홀로 가는 낙타는, 살아있으므로 어쩔 수 없이 죽음의 길로 갈 수밖에 없는 인간과 같은 존재이다. 혼자서 그 길을 가야 하는 '낙타는 외톨이'다. 비극적이게도 "낙타는 눈이 멀었다." 그러나 낙타는 자신의 비극성에 함몰되지 않고 "먼눈으로도 볼 수 있는 것만" 보고 "느릿느릿 둥근 지구를 타고" 간다. '느릿느릿, 볼 수 있는 것만 보고' 가는 낙타를 바라보는 화자의 시각에는 위의 시에 나타난 비극성은 약화되어 있다.

죽음 문제에 대해 보인 이형기의 비극적인 세계인식은 반대로 인간 존재에 대한 연민으로도 드러난다. 「확실한 유언비어」에서 이형기는 생명은 "사는 그날까진/ 어떻게든 슬플밖에 없다는" 사실을 표명한다. 봄이라는 계절은 "밑둥이 썩은/ 우리 동네 늙은 느티나무"를, "어쩌자고 그래도 가지의 가지 끝에/ 파르스름 봉긋"(「확실한 유언비어」) 부풀어 오르게 한다. 죽지 않고 살아가는 나무를 보며 화자는 "안쓰러운 안간힘"이라고 표현한다. 한쪽 부분이 썩어 들어가도 삶을 포기하지 않고 살아가는 "늙은 느티나무"는 화자에게 존재에 대한 연민의 감정을 불러일으킨다. 살지 않을 자유가 있어도 죽을 수가 없어서 끝까지 삶을 버리지 않는(못하는) 존재의 모습에서 화자는 연민을 느끼는 것이다. 여기서 화자는 인생은 무의미하지만 그래도 살아가야 한다는 삶의 모순성에 허무함을 느끼거나 절망하지 않는다. 구체적 존재의 모습에 그저 측은지심을 드러내고 있다. 암울한 조건 속에서도 굴하지 않고 살아가는 생명에 대해 안쓰러움과

---

9) 시 「낙타」의 전문은 다음과 같다. "광대한 사막 하나 펼쳐져 있다/ 거기 터벅터벅/ 낙타 한 마리 가고 있다/ 쇠추를 매단 듯 발걸음은 무겁다/ 등에 솟아있는 혹/ 그 봉우리엔 노을이 비켜였다/ 왜 가는지를 모르고 가는 낙타/ 지구는 둥글다/ 낙타는 느릿느릿 둥근 지구를 타고 간다/ 낙타는 외톨이/ 그리고 낙타는 눈이 멀었다/ 먼눈으로도 볼 수 있는 것만/ 보고 가는 낙타/ 둥근 지구를 터벅터벅 타고 간다."

애정을 보인 것이다. 화자는 죽음의 문제에 집중하는 것이 아니라 존재의 삶에 집중한다.

다음은 삶의 화려한 순간에 죽음을 겹쳐 놓아 존재의 슬픔을 더욱 부각시킨 작품이다.

한시도 쉬지 않던 너의 발걸음이
마침내 절정에 이르렀구나
벚꽃의 만개여

더 이상을 갈 데가 없는 절대절명
그 팽팽한 긴장감의 한계에서
더러는 한두 잎
너의 종말을 예고하는 낙화

아아 벼랑 끝에 선 자의 절망이
그 깊은 나락을 굽어보며
사치를 다한
마지막 잔치를 벌이고 있다

지화자 어디선가 풍악도 울리는
휘황하게 너무나도 휘황하게 불 밝힌
가슴 저리는 슬픔
벚꽃의 만개여

ー「滿開」전문

화자는 앞 시처럼 삶의 숙명적 조건에 연민을 드러낸다. 1연과 마지막 연의 호격조사 반복과 중간에 나타난 감탄사가 시의 분위기를 주도한다. 대상에 대한 연민의 감정은 이 품사에 의해 더 절실하게 느껴진다. 화자는 벚꽃이 "만개"할 수 있는 것은 '한시도 쉬지 않고' 걸어왔기 때문에 가능하다고 말한다. 그러나 화자는 만개의 "절정"에서 "절망"과 "슬픔"을 읽는다. 활짝 피어나기 위해 "쉬지 않던 발걸음"을 보인 벚꽃의 행보는 2연에서 "종말"로 이어진다. 벚꽃의 절정은 화자에게 더 이상 출구가 없는 '절체절명'의 순간으로 인식된다. 화자는 절정의 화사함을 보는 것이 아니라 막다른 곳에 다다른 것의 절망을 본다. 절정에는 이미 하강이 배태되어 있다. 하강 없는 절정이란 있을 수 없다.

2, 3연에서 화자는 절정에 이른 벚꽃을 '절체절명, 팽팽한 긴장감의 한계, 종말, 벼랑 끝, 나락'과 연결한다. 이러한 시어를 통해 화자는 '절정'을 부정적인 것으로 인식하고 있음을 드러낸다. 절정의 순간인 '벚꽃의 만개'는 피는 순간 이미 하강을 향해 간다는 것을 확인한다. 물론 이런 평범한 사실을 전달하려는 것은 아니다. 화자는 "그 팽팽한 긴장감의 한계"를 감지하는 '한두 잎의 낙화'에 눈을 고정한다. "팽팽한 긴장감의 한계"라는 절정에는 이미 '한두 잎의 낙화'라는 죽음이 이입되어 있다. '절정, 만개'라는 현재 모습과 낙화는 공존한다.

죽음 앞에서도 마지막까지 살아내야 하는 존재가 인간이라는 것은 화자가 이미 인지하는 내용이다. 3, 4연에서 화자는 존재에 대한 연민의 눈길을 거두지 못한다. 하강, 곧 죽음 앞에서 삶의 '잔치'를 벌이는 삶과 죽음의 기묘한 부조화가 화자의 눈길을 끈다. 절정이 곧 하강이라는 사실이 화자를 슬프게 하는 것이 아니다. 화자가 느끼는 슬픔은 목전에 죽음을 두고 "사치를 다한 마지막 잔치"를 벌이는 존재의 부조리한 행위에 있다. 마지막 잔치는 "휘황하게 너무나도 휘황하게 불 밝힌" 화려함의 극치를 보인다. 화자는 이 화려함으로 인해 더욱 "가슴 저리는 슬픔"을 맛보게 된다. '휘황하게 불을 밝히고 마지막 잔치를 즐기는' 존재의 모습에는 무모함이나 허무함, 절망감보다 더 깊은 차원의 가슴 저린 페이소스가 넘친다.

이형기의 인식 속에 존재에 대한 연민의식이 들어있다고 해도 존재의 모습 속에 내재된, 허무를 이겨낼 방법을 그는 찾지 못한다. 또한 삶의 숙명성에 내포된 비극을 안고 왜 인간이 살아야 하는가에 대한 어떠한 답도 내놓지 못한다. 이는 해답을 내기 힘든 사념이고, 이것을 시로 형상화하는 것은 한계가 있기 때문일 것이다. 그렇지만 그는 지속적으로 존재의 이러한 문제에 집중한다. 존재의 부조리함에 대한 문제 제기는 이를 덮고 살고 싶거나 인식하지 않는 이들에게 불편함을 준다. 보통 범인들은 존재가 처한 비극적 상황을 외면하며 살아간다. 존재의 제반 문제에 대한 질문은 일상의 편안함을 해치고 현재에 만족하며 살아가는 이들에게 무용할 수도 있다.

인간은 "출생이라는 강제와 죽음이라는 더욱 나쁜 강제 사이에서 보내는 참을 수 없는 감금상태[10]"에 처해 있다고도 한다. 출생과 죽음의 숙명성 문제는 인간이 자의적으로 해결할 수 없으므로 강제적인 상황인데, 설상가상으로 이 사이에서 감금된 상태로 보내야 하는 것이 인생이라면 삶은 더욱 비관적인 모습으로 드러날 수밖에 없다. 존재는 자신의 삶에 대해 모두 선택의 자유가 있고 자유의지를 표출하면서 산다고 생각하지만, 이것은 "서쪽으로 항해하는 배의 갑판 위에서 동쪽으로 엉금엉금 기어가는 노예의 자유"[11]와도 같은 것이다. 이런 상태에 처한 인간의 조건과 삶 사이의 불화가 '부조리 감정'이다. 이형기는 이 부조리를 타개할 방법에 골몰한다.

철학자나 작가가 '실존주의적' 또는 '실존적' 태도를 지녔다는 것은 이들이 인간이라는 존재를 가장 헐벗은 상태로 파악하려는 태도를 지니고 있음을 의미한다고 한다. 개개의 인간을 어떠한 체계 속에도 끼어들지 않고 어떠한 역사적 사명도 그 본질적 속성으로서 지니지 않은, 개별적인 존재로 파악하려는 노력이 '헐벗은 상태'로 인간을 본다는 말이다. 인간은

---

10) J. L. 스타이언, 원재길 옮김, 『상징주의와 초현실주의 부조리 연극』, 예하, 1992, 148쪽.
11) J. L. 스타이언, 같은 책, 148쪽.

"필연적으로 꼭 살아야 하는 존재 이유가 없다는 점에서는 다른 모든 자연적인 사물과 같지만, 그것이 그러한 존재 양태를 의식하는 실체라는 점에서는 다른 사물과 본질적으로 다른"[12] 존재라고 볼 수 있다. 인간은 꼭 살아야 할 이유가 없다는 것을 인식할 수 있는 존재이다. 인간은 의식을 통해서 자기가 처해 있는 세계와 관계를 맺는다. 인간은 아무런 이유 없이 세계에 내던져진 끔찍한 자유에 불안을 느끼고 죽음을 의식하며 자신과 남들과 사물을 바라본다. 이런 상황에서 실존의 자각은 존재가 필연적으로 거쳐야 할 하나의 과정이 된다.

> 아무도 가까이 오지 말라
> 높게 날카롭게
> 완강하게 버텨 서 있는 것
>
> 아스라한 그 정수리에선
> 몸을 던질밖에 다른 길이 없는
> 냉혹함으로
> 거기 그렇게 고립해 있고나
> 아아 절벽!

—「절벽」전문

「절벽」이라는 시는 부조리한 측면에 직면한 존재의 실존적 자각과 고립감을 형상화한 작품인데, 이는 화자가 인식한 "절벽"이라는 소재의 속성을 통해 잘 드러난다. "절벽"은 '벼랑', '낭떠러지'와 같은 뜻이다. 그러나 제목을 '벼랑' 혹은 '낭떠러지'라고 했을 때 이 시의 전체적인 느낌은 달라진다. '벼랑, 낭떠러지'라는 말은 절벽이라는 말에 들어있는 '깎아 세운', '날카롭게'라는 의미를 다 포괄하지 못한 느낌을 준다. "절벽"이 함축

---

12) 정명환 외, 『20세기 이데올로기와 문학사상』, 서울대출판부, 1982, 31~32쪽.

하고 있는 절체절명의 어떤 순간이나 의도적 고립은 화자의 단호한 의지와도 무관하지 않다고 본다.

이 시는 존재의 실존에 대해 제기했던 여러 의문을 마무리하는 작품으로 볼 수 있다. 지금까지 이형기는 이 문제에 대해 끝없는 질문을 던졌다. 그런데 이런 질문 속에는 이미 극복의 가능성이 내포되어 있다고 보겠다. 어떤 상황을 인식하고 이 상황에 질문하는 순간부터 인간은 다각도로 해결하기 위해 노력한다. 해결이 아니더라도 다른 방법으로 타협을 모색하기도 한다. 이것에 대해 이형기는 다음과 같이 말한다. "그대는 시에 해결을 구하는가. 꼭 그렇다면 잘 포장한 해결 한 꾸러미를 선물할 수도 있다. 그러나 이 세상의 모든 질문을 완벽하게 봉쇄할 해결은 있지도 않았고 있을 수도 없다는 사실을 그대는 기억하지 않으면 안 된다. 모든 해결은 스스로 자기 부정적인 새로운 질문을 잉태하고 있는 것이다. 그리고 이 질문의 무한한 자기증식이 시를 낳는 원동력이다."13) 이를 통해서 보면 시인에게 질문이란 존재증명을 위한 무한한 자기증식과 같은 것이고 살아있음의 다른 표현이다. 질문 없는 존재는 자기를 망각한 사람이라고 말할 수 있겠다.

시에서 "절벽"은 '아무도 가까이 갈 수 없는, 가지 말아야 할' 전제 조건이 붙어 있다. 절벽은 마치 '어떤 체계 속에도 끼어들지 않고 어떠한 역사적 사명도 그 본질적 속성으로서 지니지 않은 개별적인 존재'인 단독자로서 실존을 보인다. 1행의 "아무도 가까이 오지 말라"는 말은 절벽이라는 존재가 하는 발언이다. "높게, 날카롭게, 완강하게 버텨 서 있는" 절벽 모습에서 화자는 마치 "아무도 가까이 오지 말라"고 말하는 절벽의 발언을 듣는다. '높고 날카롭고 완강하게 버티는' 절벽의 외형에서 화자는 어떤 절박한 의지를 본다. 흔들리지 않고 "버텨 서 있는" 절벽은 화자의 시각을

---

13) 이형기, 「불꽃 속의 싸락눈」, 『절벽』, 문학세계사, 1998, 110쪽.

고정시킨다. "버티고 서 있는" 이라는 표현에는 이미 화자의 주관적 개입이 상감되어 있다.

2연은 "완강하게 버텨 서 있는" 절벽의 모습에 대한 심화로 이해할 수 있다. '아스라하다'는 '아슬아슬하게 높거나 까마득하게 멀다'는 의미이다. '아스라한 정수리'는 절벽의 모습을 형상화한 것이다. 화자는 절벽 아래에서 위를 올려다보고 있다. "몸을 던질 밖에 다른 길이 없는" 절벽은 원래 서 있는 상태기 때문에 의미상 자신의 정수리에서 뛰어내릴 수는 없다. 화자는 아래서 절벽을 쳐다보며 '아스라한 정수리' 끝이 환기하는 의미를 발견한다. 절벽은 더 이상 '다른 길이 없기 때문에', 절박하게 또는 냉혹하게 서 있다. 절벽 모습은 '왜 가야 하는지, 왜 슬픈지'의 '왜'라고 묻고 있는 상태가 아니다. 그냥 '버티고 서서 거기 그렇게 고립'해 있다. 단순하게 고립되어 있는 것이 아니라 '냉혹하게, 다른 길이 없기 때문에' 주어진 상황을 견디며 거기에 존재해 있었다.

완강하게 버티고 서 있는 절벽은 어떤 한계나 표준을 뛰어넘는 초월자적 모습이 아니다. 인간은 왜 사는지 묻기 이전에 이미 살고 있었다. 절벽 또한 삶의 조건에 아랑곳하지 않고 고립된 채 냉혹하게 버티고 있었다. 우연히 그곳에 처하게 된 절벽은 "거기 그렇게" 서 있을 수밖에 없고, "다른 길이 없는" 상태이므로 주어진 삶의 조건을 받아들일 수밖에 없다. 그러므로 일부 평자들의 해석처럼 절벽의 모습을 초월적 자세와 결부시키는 오류를 범해서는 안 된다고 본다.

이형기는 이 시에서 존재의 의미를 새롭게 되새긴다. 지금까지 세상에 던져진 단독자로서 존재가 끝없는 노역과 역정을 거듭하며 부딪친 것은 바로 삶의 끝은 죽음이라는 한계상황이었다. 절벽으로 표현한 절체절명의 존재는 삶의 끝은 죽음이라는 엄연하고도 냉정한 사실과 홀로 맞대면한다. 존재의 한 치 앞에는 죽음이 놓여 있다. 절벽은 이 한계상황에 늘 직면해 있다. 그러나 존재는 한계상황에 맞선 상태로 우뚝 서서 '냉혹하게 버티며' 자신의 삶을 살아 내고 있다. 이 상황에 직면해 있으면서 '완강하게(굳세게), 냉혹하게' 견디어 내는 '존재의 자세'를 화자는 획득한다. 자신이 처한 상황에 치열하게 맞서서 견뎌야 하는 것이 바로 존재라는 사실을 자각하게 된 것이다. 결국 존재 앞에는 이렇게 맞서는 길이 놓여 있다. 이것은 경험이나 인식의 범위를 벗어나는 초월이 아니다. '탈존'이란 인간이 존재의 빛 한가운데로 나가 서 있는 것을 뜻한다. 철학자들은 이것이 인간의 본래 모습이어야 하고 이를 추구하기 위해 인간은 노력해야 한다고 말한다. 이 시에서는 단독자인 절벽, 즉 '존재의 빛 한가운데로 나가 서 있는 어떤 사람'을 볼 수 있다. 이형기는 이렇게 존재가 존재해야 하는 이유를 사유의 여러 역정을 통해 체득해 낸다.

이상에서 존재가 부역하는 노역의 헛됨, 존재의 무의미성, 존재의 슬픔, 존재의 길을 형상화한 작품들을 분석했다. 이형기는 존재 문제와 끝없이 불화하는 상태에 있었다. 존재 문제에서 삶과 죽음에 대한 근본적인 고뇌는 피해갈 수 없는 것이기 때문에 이형기는 상당량의 작품에 존재가 가야 할 길에 대한 물음을 제기했다. 그러나 이것보다 더 지속성을 지닌 물음은 존재의 존립이나 근원적인 속성에 대한 것이었다. 이 질문은 이형기가 말년까지 꾸준하게 붙들었던 것이기도 하다. 오세영은 이형기가 제기한 삶에 대한 근원적 고뇌의 탐구에 대해 "이형기의 내면세계는 비록 문학적으로 변용되고 심화하는 과정을 거쳤다 할지라도 근본적으로는 이로부터 크게 벗어나지 않는다는 것이 나의 생각이다."[14]는 소견을 피력했다. 이형기의 많은 작품이 이를 뒷받침하기 때문에 매우 타당성이 있는 견해라고 하겠다.

존재 문제는 개인적 차원에만 머물지 않고 인간 전체의 문제로 확대 적용되었으므로 여러 가지로 변주되어 나타났다. 삶의 끝인 죽음을 향해 걸

---

14) 오세영, 앞의 책, 310쪽.

어갈 수밖에 없는 존재를 이형기는 슬픔과 연민의 시각으로 바라보는 측면도 있었다. 존재의 헛된 노역과 끝없이 반복되는 일상이 불러일으키는 존재의 위기는 이미 예상된 것이었다. 존재 문제는 인간에게 숙명적으로 주어진 것이므로 인간의 삶이 계속되는 한 이 질문을 이어질 것이다. 이형기는 이 문제를 질문하는 과정에서 자기 나름대로 결론을 얻는다. 맹목적이고 헛된 존재이지만 그래도 살아가야 하는 이유에 어떤 정당성을 부여하게 되었다. "모든 것이 결핍 상태에 있을 때 결핍은 존재의 본질을 드러나게 한다. 존재의 본질, 그것은 존재가 결핍된 곳에 아직도 남아 존재하는 것이다.15)" 인간은 존재의 문제에서 아무도 자유로울 수가 없다. 이 문제가 어떤 차원에서 해결이 되었다고 해도 마찬가지일 것이다. 결핍이 충족되어도 또 다른 결핍을 느끼는 존재가 인간의 근본적 속성이므로 이것에 대한 개별적인 질문은 계속될 것으로 보인다.

이형기의 존재 문제에 대한 탐구가 말년까지 꾸준하게 이어졌음은 위에서 밝혔다. 이 질문은 '존재는 왜 그래야만 하는가?'에서, '그래서 이런 것이 아니겠는가.'라는 내용으로 이행했다고 말할 수 있다. 존재 이유는 여전히 미혹 상태이지만 '노역의 헛됨과 허무'에 머물지 않고 실존의 자각 상태로 나아감을 보여주었다. 원래 존재에 대한 질문의 출발점은 '나'로부터 시작되었다. '나'는 어떻게, 왜 살고 있는가? 이렇게 살아가는 '나'는 본래 나인가 아닌가 하는 것들은 삶을 살아가는 과정에서 항상 부딪치는 문제로 문학의 소재로 널리 애용되는 내용이다. 이형기 시에서 존재의 문제는 이제 새로운 국면에 접어들게 된다. 이러한 내용은 다음 장에서 자세히 살피기로 한다.

---

15) 모리스 블랑쇼, 앞의 책, 348쪽.

## 2. 부정의 현실과 정체성 찾기

이형기 시에서 자아가 세계와 불화를 겪는 이유는 크게 두 가지로 볼 수 있다. 첫 번째는 '있어야 할 세계'의 모습이 허구였다는 사실을 깨달았을 때이다. 세계는 실체가 없다는 것을 인식하게 되면서 실체가 없는 이 세계를 동일화한다는 것 자체가 부정이 될 때 자아는 불화를 느낀다. 이 때 자아는 세계의 허망함, 아무것도 없음, 무의미함을 되풀이하여 표현한다. 그리고 새로운 존립 기반을 마련하는 방향으로 나아가는 방법을 모색하기도 한다. 새로운 존립 기반이란 허구의 세계에 함몰하지 않으려는 존재의 실존 방법을 말한다. 이형기가 세계의 모순이나 허망함에 대해 반복적으로 표출하는 태도도 실존의 한 방법으로 볼 수 있다. 이런 태도는 전 시집에 걸쳐 섞여 있다. 이것에 대해서는 앞 절에서 이미 살펴보았다.

다른 하나는 존재해야 할 세계의 모습, 즉 '있어야 할 세계'의 모습이 훼손되었을 때이다. 이때 '있어야 할 세계'는 자아의식 속에서 존재하는 세계이다. 이것이 어그러졌기 때문에 자아는 상실감에 빠진다. 동일화의 대상을 잃어버린 데서 오는 상실감이다. '있어야 할 세계'는 개개인의 세계관에 따라 달리 존재하며, 시대상에 따라서도 다르다. 당위성으로서 가치를 지닌 세계가 상실되었을 때 자아는 지속적으로 이의 상실감 회복을 위해 대응하는 태도를 보인다. 이때 자신을 둘러싼 세계는 부정해야 할 대상이 된다.

이형기의 일곱 번째 시집 『죽지 않는 도시』에는 훼손된 세계의 모습이 부각되어 있다. 부정의 대상이 된 세계는 시인의 의식 속에서 더욱 비극성을 띤 상태로 재창조된다. 여기에는 무분별한 인간의 욕망, 잔혹성, 고도 문명의 폐해, 지구의 멸망 등 현실에서 드러나는 다양한 문제들이 총체적으로 집합되어 있다. 형상화된 세계는 굴절되거나 왜곡된 모습이 아니다. 이형기는 '있어야 할 세계'를 제시하는 것이 아니라 있어서는 안 될 세계를 제시한다. 이때 다각도로 조명된 현실에는 허구가 끼어들지 않는다. 시 한 편마다 부정해야 하는 현실 문제가 들어있다. 그런데 당대 현실과 긴밀성을 갖는 가치일수록 그 시대가 지나가면 폐기되는 경우가 많다. 당시에는 현실과 첨예한 대립관계를 보인, 있어야 할 가치였지만 시간이 지남에 따라 다른 가치가 자리를 선점하여 낡은 가치로 전락하기 때문일 것이다. 시대적 현실에서 선봉에 서는 관념일수록 이러한 수순을 밟는 경우가 많다.

윤재근은 이형기를 "언어가 분노한다는 사실을 형상화하려는 기교를 보여주는 시인"[16]이라고 평가했다. 언어가 왜 분노해야 하는가에 초점을 맞추어 이를 시화하려고 노력한 시인이라는 말이다. 이때 시인이 찾아낸 언어의 분노가 인간들이 걸치고 있는 탈을 벗게 하며 그의 시가 간직한 정직한 힘이 바로 이것이라고 그는 보았다. 이 같은 평가는 시집 『꿈꾸는 한발』과 관련이 있다. 한편 허만하는 이 시집 해설에서 시에 드러난 '칼'의 이미지가 냉혹한 부정정신을 내포하고 있다는 점을 지적했다.[17] 이형기는 칼을 갈거나 빼어 들고 이 세계의 허망함에 맞서는데 이는 존재의 부조리에 대해 싸움을 걸고 복수를 하기 위함이라고 보았다. 이렇게 이형기는 분노하는 언어를 통하여, 혹은 증오의 칼을 빼서 이 세계와 불화를 선언한다. 이 절에서는 다양한 양상으로 전개되는, 부정한 세계의 모습과 정체성의 문제를 살피고자 한다. 부정한 세계는 생태학적 상상력과도 관련이 깊다.

16) 윤재근, 「언어의 분노」, 『풍선심장』, 문학예술사, 1981, 10쪽.
17) 허만하, 「칼의 구조」, 『꿈꾸는 한발』, 창조사, 1975, 86쪽.

어젯밤 나는 바다를 죽였다.

작살의 閃光 아래
바다는 온몸을 뒤틀면서
斷末魔의 소리를 질렀다
알고 보니 바다는
巨大한 어둠의 吸盤이었다
나를 덮쳤다
모든 길은 차단되고
동시에 모든 길은 개방되었다
작살은 불꽃처럼 춤을 추었다
죽이는 자와 죽임을 당하는 자의
그 殺氣찬 올가즘!

어젯밤 나는 바다를 죽였다
交尾를 끝낸 或種의 昆蟲처럼
나도 함께 죽었다.

― 「바다」 전문

이형기 시에 등장하는 '바다'는 대부분 '자연, 곧 세계'를 가리킨다. 이 시에서도 바다는 자연이나 세계를 지시한다. 세 부분으로 연을 나눈 이 시는 '나'와 '바다'의 관계가 어떤 상태에 놓여 있는지 보여준다. 시에 나타난 바다 의미를 파악하기 위해 시인의 말을 빌어본다. "인간은 본질적으로 꿈꾸는 존재이기 때문에 꿈을 꾸지 않거나 꿀 수 없는 그러한 유토피아의 주민은 이미 인간이라고 할 수 없다. 비록 유토피아에 이르렀다 해도 역시 그 유토피아의 현실 저쪽에 그 현실을 부정하는 초현실의 세계를 그려내는 것이 꿈꾸는 존재인 인간의 속성이다. 그리고 시는 바로 그러한 꿈의 언어이다."[18]

18) 이형기, 「꿈의 언어의 충격성」, ≪시와 시학≫, 1992. 봄, 147쪽.

이형기는 1970년대 초부터 꿈의 언어화를 시작 기본 태도로 삼는다. 이때 만들어낸 모든 허구는 상상력에 의해서다. 그는 시인이 창조한 것, "자연의 법칙에 역행하면서 인위적 분리를 강행하기도 하고 결합하기도 하는 그 결과물은 다 상상력의 소산물[19]"이라고 말한다. 이 소산물은 물론 실재하지 않는 허구다. 이것을 표현함으로 해서 실재하는 자연에 충격을 가하는 장치로 쓴다. 시 「이백에게」에 "당신의 죽음은/ 취중의 장난이다// 실재하는 것은/ 당신의 꿈"이라는 구절이 있다. 실재하는 이백의 죽음은 장난이고, 실재하지 않는 꿈이야말로 실재라는 것이다. 살아 있음이 실재가 아니라 허구이고, 이 허구는 꿈이라는 장치를 거쳐 실재하게 된다는 말이다. 이러한 말은 매우 역설적이지만 꿈꾸는 존재가 인간이라는 점에 초점을 맞추고 보면 꿈꾸지 않는 실재는 실재하지 않는다는 것을 표명함이며, 살아 있어도 산 것이 아니라는 사유를 전달하고 있음을 알 수 있다.

시 「바다」는 이러한 바탕에서 출발한다. 이 시는 실재하는 자연을 실재하지 않는 것으로 하여 실재에 충격을 가한다. 여기서 자연은 자아에게 동일성의 대상이 아니라 불화의 대상이다. 이형기는 추상적이고 관념적인 자연을 사물로 가시화시킨다. 자신의 인식 범위 안으로 들어와야만 언어의 재질서화가 가능해지기 때문이다. 시의 소재인 '바다'는 곧 '자연'을 가리킨다. 자연은 보편적인 범주 안에 속해 있다가 시인의 상상력에 의해 강제적으로 끌려나온 소재이다. 1행의 "어젯밤 나는 바다를 죽였다"라는 진술처럼, 실제적으로 바다가 화자에게 죽임을 당할 수 있는 대상은 아니다. 이형기는 이것을 가능하게 하기 위해 허구의 장치인 상상력을 이용하여 관념적인 것을 구체적인 대상으로 인식하려고 한다.

세 부분으로 나뉜 이 시는 '나'와 '자연(바다)'의 관계를 드러낸 1연, 어

---

19) 이형기, 앞의 책, 147쪽.

젯밤의 행위를 나타낸 2연, 다시 현재의 '나'와 자연 관계를 말하는 3연으로 구성되었다. 1연에서 화자는 "어젯밤 나는 바다를 죽였다"고 선언한다. 화자는 무생물인 바다를 생물로 만들고 무한한 바다를 자신이 다룰 수 있는 범위 안으로 끌어들인다. 현재 화자는 가해자이고 바다는 피해자이다. 죽인 이유는 모르지만 1연에서 화자는 자신이 죽인 대상이 바다였음을 확언한다. 2연은 화자가 바다를 어떻게 죽였는지에 대해 쓰고 있다. 여기에 바다를 죽인 이유도 암시한다. 화자는 거대한 바다를 작살 하나로 공격하여 죽였다. 물고기를 찔러 잡는 작살로 바다를 공격하므로 화자는 어류의 한 종류로 바다를 인식하고 있음을 알 수 있다. 바다는 거대한 어둠을 빨아들인 빨판을 갖고 있고 '온몸을 뒤틀면서 나를 덮치기'도 한다.

화자는 바다를 연체동물로 더 구체화시킨다. 화자는 작살로 바다를 찌르면서 바다가 "거대한 어둠의 흡반"을 갖고 있다는 사실을 알게 된다. 화자는 '불꽃처럼 춤추는 작살을 가지고서' 어둠의 흡반인 바다와 대결을 펼친다. 죽이는 가해자와 죽는 피해자의 불꽃 튀는 대결은 최고조의 흥분 상태에 이른다. 이러한 극도의 상황을 거쳐 바다는 죽고 화자는 승리했다. 그런데 어둠을 뿜어내며 화자를 덮치는 바다와 싸울 때는 '모든 길이 차단된다.' 다시 말하면 바다가 살아 있을 때는 화자의 모든 길은 차단되었다. 화자가 바다를 작살로 죽인 후에는 모든 길이 열렸다. 화자는 바다를 죽여야 할 대상으로 정하고 공격했는데 알고 보니 이것은 어둠의 흡반이었다. 모든 길을 안 보이게 하는 사물이었던 것이다. 그러므로 바다의 죽음은 화자에게 새로운 국면을 가져온다. 바다를 죽여 모든 길이 개방되었음은 화자에게 바다는 부정적인 사물, 혹은 부정적인 세계였음을 암시한다. 여기까지가 어젯밤의 상황이다. 바다가 죽어버림으로 해서 화자의 모든 길이 개방되었으므로 화자의 모든 길을 차단하는 부정적인 요소는 없어진 셈이다.

3연에서 화자는 바다가 죽었다는 사실을 다시 강조한다. 그런데 어젯밤에 바다만 죽은 것이 아니다. 동시에 화자도 바다와 "함께 죽었다." 화자는 "교미를 끝낸 혹종의 곤충처럼" 죽었다. 여기서 말하는 곤충은 사마귀를 가리킨다. 일부 암컷사마귀는 수컷과 교미를 끝낸 후 산란에 필요한 영양 섭취를 위해 수컷사마귀를 잡아먹는 일이 있다. 수컷사마귀는 쾌락을 얻는 대신 목숨을 잃게 된다. 암컷이 수컷을 죽임은 넓은 의미에서 보면 더 많은 사마귀를 얻기 위함이므로 비정한 일만은 아니다. 화자는 이런 수컷사마귀처럼 죽은 것이다. '교미'라는 말은 2연의 '올가즘'을 받쳐주기 위해 쓰인 말이지만, 화자의 죽음이 또 다른 창조나 탄생을 가져올 것임을 암시하려는 의도이다. 화자는 바다를 죽이면서 오르가즘을 느낄 정도로 희열에 차 있었지만 바다가 죽으면서 화자도 죽었다. 그렇다면 이렇게 말하는 화자는 '어제의 나'와는 다른 '나'이다. '어제의 나'는 '바다'와 함께 죽었고 '오늘의 나'는 '어제의 나'가 죽었음을 선언하는 '새로운 나'이다.

2연과 연관 지어 다시 정리하면 바다는 모든 길을 차단하는 것이었는데 바다를 죽임으로써 모든 길이 개방되었다. 그런데 바다를 죽인 '나'는 개방된 길로 나가보지도 못하고 바다와 함께 죽었다. 그렇다면 현재 개방된 길 위에는 '오늘의 나'만 있다는 것이 된다. 부정적인 바다와 함께 죽은 '어제의 나' 또한 화자인 내가 부정해야할 어떤 것이었다고 말할 수 있다.

이형기는 실재하는 것을 허상으로 만들기 위해서 '죽임'의 과정을 거치고 있다. 상상력의 '작살'로 '자연'을 찌르고 그 다음에 오는 세계, 다시 말하면 실재 뒤의 세계를 보고자 하는 것이다. 실재를 실재라고 보기 때문에 길이 차단되었는데 실재를 허상으로 만들고 보니 길이 개방되었다. '어제의 나'는 바다와 함께 죽고 이러한 엄청난 환희를 안 '지금의 나'는 새로운 눈을 얻는다. 실재를 실재라고 본 '어제의 나'는 죽고 실재를 허상으로 볼 수 있는 '오늘의 나'는 살아서 이러한 상황을 선언하는 것이다. 여기서 바다는 자연, 곧 세계를 가리킨다. 실재하는 세계는 '어제의 나'와 함께 죽고, 언어로 창조한 허상의 세계는 '오늘의 나'와 함께 살아남았다.

화자가 바다를 죽인 이유는 자아가 세계와 불화하기 때문만은 아니다. 물론 세계가 부정적인 요소로 작용하고 있지만 화자도 이 세계와 같이 죽었다는 것은 다른 의도를 숨기고 있음을 알 수 있다. 여기서 증오의 작살, 혹은 칼을 뽑아서 세계의 허망함에 대응하려는 의도가 들어있다는 허만하의 주장20)도 일리가 있지만 자연을 보편적 질서의 대상으로 보는 눈을 버리고 새로운 눈을 얻기 위해 이런 과정을 거치는 것으로 이해함이 타당하다고 본다. 이형기는 '보이는 것'으로의 자연을 의도적으로 제거하고 '보이는 것 너머'를 보는 그런 눈을 얻고자 한 것이다. 그러므로 불화를 선포하기 위해서 복수의 칼을 휘둘러 세계를 찌르는 것으로만 보아서는 안 될 것이다. 이형기는 상상력의 칼로 동일화의 대상을 제거하고 그 자리에 서서 '대상 너머'를 보려고 한 것이다.

다음 시 「첨예한 달」에도 이와 동일한 시각이 표출된다.

> 暗殺은 틀림없이 감행되었다
> 物證보다도 확실한 心證
> 心證보다도 더욱 확실한 것은
> 저 下弦의 달이다
>
> 刺客이 누구냐고 묻는가
> 被殺者가 누구냐고 묻는가
> 보라 저기 저 高山 萬年雪에 꽂혀 있는
> 한 자루 비수
> 대답은 이미 소용없는 시간이다
>
> — 「尖銳한 달」 부분

---

20) 허만하, 앞의 책, 86쪽.

화자는 "암살은 틀림없이 감행되었다"라고 단언한다. 암살이 있었음은 "물증보다도 확실한 심증/ 심증보다도 더욱 확실한 것은/ 저 하현의 달"을 통해 알게 된 사실이다. "자객이 누구냐", "피살자가 누구냐"라는 질문에 화자는 "보라 저기 저 고산 만년설에 꽂혀 있는/ 한 자루 비수"를 제시한 다. 자객과 피살자가 누구인지를 대답하지 않고 '고산에 꽂힌 한 자루 비 수 같은 하현달'을 가리킨다. 비수처럼 날카롭게 하늘에 꽂힌 "첨예한 달" 을 자객이 던져 놓은 칼로 본 것이다. 이형기는 '하현달'을 '자객의 칼'로 비 유하여 시에 팽팽한 긴장감을 부여한다. 하늘에 실재하는 하현달 대신에 그 달의 이미지를 차용하여 칼로 치환하고 치환한 그것을 하늘에 놓아둔 다. 여기서 화자는 '하현달 → 날카로움 → 비수→ 살해 이미지 → 암살 → 자객 → 피살자'와 같은 유기적인 연상 작용을 한다.

그렇다면 암살이 감행되었으니 누군가는 죽었어야 한다. 화자는 "드디 어 밤은 절명한다."라고 말한다. 비수에 찔려 죽은 대상은 밤인 것이다. 화자는 하현달의 외형에서 "일편의 이미지"와 날카로운 비수를 연상한 다. 또한 화자는 "첨예한 달"인 하현달에서 비수를 든 "자객의 눈초리"와 같은 매서움을 본다. 이러한 이미지를 복합적으로 조직한 시가 「첨예한 달」이다. 하현달에서 자객, 비수, 암살과 같은 살해 이미지를 끌어내고 있 으므로 이 시 또한 독자에게 불편함과 긴장감을 준다. 이형기의 시는 자 연을 관습적 시각으로 보는 것을 거부하고 언어로 자연을 살해함으로써 세상의 식상한 시각을 교란시킨다. 결국 '있어야 할 세계'는 시인이 자신 의 언어로 창조한 세계이다. 이형기가 실재하는 세계와 불화하는 이유는 자신만의 언어를 찾기 위함이다. 자신만의 언어로 세상을 바꾼 후 시인으 로서 실존을 확인하는 행위는 존재증명의 행위이기도 하다.

이형기는 부정해야 할 세계를 총체적으로 모아 보여주기도 한다. 시집 『죽지 않는 도시』는 부정의 현실이 연속적으로 드러나 있다. 여기에는 고 도성장의 도시 문명 속에서 일어나는 갖가지 부작용들이 총체를 이룬 상태로 나타난다. 시를 창작하는 과정에서, 사회와 지구에서 일어나는 부정적 문제를 형상화하는 데는 상당한 어려움이 따른다고 보겠다. 꼭 써야만 하는가라는 당위성 문제와 이러한 작품이 어떤 울림을 줄 것인가에 대한 고민이 있을 것이다. 시에 현실 문제를 적용하려 할 때 거리 조절이나 형상화에 실패하면 무미건조한 재현이 될 가능성이 많다. 또한 과학문명의 발달이 가치 있는 현실이 되는 현 상황에서 문명에 대한 부정적 목소리가 얼마나 효과가 있을지도 생각하지 않을 수 없다.

이형기는 고도문명 속에서 황폐되어가는 현실을 보며 현실 문제와 직접 대면한다. 그는 "은성을 극하는 대도시의 한복판에서 폐허를 보는 사람"21)이 시인이라고 말한다. 문명이 내포한 부정적 현실에 대해 이형기는 방관자 자세를 버리게 된다. 그리고 현대문명의 부정적 측면을 직접적으로 형상화하는 태도를 취하게 된다. 일곱 번째 시집의 시 33편은 환경, 생명, 과학, 사회 측면에서 일어나는 부정적인 현실을 소재로 한다. 그러나 이렇게 형상화된 시들은 감동이 적고 전달하려는 메시지가 강하게 드러나 시적 긴장감이 떨어진다. 사회적 이슈가 된 문제들이 시의 제재가 되어 시행 하나만 보아도 시 전체 내용이 노출된다. 또한 비유와 상상력이 제거되고 사실적 진술만 도드라져 보인다. 위에서 살펴본 「바다」, 「첨예한 달」과는 여러 측면에서 상당한 차이가 있다.

> 이 도시의 시민들은 아무도 죽지 않는다
> 어제 분명히 죽었는데도
> 오늘은 또 거뜬히 살아나서
> 조간을 펼쳐든 스트랄드브라그 씨의 아침 식탁
> 그것은 위대한 생명공학의 승리
> 인공합성의 디엔에이 주사 한 대가

---

21) 이형기, 「불꽃 속의 싸락눈」, 『절벽』, 문학세계사, 1998, 100쪽.

시민들의 영생불사를 확실하게 보장하고 있다
(중략)
1년에 한 살씩 나이를 먹는다는 계산은
전설이 되어버린 도시
얼마나 오래 살았는지
누구도 제 나이를 아는 사람이 없다
젊어도 늙고
늙어도 늙고
태어날 때부터 이미 폭삭 늙어서
온통 노욕과 고집불통만 칡넝쿨처럼 칭칭
무성하게 뻗어난 도시
실연한 백발의 노처녀가 드디어 목을 맨다
그러나 결코 죽을 수는 없는
차가운 디엔에이의 위력
스스로 개발한 첨단의 생명공학이
죽음에의 길마저 차단해버린 문명의 막바지에서
시민들의 소망은 하나밖에 없다
아 죽고 싶다

　　　　　　　　　　　　　　　　－「죽지 않는 도시」 부분

　시집의 표제이기도 한 「죽지 않는 도시」는 생명공학으로 인해 영생의
삶을 얻은 미래의 전반적 모습이 등장한다. 철학자들은 현대의 가장 특기
할 만한 사건으로 현대인들은 자신의 일상적 삶에서 죽음을 축출해버린
것이라고 말한다. 죽음을 추한 것으로 보고 구석으로 몰아넣어 버림으로
써 죽음으로부터 도피를 한 것이다. 시의 배경은 죽음을 축출해버리고
영생의 꿈을 실현시키는 고도문명 도시이다. 이 도시는 최첨단의 생명공
학이 실현된 곳이다. 시의 화자는 생명공학의 유토피아가 실현된 미래 한
도시를 상상한다. 미래 시점으로 설정한 것은 독자에게 인간이 맹신하는
생명공학의 결과가 어떤 것인가를 보여주려는 목적이 있기 때문이다.

화자는 현재의 풍토를 풍자하며 생명 현상이나 생물의 기능 자체를 인위적으로 조작하는 생명공학의 결과가 영생으로 이어졌을 때 어떤 현상이 일어나는지 상상을 통해 보여준다.

시 속의 인간들은 '아무도 죽지 않는' 존재인데도 행복해 보이지 않는다. 이런 분위기는 속뜻과 반대되게 말하는 반어적 기법의 구사와 화자의 냉소적인 말투에서 느낄 수 있다. 이형기가 즐겨 쓰는 시의 기법 중에 모순어법(oxymoron)이 있다. 이는 역설의 하나로 수식되는 말과 수식하는 말이 의미적으로 모순관계에 있는 것을 말한다. 표면적 진술과 그것이 암시하는 내적 의미 사이에 구조적 모순이 있는 경우, 시인은 표면적 의미와 정반대되는 의미를 작품에 내면화시킨다. 이 모순관계에서 일어나는 의미론적 긴장 속에 시적 가치가 창조된다. 일상 세계에서는 모순되는 진리이지만 그 모순을 넘어서 보다 차원 높은 세계의 사유로 나타나는 것이 시의 역설이다. 이 시에는 전반적으로 반어와 이러한 모순어법의 역설이 구사되어 있다.

세상의 모든 것은 소멸의 과정을 거친다. 그런데 시의 등장인물들은 이 과정이 없다. '아무도 죽지 않는 미래'는 '죽는 현재'를 극복한 생명공학의 승리에서 온다. 그래서 현재 상태가 미래 세계에도 그대로 유지되고 있다. 머리가 깨어졌어도 죽지 않고 그 상태로 오토바이를 타고, 암세포가 퍼졌어도 죽지 않는다. 미래 도시는 '죽는 현재'의 시각으로 보면 '젊어도 늙고, 늙어도 늙고, 태어날 때부터 이미 늙은' 사람들이 구성원이다. 화자는 늙음의 특징을 '노욕과 고집불통'으로 본다. 이것으로 가득 찬 도시는 정작 자신의 의지로 죽고 싶어도 죽을 수가 없다. '죽을 수 없는 힘'을 화자는 "차가운 디엔에이의 위력"이라고 말한다. 이것이 "죽음에의 길마저 차단해버린" 것이므로 이에 대한 반감을 화자는 '차갑다'라는 말에 신는다. 그러나 영생하는 미래 도시는 죽지만 않을 뿐 현재의 연속으로 드러난다. 미래 시민들의 소망은 "아 죽고 싶다"는 것 하나밖에 없다. 이것은 현대의 인간들이 '영생불사'하려는 소망과 배치된다. '영원히 살고 싶다'는 현재의 소망이 실현된, 영생불사의 유토피아가 결국 '죽고 싶다'는 소망을 유토피아로 갖게 하면서 시는 종결된다. 인간의 이상인 '죽지 않고 싶다'는 결과적으로 이상이 실현되기 전인 '죽는' 현재를 갈망하는 상태를 낳는다. 이형기는 고도문명에 대한 풍자를 이런 모순어법 속에 싣는다. 소멸해야 하는 우주의 진리를 역행하고 있는 부정적 현실의 폐해를 예견하면서 역설적으로 설파한다.

「6백만 불의 인간」이라는 시도 미래에 실현 가능한 과학 문명을 가정해서 보인다. '육백만 불의 남자와 육백만 불의 여자'인 두 연인은 조립인간이다. 이들은 모든 정보를 종합 처리하는 고성능 전자두뇌를 소유하고 있다. "우울증이나 심술이나/ 욱하고 치미는 파괴적 충동 같은 것은/ 어딘가 장기가 고장 난 증거/ 병원이 아니라 조립공장으로 달려가서" 문제를 일으키는 장기를 갈아 끼우면 되는 이들은 미움도 싸움도 없다. "전기의 볼테이지만 높이면/ 사랑의 농도가 얼마든지 진해지는" 사이이다. 두 연인의 행복지수는 "합이 1천 2백만 불짜리"이다. 이 수학적 계산에는 이런 상황에 대한 냉소적인 시각이 자리한다. 상상 속의 미래는 화자가 공격하고 조롱하는 현재가 뒷받침되어 있다. 현재의 과학이 이런 미래를 만들어내기 때문이다. 그런데 미래 시대의 연인은 앞 시에서 등장하는 인간들과 똑같이 불행해 보인다. 문명은 인간을 행복하게 하는 것이 아니라 비인간화한다는 일반적인 시각을 화자는 공유하고 있다. 이 시는 화자의 과도한 개입으로 인해 풍자가 긴장감을 잃는다. "그것은 너무 쉽게 얻어서/ 귀한 맛이 전혀 없는 행복/ 하루만 지나면 단물이 모두 빠져/ 쓰레기가 되는 행복"이라는 구절은 사족이다. 현대 과학을 바탕으로 한 미래의 허구적 상상은 이미 화자의 시각에 의해 움직이므로 이와 같은 과도한 개입은 오히려 시의 질을 떨어뜨리고 울림을 반감시킨다.

다음 시는 과학적 수치에 대한 인간의 맹신과 무모함을 풍자하고 있다.
이 시는 생태학적 환경에 대해 무지한 사람들에게 경종을 울린다.

이 강물은 썩지 않았다.
의심나면 보아라 비오디 피피엠.
소수점 아래 영이 한두 개 더 붙는
언제나 기준치 이하로만 맴도는
이 정밀한 검사결과를.

강변에는 오늘도
죽은 물고기들 허옇게 떠오르고 있다.
하지만 무슨 걱정인가,
비오디 피피엠은 과학적 사실
물고기는 과학을 뒤집지 못한다.

강변에 사는 주민들도 실은
그게 뭔지 잘 모르는 비오디 피피엠,
모르니 따져볼 흥미도 없는
커다랗게 구멍 뚫린 무관심의 공백 속에
면죄부처럼 활개 치는 비오디 피피엠.

그래야 경제가 발전한다,
비오디 피피엠.
물보다 물 사먹을 돈이 더 좋다,
비오디 피피엠.
몽골 샤먼의 진언처럼 주술성이 강한
비오디 피피엠의 마취효과.
물고기는 죽거나 말거나
중금속 폐수에 맹독성 농약과 개숫물
지천으로 흘러들거나 말거나

비오디 피피엠은 끄떡없이 버틴다.
이 강물은 썩을 리 없다.

－「비오디 피피엠」 부분

　이 시는 생물과 환경 사이의 생태학적 문제에 대한 관심이 드러난다. 우주적 질서에 따라 순환하는 자연법칙이 무너지는 것을 다루는 시에는 환경을 파괴하는 인간의 무지함이 반어적으로 표현된다. 생물의 생활 상태에 관심을 기울이면서 지구 생태계가 문명의 이기로 인해 심각한 상황에 처했음을 알리고 이를 극복하기 위해 등장한 문학을 생태문학이라고 말한다. 김용민은 독일 생태시 개념을 도입하여 "이미 위험 수위를 넘어버린 사회생태적 현 상태인 자연 파괴와 생태계 문제를 드러내며 더 나아가 문명의 현 상태에 대한 불만을 토로한 것"[22]을 생태시라고 정의한다. 이렇게 보면 모든 유기체는 연결되어 있다는 것을 바탕으로 하여 지구상의 환경에 대해 오염과 파괴 실상을 보여주는 작품은 다 생태문학에 속할 수 있다. 단순한 환경 파괴의 묘사에서 생태계의 현 상황에 대한 원인을 성찰하거나 새로운 생태 사회에 대한 대안을 제시하는 작품은 '생태문학'인 것이다. 생태문학에 대한 기준이 포괄적이어서 애매하지만 이형기의 시도 상당 부분이 이에 속한다고 말할 수 있다. 그러나 이형기의 시는 생태문학 측면에만 국한되지 않고 현대사회의 단절, 고도문명의 폐해, 비인간성, 인간의 이기주의, 지구의 종말 등의 문제를 넘나들고 있다. 그는 현 지구가 처한 부정적 현실의 문제 중 하나로 생태 문제를 바라보고 있다고 말할 수 있겠다.

　과학적으로 근거를 제공해주는 "비오디 피피엠"은 생물학적 산소 요구량을 말한다. 강물이 썩지 않았다는 사실은 과학적 수치로 제공되는 '기준치 이하로 맴돌아 정상'이라는 비오디 피피엠의 기준에 의해서만 입증

---

22) 김용민, 『생태문학』, 책세상, 2003, 97~99쪽.

할 수 있다. 수치로 표상되는 과학은 인간의 육안이나 경험보다 앞선다. 그런데 과학적으로는 죽지 않아야 할 물고기들이 죽어 강변에 "허옇게 떠오르고 있다." 이렇게 "죽은 물고기들 허옇게 떠오르는" 것이 실제 모습이어도 "기준치 이하로만 맴도는" 즉 "정밀한 검사결과"가 더 신빙성이 있는 자료이므로 과학적으로는 "이 강물은 썩지 않았다." 이렇게 과학적 사실이 중요한 현실에서는 죽은 "물고기는 과학을 뒤집지 못한다." 과학적 수치는 언제나 사실이고 그것에 근거하는 한 실제의 현실은 허구가 되어버렸다. 과학적 수치는 현실에 근거해 나온 것인데 현실을 축출해낸다. 이러한 현실을 화자는 조소하고 있다. 흥미로운 것은 "비오디 피피엠"이라는 구절을 각 연에 안배하여 "몽골 샤먼의 진언"과도 같이 쓰고 있다는 점이다.23) 과학적 사실의 제유로 쓰인 "비오디 피피엠"을 계속 반복함으로 해서 과학적 사실에 맹목적인 믿음을 갖는 사람들의 '마취된 모습'을 환기해 낸다. 이렇게 과학적 사실 앞에서 실제의 현실은 허구가 되어 버리고 생태계는 곳곳에서 병적인 징후를 드러낸다.

>     내 소싯적 벚꽃놀이 때는
>     꽃나무 밑에 서면 웅웅대는 벌들의 날갯짓 소리
>     온몸 후끈후끈 달아오른 꽃들은 그 소리에 홀려
>     자궁을 활짝 열었다
>     그리고 황홀한 꽃가루받이의 집단오르가즘
>     부끄러움이 없었다
>
>     오늘 이 과수원에도
>     만발한 사과꽃들 토플리스로 치장하고 나서서
>     소싯적 그때처럼 홀려대는 그 소리 기다리고 있건만

---

23) 시집에 묶이지 않은 말년의 시 「모순의 주문」이 있다. 몽골 샤먼이 전혀 뜻을 알 수 없는 주문을 외우고 있는 상황을 소재로 한 작품이다.

벌 한 마리 날아오지 않는다
아 활짝 열어만 놓고
아무것도 받아들일 게 없는 그녀들의 자궁
무참한 부끄러움!

꽃들이 모두 석녀가 되어버린 마을
위생적으로 멸균처리가 된 무기질 침묵
침묵만 가득 찬 마을 한복판에
심약한 레이첼 카아슨 여사가 새파랗게 질려 있다
가을에 사과가 열지 않으면 어떡하지요?
걱정도 팔자군, 수입하면 그만이지!

-「석녀들의 마을」전문

한 나그네
인도의 오지 정글에 가서
늙은 귀머거리 코끼리를 만난다
보자니 그는
테크노피아의 위생적인 살충제가 멸종시킨
귀뚜라미의 마지막 한 마리
들리지 않는 코끼리의 귓바퀴에 올라앉아
열심히 열심히 혼신의 힘으로
가을을 울어주고 있다

-「코끼리와 나그네」전문

　　교란된 자연 질서에서 오는 가장 치명적인 변화는 생물들의 공간에 나
타난다고 볼 수 있다. 산업화와 도시 인구의 집중화는 자연 공간을 착취
대상으로 바뀌게 한다. 과거의 유기농법은 더 많은 생산성 제고를 위해
화학적인 농법으로 전환할 수밖에 없다. 이는 생물들의 환경을 고려하지
않은 생장 촉진을 위한 개량화이다. 화학농법의 결과는 언제나 질병으로

나타난다고 한다. "화학농법은 예외 없이 병에 걸린다."[24]는 것이다. 이 농법은 처음에는 토지에 영향을 주고 그 다음은 식물, 그리고 인간에게 해를 끼친다. 화학농법으로 이득을 본 사람은 오로지 화학제품을 생산하는 기업체일 뿐이라고 환경론자들은 말한다. 대량의 농약 살포는 동물들의 생존을 심각하게 위협하는데, 이는 삼림 벌채보다 더 위험하고 불법 사냥보다 더 심각한 후유증을 가져온다고 한다. 또한 가뭄이나 기름오염보다 더 무서운 것이며 앞의 모든 것을 합친 것보다 위험하다. 이러한 심각성은 무시한 채 현실에서는 여전히 제초제나 살충제를 남용한다. 이것들은 지구 생물들의 멸종을 앞당기는 공포의 화학물질이다.

이형기는 「석녀들의 마을」 뒷부분에 생태학의 고전으로 불리는 『침묵의 봄』 저자인 레이첼 카슨 여사를 등장시킨다. 그녀의 책 『침묵의 봄』은 살충제와 제초제의 위험성과 오용의 심각성을 제기하고 지구 환경이 붕괴될 시점에 이르렀다고 역설한다. 레이첼 카슨은 글에서 생명체를 위협하는 화학물질의 위험성을 경고하기 위해 엄청난 재앙을 한꺼번에 겪은 한 마을의 상황을 우화로 곁들인다. 그녀가 우화로 보여준 이 마을은 다음과 같은 상황이 벌어진다. "암탉이 알을 품었던 농장에서는 그 알을 깨고 튀어나오는 병아리를 찾을 수 없었다. 농부들은 더 이상 돼지를 키울 수 없게 되었다고 불평을 했다. 새로 태어난 새끼 돼지들이 너무 작아 단 며칠을 버티지 못하고 죽었기 때문이다. 사과나무에 꽃이 피었지만 꽃 사이를 윙윙거리며 옮겨 다니는 꿀벌을 찾을 수 없으니 가루받이가 이루어지지 않아 열매를 맺지 못하게 되었다."[25] 이형기는 이 책을 읽으면서 화학물질의 폐해를 실감하며 우리 현실을 생각했으리라고 본다. 이 독서 체험과 우리 생태환경이 맞물려 「석녀들의 마을」로 형상화되었다.

---

24) 피터 톰킨스 · 크리스토퍼 버드, 황금용 · 황정민 옮김, 『식물의 정신세계』, 정신세계사, 1998, 310쪽.
25) 레이첼 카슨, 김은령 옮김, 『침묵의 봄』, 에코리브르, 2003, 35쪽.

시의 배경이 된 '소싯적 과수원이 있는 마을'처럼 원래 땅과 사회, 대지와 그 위의 주민은 긴밀하게 상호 연관되어 있다. 특히 땅은 부족사회나 농경사회의 문화적, 종교적 정체성을 부여해주었다.26) 땅은 단순한 생산 요소가 아닌 사회의 영혼으로 여겼다. 땅은 대다수 문화의 생태적 본향이라고 말할 수 있다. 에코페미니스트들은 땅은 생물적 삶뿐만 아니라 문화적, 영적 삶의 재생산을 위한 자궁이라고 생각했다. 땅은 생계유지의 모든 원천이며 가장 깊은 의미에서 볼 때 집이라는 것이다. 또한 땅은 자연과 사회의 삶을 재생하기 위한 근원적 조건이다. 땅이라는 신성한 공간, 모든 의미와 삶을 담은 우주, 모든 생명을 유지시켜주는 생태적 원천이 그저 하나의 용지로, 데카르트적 공간의 한 장소로 변하면서 개발 계획과 맞물리게 되면 영적이고 생태적인 집으로서 땅은 완전하게 파괴되고 만다고 그들은 생각한다. 자연이 개발과 생산량 제고를 위한 공간으로 바뀌게 되면 필연적으로 부수되는 것은 생태계 파괴로 이어지게 될 것이다. 이런 사고는 결국 모든 생명을 위협하는 무서운 무기가 됨은 명약관화하다.

원시의 조상들은 식물의 생육하는 힘을 남자와 여자로 인격화하여 생각했다. 동종주술同種呪術 혹은 모방주술의 원리에 따라, 수목이나 식물의 생장을 돕기 위해 축제에서 남녀의 결혼 행위를 모방한 연출을 하며 즐겼다. 나무를 푸르게 번성시키고, 풀을 움트게 하고 보리를 성숙하게 하며 꽃을 피우게 하기 위해 행한 이러한 주술 행위는 모두 식물 생육의 촉진을 위한 의식이었다. 중앙아메리카의 피필족은 파종 나흘 전부터 아내와 동침을 하지 않고 있다가 파종하는 전날 밤에 격정을 극도로 발산시켰다고 한다. 자바의 한 지방에서도 벼가 개화할 무렵 농부와 그 아내가 밤중에 논에 가서 벼의 결실을 촉진시키기 위해서 교접을 하였다.27) 자연의 질서에 맞춰

---

26) 마리아 미스 · 반다나 시바, 손덕수 · 이난아 옮김, 『에코페미니즘』, 창작과비평사, 2002, 134~135쪽.

27) 프레이저, 김상일 옮김, 『황금가지』, 을유문화사, 1983, 189쪽.

생명이 유지되던 시대는 이렇게 식물과 인간과 땅이 상호 유기적인 연관을 이루며 탄생과 성장과 소멸이 순조롭게 진행되었다고 볼 수 있다.

「석녀들의 마을」의 '소싯적의 벚꽃놀이'에는 원시 축제에서 보이는 '집단오르가즘'적 황홀한 순간이 연출된다. 벌들의 '붕붕거리는' 날갯짓 소리와 이 소리에 반응하는 '온몸이 달아오른 벚꽃', 이런 상태에서 수분은 한꺼번에 이루어졌다. 이때 대지는 생명력으로 충만한 공간이다. 대지 위의 생물이 생명을 받는 순간에는 어떠한 '부끄러움'도 없었다. 보통 풀이나 곡물류는 바람에 의해 교배된다. 그 외, 대부분 다른 식물들은 새나 곤충에 의해 교배가 이루어진다. 꽃들은 개화 시에 강렬한 향기를 내뿜어 새나 곤충들을 유혹한다. 특히 벌들은 꽃향기에 매혹되어 꽃들의 후손을 위한 집단 수분 행사에 촉매제 역할을 한다. 벚꽃놀이에 참여한 사람들과 벌들과 꽃들이 상호 연관되어 벌이는 어린 시절의 "벚꽃놀이"는 원시부족들이 벌이는 축제와도 같았다. 그러나 '오늘' 개화의 풍경은 이와 대조된 상태로 그려진다.

어렸을 때 행했던 벚꽃놀이의 붐비는 수분 행사와는 달리 사과꽃들이 상반신을 드러낸 '토플리스' 차림새로 벌들을 유혹해도, '오늘의 과수원'은 "벌 한 마리도 날아오지 않는" 공간이다. 황홀한 꽃가루받이 축제는 벌이 없기 때문에 유보된다. 생명을 잉태하는 '온몸이 후끈후끈 달아오르는' 황홀한 순간은 거세된 채 꽃들은 "무참한 부끄러움"으로 가득하다. 벌들이 사라진 과수원 꽃들은 무용의 자궁을 가진 '석녀'에 비유된다. 이렇게 생명력을 잃은 마을은 무기력한 상태로 변했고 침묵만이 흐른다. 오늘은 무거운 침묵만 흐르는 죽음의 시공간으로 변해버렸다. 화학물질을 사용한 땅은 생명을 살리는 공간이 아니라 죽음의 공간이다. 생명력으로 충만한 소싯적 벚꽃놀이와 모두 단산할 수밖에 없는 현재 과수원의 대조는 인간의 이기적 욕망이 앞당기는 종말을 더 강조하기 위한 구도로 보인다.

지구상에 사는 생명체가 만들어지기까지는 수억 년이 걸렸다고 한다.

지구 위의 생명체가 하나하나 멸종되어 가는 부정적 현실은 위의 두 번째 시 「코끼리와 나그네」에서도 잘 나타난다. "테크노피아의 위생적인 살충제"로 인해 멸종된 마지막 "귀뚜라미"가 "인도의 오지 정글"에 출현한다. 과학 기술의 꿈이 총체적으로 집약된 '테크노피아' 세계는 인간만을 위한 공간이다. 인간의 이성만이 최고인 곳은 인간 이외 어떠한 생물도 박멸해야 할 '벌레'로 전락하는 공간이다. 이러한 의미를 내포한, 테크노피아의 세계에서 제거된 귀뚜라미가 찾아간 인도의 오지 정글에는 귀먹은 코끼리가 있다. "한 나그네"로 비유된 귀뚜라미는 가을의 소리를 전하는 전령사이다. 이 생물은 귀먹은 코끼리에게 잊어버린 소리를 재생해서 들려준다. 귀가 먹었으므로 코끼리가 들을 수 없는 소리이지만 '열심히 혼신의 힘'을 다해 본향의 소리, 자연의 소리를 환기해낸다. 과학 기술이 최우선이 되는 이 이상적 사회는 자연의 소리는 제거되고 이 소리를 본뜬 인공 소리가 실재를 대변한다. 이곳은 이미지가 실재이고 실재는 박멸되거나 은폐된다. 인간 위주의 환경은 실재의 현존재를 허구나 가상으로 만들어 버린다. '코끼리와 귀뚜라미'는 엄연한 실재이지만 화자가 그린 사회에서는 인간과 공존할 수 없는 은폐된 대상이다.

귀먹은 코끼리와 멸종에 처한 귀뚜라미가 놓인 환경은 '벌 한 마리 날아오지 않는 오늘의 과수원'과 똑같은 위기 공간이다. 환경 파괴로 인한 이러한 실태는 대기공간의 오존층 파괴에서도 예외 없이 드러난다. 「고독한 달걀」은 대기상공까지 오염된 상황을 다룬 시다. '남극 상공의 파괴된 오존층'을 신문을 통해 보는 화자는 '달걀이 하나 썩어가고 있다'고 표현한다. 우주 한 귀퉁이가 썩어가는 상황에서 화자는 도시의 달걀을 떠올린다. "이 도시의 달걀은 썩지 않는다.", "어미닭의 뱃속에서 이미/ 항생제를 듬뿍 먹고 나온 힘센 콜레스테롤"을 지니고 있어서 도시의 달걀은 "썩을 도리가 없는" 것이다. '썩지 말아야 할 우주 상공의 달걀'과 '썩어야 하는 지구의 달걀'이 서로 바뀐 상황이다. 문명의 발달은 썩지 말아야 할

'물, 우주 환경, 생태계'를 썩게 하고 썩어야 할 '인간, 생명'은 썩지 않게 하여 우주의 질서를 교란시킨다.

「메갈로폴리스의 공룡들」에서는 도시에 쌓이는 '쓰레기' 문제의 심각성을 다룬다. 화자는 쓰레기를 '고도문명 시대의 메갈로폴리스에 되살아난 공룡의 무리'로 비유한다. "어느 날 문득 둘러보니/ 도시는 이미 완전히 포위되어 있었다/ 한 발 한 발 거리를 좁혀오는 막강 쓰레기군단"이다. 이러한 쓰레기는 현재는 효용가치를 상실한 상태이지만 처음부터 쓰레기는 아니다. 그러므로 "함부로 버려진 그날의 원한을/ 쓰레기는 잊은 적이 없다." 이들의 "냉혹한 복수의 찬 피, 무표정"앞에서 "자칭 호모사피엔스는 그 앞에서/ 벌거벗고 떨고 있다." 고도문명을 탄생시킨 그 부산물로 인해 거대도시는 "그 자체의 무게에 짓눌려/ 공룡처럼 스스로 자멸한 도시/ 그 폐허"(「어느 공원」)로 변할지 모른다. 이러한 거대도시에서 폐허를 보는 시인의 눈은 자멸을 향해 스스로 걸어가는 인간 군상들을 두루 조명한다. 「라면봉지」에는 "과정은 없고 결론만 있다/ 오냐 엑스냐// 얼른 먹고 얼른 차는 배만 있다/ 천천히 씹어 먹는/ 미각은 없다// 사랑은 없다/ 그 짓 하는 그 행위만 있다"와 같이 속성을 재배하고 인생의 맛을 제거해버린 현실이 비춰진다.

속도로 치닫는 이 시대의 전쟁은 재미있는 '축제'의 한 현장이 된다. 비극성이 삭제된 "스릴 만점"의 놀이일 뿐이다. 이라크와 전쟁을 선포한 미국은 인명살상 무기인 미사일을 쏘아 올린다. 지구는 "밤하늘에 온통 꽃불이 터진다/ 누구를 위한 무슨 축제인가// 발사!/ 꽃불 1호/ 스커드 미사일/ 애 어른 할 것 없이 모두/ 그 실황중계에 넋을 잃고 있는"(「전쟁놀이」) 상황이다. "스릴 만점 우리 시대의 전쟁"은 놀이와도 같은 게임이다. "전쟁쯤이야/ 안방에서 즐기는 전자오락 게임"(「까마귀」)의 일종에 불과하다.

화자는 미디어의 위력 앞에 빠진 현실을 적나라하게 보여준다. 생명을 겨냥한 살인 무기는 현실에서 치명적인 결과를 낳는데도 "전사자는 없다/

TV카메라가 잡아주지 않는 한/ 있어도 없는 허깨비들"이다. 실재인 전사자는 "있어도 없는 허깨비"에 불과한 존재들이다. 미디어는 현장의 비극성을 제거하고 현존재의 실재를 허구화한다. 이형기는 이렇게 카메라가 잡지 않으면 생명이 아닌 것이 되고, 전쟁도 대중매체를 거치면 재미있는 게임과 놀이로 변하는 역설적 상황을 꼬집는다. 총체적 모순으로 가득한 부정한 현실은 점점 비인간적인 공간을 양산하고 심화시킨다.

이 시대의 대지도 대지로서 존재하는 본연의 기능을 상실했다. "전원은 그림 속에 버려두고" 대지의 일부분인 농사꾼은 "농토마저 폐농하고 서울로 이사를 와서는/ 별수 있나, 손에 익은 이삭줍기/ 난지도에서 쓰레기를 주워 생계를 잇는다"(「서울로 이사 온 밀레의 이웃」). 소도 이제는 할 일이 없다. 할 일은 모두 "경운기한테 빼앗겨 버린 채", "다만 먹고 또 먹는다"(「우리 시대의 소」). 소에게는 "이 세상 마지막 가는 날", "목구멍 깊숙이 호스를 디밀고"는 "배가 터지게 물먹는" 진짜 일이 남아있다. 이렇게 무심한 시대의 불감증을 이형기는 '검객의 날카로운 눈초리'를 하고 총체적으로 들쑤신다. 대지도, 소도 제 기능을 잃어버린 것처럼 '우리 시대의 달'도 마찬가지이다. 다음 시에서 냉소적이면서 풍자적인 화자의 시각이 부각된다.

이 아파트 단지에서는
아무도 달을 쳐다보지 않는다
증권시세표가 아닌 달
텔레비전 연속극이 아닌 달
더구나 화염병도 체루탄도 아닌 달
그래서 달은
대낮에도 15층 옥상에 내려와서
나물 먹고 물마시고
팔을 베고 누워서

오 자유여
이제야 제 시간 제 맘대로 즐기는
실업자가 된 달의 자유여

           ─「달의 자유」 전문

　예로부터 자연의 달은 인류의 소망을 들어주는 존재였다. 두루 안 비추는 곳이 없이 달은 '미/추, 빈/부, 도/농, 동/서'를 초월하여 만상 위에 군림하였다. 그러나 시 속의 "달"은 '증권시세표, 연속극, 화염병, 체루탄' 등이 난무하는 현실에 밀려 지상과 연결고리가 끊어졌다. '아무도 쳐다보지 않기 때문에' 달은 "실업자"로 변하였다. 하지만 실은 진정한 의미의 달이 되었다. 인간의 이념과 소망이 입혀지기 이전의 달이 된 것이다. 논어에 "공자께서 말씀하시길, 거친 밥을 먹고 물을 마시며 팔을 굽혀 베고 누워도 즐거움은 또한 그 가운데 있다.(子曰飯疏食飲水, 曲肱而枕之, 樂亦在其中矣)"[28]라는 구절이 있다. 이제 달은 인간의 관심 밖으로 밀려나 논어의 구절처럼 "나물 먹고 물마시고 팔을 베고 누워서" 노는 자유로운 존재이다. 이 도시는 자연의 기능이 틈입할 공간을 상실했기 때문에 달 또한 존재의 기능과 의미를 상실했다. 인간 세상과 단절되어 할 일이 없어진 대신, "제 시간 제 맘대로 즐기는" 진정한 자유를 얻게 되었다. 이 냉소적 표현 속에는 "달을 쳐다보지 않는" 도시 사람들에 대한 우회적 풍자가 들어 있다. 이렇게 이형기가 현실의 상황을 재단하여 극단적으로 단순화하는 데는 고도 문명의 폐해에 대해 무심한 현실을 환기하기 위함이다. 생태적 환경의 황폐화, 자연적 가치의 무용화, 인간성 상실 등이 전면화되어가는 현실과 이형기는 엄중하게 대적하고 있다고 보아야 한다.

　풍자와 냉소는 「마음비우기」에서도 잘 나타난다. "이 도시의 유행은 마음 비우기/ 애 어른 할 것 없이 시민들은 모두 마음을 비워서/ 싸울 일이

---

28) 이기동 역해, 『논어강설』, 앞의 책, 229쪽.

없다/ 그래서 날마다/ 누가 더 많이 마음을 비웠나 보자"하면서 되레 "싸움이 끊이지 않는 도시"를 화자는 비웃는다. 마음비우기를 내건 정치인과 이를 추수하는 사람들에게 비난의 눈초리를 보내는 것이다. 이런 도시에서 가장 성행하는 사업은 '두 공장'이다. 삶과 죽음의 생산과정은 모두 공장의 자동시스템으로 관리된다. "큰길 하나 사이하고/ 두 공장"에서는 "한 시간마다", "행복 한 세트씩", "영이별 하나씩"이 "품질 좋고 포장 좋은 필수품"(「두 공장」)의 형태로 생산된다. "생산은 전과정 자동시스템/ 잘도 돌아간다." '혼례와 상례'마저도 똑같은 공정과정을 거치면서 자동화되어가는 현실이 화자는 불편하다. "불황을 모르는 두 공장/ 예식장 영안실"은 '큰길 하나 사이'에 두고 있다. 삶과 죽음이 지척에서 행해지는 이러한 모순을 다 안고 "잘도 돌아가는" 도시의 현실을 반어와 풍자를 가미하여 화자는 재현해낸다. 이렇게 현실의 상황을 극단적으로 단순화하여 고도 문명의 폐해가 목전인데도 무심한 사람들의 불감증을 꼬집기 위함이다. 생물적 환경의 황폐화, 자연적 가치의 무용화, 인간성 상실 등이 전면화되는 현실과 시인은 대적하고 있다. 다음 시도 시인의 이와 같은 세계인식의 면모를 표출한다.

개가 짖고 있다
집 없는 들개
집이 없으니 지킬 것도 없는
들개 한 마리 어둠을 짖고 있다

놈은 뭔가에 겁을 먹은 듯
그리고 겁먹은 자신을 향해
슬픈 노여움을
놈은 또 함께 뱉어내는 듯

촉나라의 개는 달을 보고 짖었지만
문명의 매연에 찌든
검은 구름이 하늘을 가린 밤
달은 아예 뜨지도 않은 밤

지킬 것이 있는 사람들은 모두
문에 굳게 빗장을 질렀다
질린 빗장과 빗장 사이의
그 깊은 단절의 계곡에는
이를 갈며 뒤척이는 잠이 그득하다

그 속에서 집 없는 들개 한 마리
실체는 확인할 도리가 없다
어쩌면 그림자뿐일지도 모른다
그러나 분명 짖고 있는 개!

－「들개」 전문

    들개는 길들여지지 않는 야성을 오롯이 소유한 짐승이다. 시의 화자는 이 짐승이 들개인지 아닌지 알 길은 없다. 마지막 연에서 '실체는 확인할 도리가 없고 그림자뿐일지도 모르는' 상태이므로 개의 실존 여부도 불분명하다. 그러나 분명한 것은 "어둠을 짖고 있다"는 점이다. 화자가 주목하는 것은 들개가 짖는 소리이다. 화자는 개의 소리에 상징성을 부여한다. "집이 없으니 지킬 것도 없는" 들개는 인간에게 길들여지는 환경과 무관한 짐승이다. 구태여 짖을 필요가 없는데도 짖는 개를 두고 화자는 "어둠을 짖고" 있다고 말한다. 이 소리를 들으며 화자는 "뭔가에 겁을 먹은" 것처럼 그 무언가의 대상을 향해, 혹은 "겁먹은 자신을 향해" 짖는다고 생각한다. 마치 "슬픈 노여움"을 뱉어 내는 소리와도 같다. 1연과 2연에서 '짖고 있는 개'에 초점을 둔 화자는 짖는 이유를 알고 싶어 한다. 화자는

'집이 없는' 들개의 상황을 긍정적으로 바라본다. '지킬 것이 없다'는 것은 속박에서 벗어난 자유로운 상태를 말함과 동시에 가진 것이 없으므로 현재 상황을 더 객관적으로 볼 수 있음을 말한다. 그렇다면 집이 없는 이 개는 "눈이 쌓여/ 포근하다고 말하는 길들여진 가축들의/ 잠꼬대는 꺼져라"(「겨울 나그네」)하고 짖을 수도 있다.

3연과 4연에는 개 앞에 놓인 현실이 구체화된다. 2연의 '슬픈 노여움'이라는 이중 감정의 출처도 알 수 있다. '촉견폐일蜀犬吠日'은 중국 촉나라는 산이 높고 안개가 항상 짙어서 해가 보이는 날이 드물기 때문에 개들이 해를 보면 이상히 여겨 짖었다는 데서 유래한 말이다. 식견이 좁은 사람이 현인賢人의 언행을 의심하는 일을 비유적으로 이를 때도 쓰이는 말이다. 화자가 보고 있는 개는 촉나라의 개와 다른 이유로 짖는다. 하늘은 '문명의 매연에 찌들어 있고', '검은 구름'이 하늘을 가렸으며, "달은 아예 뜨지도 않은 밤"이므로 개는 달을 보고 짖는 어리석음을 범하고 있지 않다. 3연은 외적 환경을 '매연, 검은 구름'이 하늘을 가린 것으로 표현하여 현실의 어두움을 암시한다. 1연과 4연은 무소유와 소유의 측면에서 대조를 이룬다. 화자는 사람들 사이의 소통되지 않는 단절감을 "문에 굳게 빗장을 질렀다"라고 표현한다. '문에 빗장을 지른 사람들'과 '검은 구름이 하늘을 가린 밤'의 어둠 속에서 개는 슬픔과 노여움을 토해내듯이 짖는 것이다. 단절과 어둠을 인식하는 개는 화자의 감정이 이입이 된 또 다른 화자이다. 사람과 사람 사이의 "그 깊은 단절의 계곡"을 보는 화자와 개는 현실의 어둠을 직시하며 현실에 함몰을 거부한다. '어둠을 보며 짖고 있는 개'는 시인의식의 산물이다. 시인은 종말로 치닫는 상황에 끊임없이 제동을 걸어 불화를 야기하는 틈입자임과 동시에 상황의 위급함을 미리 감지하여 알리는 예보자이다.

바다는 음모를 꾸미고 있다
사람들이 모두 돌아서 버린 늦가을
텅 빈 日暮
日暮의 그때까지 숨을 죽인 채

그러나 음모의 酵母菌은 퍼지고
퍼져서는 서서히 부풀어 올라
육중하게 몸을 뒤트는 바다
자정이 넘어서도 잠들지 못한다

— 언젠가는 덮치리라
일거에 요절을 내고야 말리라
그리하여 지구를
다만 하나의 岩壁으로 남겨
고립시키리라

그것은 先캄브리아代의
밤마다의 폭풍우 속에 싹튼 꿈
浮游하는 코아세르바트의 무리가
저마다 하나씩의 눈이 되어 교환한
은밀한 약속의 放電

40억 년 전의 그 電流에
귀를 앓는 사내가 밤을 새운다
잠자리 날개처럼 떨고 있는 고막의
斷續的인 경련
해일경보의 電光板이 명멸하고 있다.

ㅡ「海溢警報」 전문

이형기의 '예보, 경보, 주의보'와 같은 제목이 붙은 시에서는 지구를 고립시키는 내용이 주를 이룬다. 이런 시 속에서 지구는 항상 위험에 처해 있다. 시인은 기상 이변을 통해 지구의 최후를 예견한다. "세상을 온통 꼼짝달싹 못하게/ 계엄령처럼 숨죽여 놓고"(「일기예보」) 눈보라를 몰고 오는 심야의 폭풍 경보는 "지구폭파의/ 디데이통보처럼 전율적이다." 지구는 자연 재해로 폭파 위험에 처해졌다.

시인이 기상 변화를 무심히 지나가지 않는 이유는 온갖 부정한 현실의 종말이 지구 파멸로 결론날 것이라는 인과론적 인식을 하고 있기 때문이다. 지구의 반란이고 지구의 배반이며 복수이다. 최첨단의 테크노피아 세상을 영위하는 인간인데도 실은 "일상의 때가 낀/ 티눈만도 못한 육안은 그러나/ 아무 것도 모른다"(「암세포」). 교란된 질서는 곧 지구의 고립이나 전멸로 이어질지 모를 상황을 예감하는 시인의 예민한 촉수는 '경보성' 시를 쓰는 데 당위성을 부여한다. 「해일경보」도 이와 같은 세계인식과 동일한 맥락이다. 시의 배경인 시공간은 무한하다. 상당한 과학적 지식이 배경으로 작용한다. 1연에서 말한 '바다의 음모'는 3연에서 표면화된다.

바다는 '일모까지 숨을 죽이며, 서서히 힘을 기른다.' 자정이 넘어서까지도 잠을 자지 않는 이유는 3연의 "언젠가는 덮치리라"는 꿈을 갖고 있기 때문이다. 지구를 덮쳐서 "일거에 요절을 내고야 말리라"는 음모를 꾸미고 있어서다. 지구는 하나의 암벽으로 변해버리는 종말을 맞게 될 것인데 이런 바다의 음모를 화자는 자정이 넘어서까지 지켜보고 있다. 그런데 이 꿈은 약 46억 년 전부터 약 5억 7000만 년 전까지 시대인 선캄브리아대에서부터 있어온 것이다. 폭풍우 속에서 "부유하는 코아세르베이트의 무리"가 서로 은밀히 나눈 약속이다.

지구 생명체의 기원은 매우 애매한 불확실성 속에 갇혀 있다. 생명 기원에 대해 우리가 잘 알 수 없는 이유는 몇 십억 년 전에 일어났던 무생물을 생명체로 바꾼 사건들이 아무런 단서를 남기지 않았기 때문이라고 한다.

지구는 40억 년 전 역사를 보여주는 지질학적 기록이나 화석을 전혀 남기지 않았다. 잊힌 시대의 생명체를 찾아내 재구성하는 고생물학자들은 46억 년 전부터 40억 년 전 태양과 그 주위의 행성들이 형성된 후 6억 년까지 기간에 처음으로 지구에 생명체가 나타났을 것이라는 가능성을 제기한다.[29] 그들은 늦어도 30억 년 전에는 지구상에 확실히 생명체가 존재했으리라는 가능성을 믿는다. 이때 지구 대기 중에 많은 양의 산소가 등장했다는 것이 하나의 단서이다. "코아세르베이트"는 생물 발생의 최초 단계에 있는 물질이다. 화자는 생명체가 나타났을 것이라고 보는 40억 년 전 생명을 이루는 물질들이 나누던 약속을 듣고 있다. 5연의 "40억 년 전의 그 전류에/ 귀를 앓는 사내"는 바로 화자임과 동시에 시인이다. 그 은밀한 약속이 방전되는 미미한 소리를 화자가 듣는다.

4연은 지구상에 어떠한 문명도 이루어지기 전의 시대다. 내용 전개상 생명체를 이루는 "코아세르베이트"가 서로 나누던 약속은 지구를 일시에 요절을 내고야 말리라는 것이었다. 이 무리는 생명체의 기본 단계를 이루는 물질이므로 이 무리가 지구를 고립시킨다는 약속을 서로 교환했다고 보는 것은 무리다. '선캄브리아대'는 지구상에 생명체가 등장하기 시작했을 때를 말한다. 지구를 이때 상태, 즉 생명이 태어나던 태초 시기인 시생대로 되돌려놓기 위해 바다는 음모를 꾸민다고 보는 것이 더 타당성이 있다. 그렇다면 새로운 생명체를 발생하여 새로운 세상을 만들어가는 그 태초의 꿈을 이루자는 것이 '코아세르베이트'의 은밀한 약속이라고 볼 수 있다. 40억 년 전 시원을 거슬러 올라가 그 전류에 밤을 새워 반응하는 사내는 곧 시인이다. 바다의 음모는 지구를 고립, 요절을 내는 것이다. 지구를 시원 상태로 되돌려 놓기 위해 바다는 음모를 꾸미고 있다. 현재의 지구를 멸망시키고 다시 새로운 지구가 형성되어 새로운 생명체가 탄생되는

---

29) 닐 디그래스 타이슨 · 도널드 골드스미스, 곽영직 옮김, 『오리진』, 지호출판사, 2005, 274쪽.

그 엄청난 바다의 음모와 은밀한 약속을 '해일경보'를 통해 시인은 듣고 있다. '해일경보'의 경고를 미리 감지한 시인은 이러한 전언을 우리에게 전달한다.

위험을 예보하는 모습은 시「장님 아나롯다」에서도 발견된다. "장님 아나롯다는/ 아무것도 볼 수가 없다/ 그렇기 때문에 보이지 않는 것은/ 무엇이든 다 보이는 아나롯다"이다. 그는 "성장하는 지엔피와/ 그것을 또 거품으로 부풀린 흥청거림"을 볼 수 있는 이다. 이것이 먼지이며 이런 "먼지의 찬란한 빛살"을 그는 볼 수 있다. 시「폐차장에서」도 마찬가지이다. "이제는 아무 쓸모없이 망가져/ 이 폐차장에 모두 버려져" 있지만 폐차는 "우리는 죽지 않았다/ 죽음을 살고 있다"고 항변한다. "저마다 눈알이 빠진 헤드라이트/ 불길한 동굴처럼 퀭하게 뚫린" 두 눈으로 "다시는 불을 켤 수 없기에 우리는/ 이 세상 모든 불이 꺼져버린 그날"을 보고 있다. 두 눈이 있는 사람들이 보지 못하는 성장 속의 먼지와 암흑을 두 눈이 없는 이들이 본다. 볼 수 있는 이는 보지 못하고 볼 수 없는 이가 더 잘 볼 수 있는 이가 된 것이다.

지금까지 이형기의 의식 속에서 재창조된 부정의 세계를 살펴보았다. 여기에는 인간의 무한한 욕망, 황폐화되는 생태계, 단절된 사회, 지구의 종말, 고도 문명의 폐해 등 현실에서 벌어지는 위기의 문제들이 전면적으로 등장했다. 이형기는 부정해야 하고 거부해야 할 문제들을 묻어두지 않고 부각시키고자 하였다. 그가 제시한 세계는 재창조되었지만 왜곡된 모습이 아니다. 이러한 상태의 종국에는 바로 인류 문명의 종말이 올 것이라는 인과론적 예언도 함축되어 있었다. 이형기는 '있어야 할 세계'를 제시하는 것이 아니라 '있어서는 안 될 세계'를 재현해서 보였다. 그는 다면적으로 드러나는 부정적 현실을 직설적이거나 반어적인 상태, 역설과 모순어법으로도 제시하였다. 그는 보통사람이 보지 못했거나 무시한, '보이는 것 너머'를 보면서 '있는 세계 속의 있어서는 안 될 세계'를 거듭 공격하였다. 그는 부정한 세계와 불화를 통해 현실의 부정을 정확하게 직시하면서 이에 함몰되는 것을 거부하였다. 부정적 세계에 끊임없이 반응하며 파국으로 치닫는 상황을 제어하는 데 힘을 모았다. 그는 현실에 안주하는 이들에게 불화를 일으키는 틈입자이면서 동시에 상황의 다급함을 예견하여 알려주는 예보자이기도 하였다.

한편, 이형기 시에는 자기 자신과 불화도 지속적으로 드러난다. 인간이 자기 자신과 불화하는 것은 자기 속의 또 다른 자아를 의식하기 때문이다. 인간의 이러한 분열의식은 심리학적 입장에서 볼 때 자신을 응시하고 자기실현으로 가는 도정에 들어서는 것이므로 매우 긍정적인 가치를 지닌다. 이형기는 자신과 불화를 소재로 삼아 작품을 증식한다. 그는 자아와 불화, 육체와 불화를 겪는다. 이형기 시에서 자신과 불화는 정체성 문제와 연관되어 나타난다. 그러나 이러한 불화는 화해를 전제로 한다는 점에서 고무적이다.

> 나의 밀알은 썩지 않는다
> 썩지 않으므로
> 싹틀 것도 거둘 것도 없는 밀알 한 톨
> 땅에 묻는다
> 헛된 농사여
>
> 그러나 다시 보면
> 밀알이 아니라 微量의 糜爛素 結晶
> 남의 살은 헐지만
> 제 스스로는 헐지 못하는
> 그래서 이 세상 끝난 다음에도
> 그냥 한 톨로 남아 있는 외톨
>
> 그 외톨 不倫의 씨앗을

하필이면 石女의 자궁 속에 감추는
나의 농사는 無益한 隱匿이다
단념하라
누구든 거기 물 줄 생각은 깨끗이!

－「헛된 농사」 전문

화자는 현재 자신이 하는 일을 '헛된 농사'에 비유한다. 시는 '썩음'과 '썩지 않음', '밀알'과 '미란소 결정'이 대조되어 내용이 전개된다. 1연의 "나의 밀알은 썩지 않는다."라는 부정적 발언은 일단 자신의 일이 '무익한 일'이며, 지금 하고 있는 행위는 '헛수고'임을 선언하는 것이다. 화자의 이러한 진단은 어떤 비장함마저 느껴진다. 화자는 밀알을 땅에 묻고 싹트는 과정을 지켜보았다가 자기 "밀알"이 '썩지 않음'을 알게 된다. 그것을 알면서도 화자는 "밀알 한 톨"을 또 땅에 묻는다. 화자가 하는 일은 겨우 '밀알 한 톨'을 땅에 묻고 발아를 기다리는 일이다. "헛된 농사"임을 알면서도 땅에 밀알을 묻는다는 것과 극히 소량인 '밀알 한 톨'을 땅에 묻는다는 것은 이 시의 화자가 수확을 목적으로 농사를 짓는 것이 아님을 말해준다. 이 행위는 결실을 목적으로 하는 것이 아닌, '그렇게 할 수밖에 없는 어떤 필연성'을 내포한다. 이 필연성에는 화자가 이 일에 부여한 정당성도 들어있고 자기 일에 대한 정체성까지도 포함되어 있다. 그러므로 화자는 헛됨을 알면서도 계속할 수밖에 없는 상황이다.

2연에서 화자는 "밀알 한 톨"이 "미량의 미란소 결정"임을 인식한다. 새로울 것은 없지만 "밀알"의 상징성을 살펴보자. 밀알은 하나의 생명을 갖춘 완전한 개체이다. 이것은 자신을 번제물로 하여 썩어야만 다른 삶을 시작하게 해준다. 썩어야만 '싹이 트고, 거둘 것이 있게' 되는 대승적 차원의 소멸이다. 밀알은 싹이 트려면 씨앗으로서 온전한 상태를 유지해야 하는 일차적 조건과 땅에 묻혀야 하는 이차적 조건을 만나야만 또 밀알이 될 수 있다. 1연에서 화자가 밀알을 땅에 묻었지만 썩지 않는다는 것은 둘 중 하나가, 아니면 둘 다 문제를 일으켜 싹이 트지 않음을 추론할 수 있다. 이를 2연과 관련지어 보면 문제의 원인을 제공한 것은 밀알이다. 화자가 밀알이라고 생각하고 심은 것은 실은 밀알이 아니라 "미란소 결정"이었다. 화자는 이것을 "밀알"이라고 믿고 땅에 심었음을 알 수 있다.

'미란소'도 '밀알'처럼 '썩는' 성질을 갖고 있다. 그러나 방향성에서 보면 이 둘은 다르다. 미란소는 "남의 살은 헐지만/ 제 스스로는 헐지 못하는" 것이어서 자기는 썩지 않고 남에게 영향을 끼친다. 미란소는 "이 세상 끝난 다음에도/ 그냥 한 톨로 남아 있는" 외톨인 '결정'이다. '제 스스로 썩는 것'은 제 속에 생명을 거두어 기르지만 '제 스스로 썩지 못하는 것'은 다른 생명에게 위협적인 존재가 된다. 생명과 반생명의 차이는 '소멸'에 있다. 생명이 있는 것은 반드시 소멸한다. 그런데 소멸하지 않는 이 '결정'은 근본적으로 생명의 원소를 갖고 있지 않다. '썩는 밀알'은 생명력이 있어서 거둘 것이 있지만, '썩지 않는 미란소 결정'은 남을 해하고도 끝까지 살아남으며, 거둘 것도 없다는 화자의 부정적 인식이 표출된 것이 2연이다. 그런데 화자는 '밀알'인 줄 알고 묻은 것이 "미란소 결정"이었음을 이미 알고 있었다. 1연의 단호한 선언과 그 뒤에 이어지는 '썩지 않는다는 것을 알고도 땅에 묻는'다는 발언을 통해서 이는 증명된다. 이렇게 "미란소 결정"임을 알고도 묻는 화자의 농사는 결과나 수확을 보려는 것과 관계가 없는, 어떤 숙명적인 일임을 암시한다. 특히 이것은 세상이 끝나도 남아 있을 어떤 것이다.

3연에서는 화자가 심은 '결정'이 처한 상황을 다른 측면에서 심화시킨다. '결정'은 "불륜의 씨앗"으로, '땅'은 "석녀의 자궁"으로, '헛된 농사'는 "무익한 은닉"으로 전이된다. 마땅히 지켜야 할 도리에서 벗어나 남에게 피해를 주므로 '미란소'는 싹트지 말아야 할, "불륜의 씨앗"이 된다. 이를 유기적으로 받쳐주는 시어가 "석녀의 자궁"이다. 생산 능력이 없는 석녀의 자궁은 화자가 현재 씨를 묻고자 하는 대지를 가리킨다. 그러므로 화자의 땅은 생산 능력이 없다. 여기서 보면 자신이 묻은 씨앗도 생산과는 거리가 먼, 반생명의 사물이며 자신의 땅도 대지로서 기능을 상실했다. 3연은 결과적으로 화자의 씨앗도, 이것이 묻혀야 할 장소도 문제가 있음을 드러낸다.

1연에서 3연까지를 정리하면, '밀알 → 미란소 결정 → 불륜의 씨앗'이라는 한 축과, '땅 → (땅) → 석녀의 자궁'인 다른 한 축이 있다. 여기에는 '썩음 : 썩힘'의 측면과, '생명 : 반생명'의 측면, '유익 : 무익'이 맞물려 있다. 발아할 수 없는 '씨앗'과 '장소'에 결함이 있는 '농사'는 결국 무익하고 어떠한 수확을 바랄 수 없는 상황임에도 화자는 이러한 행위를 할 수밖에 없다. 화자가 자신과 불화하는 이유가 여기에 있다. 결국 화자는 이 시에서 자신의 행위와 정체성에 대해 문제를 제기하고 있는 것이다.

화자의 무익한 행위는 "어느 날의 자화상"이라는 부제가 붙은 「거미」에서 더 구체적으로 드러난다. 화자가 관찰한 거미는 "밤내 잠을 자지 않는다/ 별빛 한 올인들 놓칠까보냐/ 음흉하게 불을 끄고 숨을 죽인 채/ 그물을 치고" 있다. 거미는 "전미주신경의 철야잠복"을 하는 사람이다. 그런데 거미가 미세한 촉수까지 다 집중하여 기다리는 것은 먹이가 아니다. 거미는 먹이를 위해 철야 잠복하는 것이 아니라 본래 자기 정체성, "살의의 촉발"에 의해서이다. '그물을 치고 먹이에게 자신의 독을 쏘는' 일에 집중하는 것이 이 곤충의 정체성이다. 그러나 그는 "이튿날 백일하에 드러난 실상은/ 겨우 고가의 처마 끝에 포박한 파리 한 마리/ 그나마도 속 빈 껍질"만 붙잡았을 뿐이다. 거미는 자신의 행위를 냉소적인 시각으로 바라본다. 시 「낮달」에도 자신의 행위에 대한 화자의 자조적 표현이 나타난다. 화자는 '새를 그리고 있다. 힘차게 퍼덕이는 큰 날개를 그려놓고 보니,' "새는 없다/ 다만 찢긴 날개 몇 짝/ 무참하게 방바닥에 흩어져 있다." 화자의 새는 "그리려는 순간에 재빨리/ 어디론가 멀리 날아가" 버리고 만다.

이렇게 이형기가 형상화한 화자의 행위 중 '농사'나 '그물을 치는 것', '새를 그리는 것' 모두 그의 뜻대로 되지 않고 실패로 끝난다. 이런 행위와 마음의 불일치는 자신의 정체성에 대한 의문을 제기하게 만든다. 정체성에 대한 의문이 자아의 사유를 촉발하게 하고 비슷한 작품들을 복제, 재생산, 증식하게 만든다.

다음 시는 이렇게 자신과 불화의 원인이 무엇인지 구체적으로 보여주는 작품으로 볼 수 있다.

1
나의 가슴은 동굴처럼 비어 있다
(중략)
분명 거기 있어야 할 것들이 없다
꿈도 추억도
심지어는 심장마저도 모조리 삼켜 버린
악어처럼 크게 입을 벌린 어둠
어둠 한 마리밖에는
온몸에 오싹 소름 끼치는 찬바람이
지구 저쪽에서 불어오고 있다

2
친구여 내게는 가슴이 없다
있는 것은 다만 虛構의 장치
마테호른의 눈사태처럼 무너져 내리는
벼랑일 뿐이다

그것은 틀림없이 조난을 약속한다
그 조난자의 최후의 비명이
고성능 마이크를 타고 퍼지는
그러나 누구도 듣지 못하는

절망의 메아리를 약속한다

그러므로 친구여 나의 가슴은
벼랑이 아니라 벼랑을 삼킨 함정
마침내는 지구까지
송두리째 둘러꺼지기를 기다리는
음흉한 꿈이다

그 꿈이 밤 내 휘두르는 곡괭이
터뜨리는 다이너마이트
(더러는 壓死!)

그러나 밤을 새운 이튿날 보면
벼랑도 함정도 이미 없다
남은 것은 다만
온통 파헤쳐진 쑥대밭 가슴
가슴 있던 자리의 폐허일 뿐이다.

                                          —「가슴」부분

　시는 1과 2로 구성되었는데, 1은 "나의 가슴은 동굴처럼 비어 있다"로
시작된다. 화자는 자신의 가슴을 속이 빈 '동굴'과 같다고 표현한다. 가슴
을 동굴처럼 비어 있다고 보는 것은 "분명 거기 있어야 할 것들이 없다."
고 생각하기 때문이다. 1에서 보면, 화자는 가슴에 있어야 할 것이 '꿈과
추억과 심장'이라고 생각한다. 혼자 "겁먹은 눈으로" 동굴 같은 가슴 속을
들여다보며 화자는 "심야의 공포"를 느낀다. 이형기의 다른 시「동굴」도
자신의 가슴을 동굴로 비유한다. "내 가슴은 캄캄한 동굴이다/ 끝닿지 않
는 그 밑바닥에/ 섬뜩하게 차가운 바람이 불고 있다"(「동굴」). 그런데 이
동굴은 시가 탄생되기 전의 어떤 내적 공간과 같은 의미를 함축하고 있
다. 동굴, 곧 가슴에는 "그것은 나의 고통/ 고통처럼 아직은 살아 있는/

생명의 몸부림/ 말이 되기 전의 안타까운 손짓발짓"이 들어있고, 또한 이 곳은 "안식과 광란/ 서로 부딪치는 삶과 죽음의 욕망이/ 모순된 그대로 뒤 엉켜 공존하는" 장소이다.

단군신화에 나오는 '동굴'은 '암흑'에서 소생된, 어떠한 것의 탄생과 부활을 상징한다.[30] 동굴은 죽음과 재생의 의미를 지니며, 여성의 성기인 자궁의 상징이기도 하다.[31] 이와 같은 상징성은 보편적인 것으로 널리 알려져 있다. 그런데 '동굴'의 상징이 '자기(self)'와 '자아(ego)'가 합일되는 곳이라는 흥미 있는 정의도 있다.[32] 동굴은 신성과 인간성이 만나는 곳이어서 제2의 탄생이 이루어지는 장소라는 것이다. 「동굴」과 위의 시 「가슴」에 등장하는 "동굴"은 '자기와 자아가 만나는 곳'이며 시인에게는 시가 탄생되는 공간이라는 것에 타당성을 부여해준다.

위의 「가슴」1을 보면 '동굴처럼 비어 있는 가슴'이 있다. 그런데 2에는 이것마저도 아예 없다. '꿈과 추억과 심장'을 담을 만한 가슴마저 없다는 것에서 자신의 정체성에 대한 심각한 고뇌를 직접적으로 드러냈다고 볼 수 있겠다. 2연의 '가슴이 없고, 허구의 장치만 있다'는 화자의 발언에서 가슴과 허구의 대립성에 대해 생각해 볼 필요가 있다. 1에서 가슴은 '꿈과 추억과 심장'을 담는 곳이라고 했으므로, 이곳은 화자의 이상, 지나온 여정, 추억 등 생생한 구체적 경험과 감정이 어울려 섞인, 진정성과 연관이 있는 곳임을 알 수 있다. 그런데 2에서는 이런 가슴은 없고 "허구의 장치"만 있다고 화자는 말한다. 또한 자신이 갖고 있는 "허구의 장치"는 "무너져 내리는 벼랑"처럼 허술할 뿐만 아니라 "틀림없이 조난을 약속"하는 위험한 것이라는 사실을 화자는 친구에게 말하고 있다. 가슴이 없고 허구의 장치만 있다는 것은 자신의 시에 대한 진정성 측면을 염두에 둔 내용으로 보인다.

---

30) 김양기,『우리 신화의 수수께끼』, 넥서스, 2000, 58쪽.
31) 오세영,『한국 현대시 분석적 읽기』, 고려대학교 출판부, 1998, 68쪽.
32) 진 쿠퍼, 앞의 책, 55쪽.

2의 3연에서 화자는 자신의 가슴은 허술하고 위험한 "벼랑"이 아니라, "벼랑을 삼킨 함정"임을 고백한다. 위험함마저 숨긴 더 무서운 벼랑이 자신의 가슴인데 이는 "지구까지 송두리째 둘러꺼지기를 기다리는" 음흉한 꿈을 감추고 있기 때문이다. 허구적 장치를 가지고 꿈이 실현되기를 바라는 화자의 행위를 아무도 모른다. 화자는 이런 자신의 행위를 친구에게 고백한다. "허구의 장치"는 곧 자신의 시나 시세계를 달리 표현한 것이라고 말할 수 있는데, 화자는 자신이 만든 허구의 장치, 곧 자신의 행위가 더 큰 "폐허"를 만들어낸다는 것을 알게 된다. 정리하면, 가슴이 없는 '나'는 "허구의 장치"로 "지구까지 송두리째 둘러꺼지기를 기다리는 음흉한 꿈"을 꾸면서 '밤 내내 곡괭이를 휘두르지만', '다음날 보면 가슴 있던 자리의 폐허'만 확인할 뿐이다. 여기서 '가슴/허구의 장치'와 '꿈/폐허'는 대립적 의미를 지닌다. 화자는 행하는 '나'와 확인하는 '나' 사이의 큰 괴리감을 느낀다. 둘 사이의 불화감은 이렇게 자신의 행위에 대한 정체성과 밀접한 관련이 있다.

다음 시도 자기 행위와 그 결과에 따른 불화가 직접적으로 형상화된 작품이다.

고심참담 들키지 않게
밤을 새워 장치한 시한폭탄

그러나 아무리 기다려도 그것은
터지지 않았다

틀림없이 세상을
발칵 뒤집어 놓았어야 할 혁명의 음모가
휴지만도 못하게 묵살당한 날

그날도 사람들은
아침부터 헬스클럽에 모여들어
체중조절에 여념이 없었다

그렇게 모두 뒤룩뒤룩 살이 찐 시대의
건강에 짓눌려 비실대는 것

허약한 시여
종이로 만든 불발탄이여

이제 너한테 먹일 약은
파멸을 확인하는 마지막 처방
이를테면 비상 한 첩밖에 없다

　　　　　　　　　　　　　　　　　 −「劇藥處方」 전문


　이 시는 화자가 자신의 작품으로 "혁명"이 일어나기를 꿈꾸는 모습이
눈길을 끈다. 시가 도화선이 되어 세상이 폭발되기를 소망하며 화자는 밤
새워 시를 쓴다. 이렇게 골몰하여 쓴 자기 시는 세상에 불을 붙이는 "시한
폭탄"이 될 것이다. 이때 '세상을 발칵 뒤집어 놓을' 시의 폭발력과 화자의
욕망 크기는 비례한다. 그러나 폭발력을 기대하며 '고심참담 들키지 않게
장치한 시한폭탄'의 시는 3연에서 "휴지"만도 못한 것으로 전락한다.
　화자 생각과 현실 사이의 괴리는 어느 지점에서 발생하는가. "휴지만도
못하게 묵살당한" 자신의 시를 "시한폭탄, 혁명의 음모"라고 인식한 화자
의 생각이 이를 자초했을 것이다. 출발부터 화자의 의도와 작품 사이의
(혹은 현실과) 거리가 너무 멀기 때문에 '그것은 터지지 않을' 수밖에 없는
결과를 낳는다. 시가 묵살되는 현실적 모멸감을 화자는 "뒤룩뒤룩"이라
는 말로 표현한다. 육체적 건강만을 위해 살아가는, '군살이 처지도록 살
이 몹시 찐 뚱뚱한' 사람들은 육체적인 문제에 짓눌려 시를 읽을 시간이

없다. 당연히 시는 불발탄이 될 수밖에 없다. 화자는 시가 허약해진 이유를 "살이 찐 시대" 즉, 비대한 육체에서 찾는다. '시한폭탄으로서 시'와 '헬스클럽의 체중조절'이라는 시어 대비는 '정신/육체', '혁명/건강', '무거움/가벼움' 구도로 정리할 수 있다. 그러나 "살이 찐 시대"에 이들은 서로 대립적 요소가 될 수 없다. 한쪽에 월등한 힘이 실려 있는 상황이다. "시한폭탄"과 "헬스클럽"이라는 대비 자체에서 이미 시의 폭발력은 거세되어 있다고 보아야 한다.

이런 상황을 모르고 시로 세상을 바꾸겠다는 화자의 생각은 매우 용감하고도 시대착오적 발상이다. 2연까지 보았을 때 화자는 자신의 발상이 현 시대를 바꾸거나 치유할, 상당히 참신하고 충격적인 요법이라고 생각한다. 3연에서 화자는 자신의 시가 "휴지"만도 못한, 폭발력이 전혀 없는 "불발탄"임을 알게 된다. "종이로 만든 불발탄"은 효용 가치의 면에서 무용지물이다. 자신의 시에 대한 이런 모멸감은 시인의 정체성을 흔드는 사건이다.

시한폭탄과 헬스클럽의 대비는 다른 국면으로 흘러간다. 4연과 5연을 볼 때, 화자는 자신의 시를 폄하함으로써 자기 능력에 야유를 보냄과 동시에 시를 필요로 하지 않는 시대를 조롱한다. 그런데 이러한 시대의 최대 처방전으로 화자는 더 강력한 시한폭탄을 준비하는 것이 아니다. 화자는 '시의 자살'이라는 자학적인 방법으로 자신을 '파멸'시키는 쪽을 선택한다. 시에 "비상"을 먹이는 "극약처방" 방법 또한 "시한폭탄"보다 더 추상적이며 관념적인 성격을 띠어 화자의 이러한 발상이 의도와 다르게 해석될 수 있다. 발상과 대응 방법에 허황한 측면이 내포되어 있어서이다. 자신의 시와 시가 필요 없는 현실을 일차적으로 조롱하지만, 여기에 대응하는 자신의 처방전 또한 의도하지 않은 희극성이 야기되는 상황을 초래한다. 이러한 괴리감이 자신과 불화를 낳는다. 시 「극약처방」은 시인으로 등장한 화자가 시 쓰기 작업을 통해 드러낸 욕망이 좌절되는 상황을 그리고 있다.

이는 자신의 정체성에 대해 깊이 고민하게 만드는 결과로 이어진다.

다음 시는 일종의 자아 분열적 내면을 보여준다. 내용이 점층적으로 전개되어 시적 깊이와 너비가 상당하다. 자기와 또 다른 자기 사이의 분리감에 대한 내용은 시에서 널리 애용되는 소재 중 하나이다. 새로울 것이 없는 모티프이지만 어떤 형식으로 어떻게 형상화했느냐에 따라 울림 정도가 달라질 것이다.

나는 알고 있다
네가 거기
바로 거기 있는 것을 분명히 알고 있다

그러나 아무리 팔을 뻗어도
내 손은 네게 닿지 않는다
무슨 대단한 보물인가 어디
겨우 두세 번 긁어대면 그만인
가려움의 벌레 한 마리
꼬물대는 그것조차
어쩌지 못하는 아득한 거리여

그래도 사람들은
너와 내가 한 몸이라 하는구나
그래그래 한 몸
앞뒤가 어울려 짝이 된 한 몸

뒤돌아보면
이미 나의 등 뒤에 숨어버린 나
대면할 길 없는 他者가
한 몸이 되어 함께 살고 있다
이승과 저승처럼

― 「등」 전문

이 시는 사소한 내용에서 출발하여 삶과 죽음의 순간까지 인식의 범위를 넓힌다. 1연에서 화자는 어떠한 것을 분명히 "알고 있다"고 말한다. 화자의 이러한 단언은 '나/너'의 관계에 대한 분명한 인지를 뜻한다. '나'는 '너'를 주시하는 사람이고, '너'는 아직 정체가 드러나지 않은 상태이다. 그렇지만 '나'는 '너'의 존재를 분명하게 인식하고 있다. 2연에서는 '너'의 정체가 드러난다. '팔을 뻗어도 닿지 않는 거리'에 자리한 '너'는 곧 '등'이다. '등'의 한 지점은 "두세 번 긁어대면" 가려움증이 사라질 것 같은데 화자의 팔은 이 지점에 닿지 않는다. 여기에서 시작된 사유가 시적 형상화를 거치며 심화된다.

2연에서 '나/너'의 관계는 '나/나의 등'의 관계로 구체화되어 나타난다. 화자는 등의 한 지점은 손이 쉽게 닿는 가까운 거리에 있고, 몇 번 긁적대면 가려움증이 가실 것이므로 자신에게 일어난 상황을 매우 사소한 것으로 받아들인다. 그러나 그 "거리" 사이에 내 의지로는 어찌지 못할 '아득함'이 가로놓여 있음을 발견하게 된다. 이 "아득한 거리"는 '닿지 않음'을 넘어 '접촉할 수 없음, 소통할 수 없음'을 내포한다. '아득하다'는 말은 물리적 거리가 아닌, 심리적 거리이므로 '나의 등'은 나와 서로 소통되지 않고 교감을 나눌 수 있는 상태를 넘어선 곳에 자리 잡고 있음을 알 수 있다. 화자 의지대로 할 수 없는 심리적 거리가 '나와 등'의 관계에서 발생한다.

3연은 2연의 내용을 더 심화한다. 소통할 수 없는 '나/등'의 내면적인 관계는 현실적으로 무시된 채 '앞뒤가 어울려 짝을 이룬' 것이므로 사람들은 표면만 보고 '한 몸'이라고 말한다. 이면적인 관계를 보는 '나'는 표면적인 관계를 보는 '사람들'의 말에 일면 수긍하는 상태로 3연은 마무리된다. 앞과 뒤가 한 판을 이루어 한 몸이 된 것에서, '나'는 '앞'이고 '너'는 '뒤'이다. 곧 '나는 너의 전경'이고, '너는 나의 배경'이다. 화자는 자신이 둘로 분열되었다는 것을 이미 인식하고 있다. 사람들은 화자의 내면과 외면을 구별하지 않지만 화자는 자신의 내면과 외면을 구별한다. '나/등' 관계의 이면을 보는 또 다른 '나'와, '나/등'의 표면적인 관계만 보는 사람들의 일반적인 시각은 상치한다.

4연에서는 1연의 '나/너'의 관계가 '나/나'로 드러난다. '나/나'의 관계이지만 '나'는 '또 다른 나'와 대면할 수 없다. 화자는 '나의 등'을 볼 수가 없기 때문이다. 여기에서 '나/나'는 다시 '나/나의 등'의 관계로 환원이 되고 '나/타자'로 확대가 된다. '나와 또 다른 나'는 이제 영영 만날 수 없을 만큼 먼 거리 밖으로 어긋나버린다. '나/나'의 관계는 '함께 살고 있을' 만큼 가까운 사이지만, 둘 사이엔 '이승/저승' 만큼 떨어진 아득한 공간이 자리한다. 둘은 이미 소통이 안 되는 차원을 넘어 각각 영역이 다른, 단절된 공간에 나뉜다.

이렇게 화자는 '나'와 '또 다른 나'의 관계를 주시한다. '나'와 '또 다른 나'는 분리되어 있을 뿐 둘 사이에 어떤 양상이 끼어들지 않는다. '나'의 양면에 대한 어떤 가치 평가가 아니라 분열된 '또 다른 나'에 대해 분명하게 '알고 있는' 화자의 인식 행위가 시의 핵심이라고 보겠다.

「등」과 비슷한 내용인 「미행」이라는 시는 '나'의 분열 양상에 다른 측면이 전개된다. '나'는 '나'와 대립된 상태로 나타난다. "문득 뒤돌아보면/ 놈이 또 거기 있다/ 정체불명의 검은 복면자"라고 표현하여 '또 다른 나'에 대해 부정적인 이미지를 표출한다. '또 다른 나'는 "때로는 모른 체 시침을 떼고/ 내 바로 앞에 놈이 간다/ 절대로 뒤돌아보는 법 없이" 간다. '나'는 이러한 '나'에게 적개심을 가지고 있다. 그래서 따돌리고 싶어 골목길로 도망쳐도 "놈은 이윽고 또 나타난다." '또 다른 나'는 화자가 떼어낼 수 없는 "정말 지겨운 미행자"이다. 미행자는 바로 "나는 자네 분신/ 은밀한 한통속끼리 뭘 그래 자꾸만"이라고 귀에 속삭인다. 이 '또 다른 나'는 '나'를 미행하는 분신이고 '은밀한 한통속'이다. 화자의 모든 것을 미행하는 '또 다른 나'는 '나'와 대립관계에 있기 때문에 '부정적인 나'로 표현이 된다. '미행하는 또 다른 나'는 화자와 분리되어 화자를 감시하는 '나'다. 이렇게 미행하는, 화자가 떼어내고 싶은 '부정적인 나'는 화자가 무시해버린 어떤 양심의 소리로 해석될 수 있다. '현실의 나'와 '내면의 나'는 분열되어 이렇게 대립한다.

「잊혀진 싸구려」에서는 이렇게 분리된 나를 상품화시켜서 내다 판다. "나를 팝니다/ 이왕 버린 몸 딸린 것도 모두/ 몰아서 몽땅 싸구렵니다." 이렇게 팔았다고 생각하는 순간 속이 후련하여 뒤돌아보니 "그것만은 잊혀져 그냥 남은 싸구려/ 길게 목을 늘인 석양 속의 그림자"가 남아 있다. '잊히어 그냥 남은 나'는 아무도 사가지 않아서 그림자처럼 남아 있다. '또 다른 나'는 팔았지만 몽땅 싸구려 상품이다. 자아의 분리는 이렇게 상품화를 거치는 단계에 이르러서 더욱 확실해진다.

다음 시는 분열된 자아의 모습이 더욱 비극성을 띤 채 형상화된 작품이다.

누군가를 찾고 있다
아무리 찾아봐야 허탕밖에 없는
아무도 없는 이 벌판에서
그래도 찾아야 할 누가 있나 두리번거리니
섰! 저기 안 보이는 저기
숨은 듯 아닌 듯한 그림자
보니 그것은 나 자신이다
필경은 나를 찾는
확실하고 허망한 이 술래잡기!

　　　　　　　　　　　　　－「술래잡기 · 1」 전문


쫓기고 쫓겨서
더 이상은 갈 데 없는
그 숲 속에
시체 하나 버려져 있다
보니 그것은 나 자신이다

목발을 짚고 비틀비틀 걷다가
그 목발 내던지고 누워 있는 모습
편하게 보인다
참 다행이다
그러면서 고개를 끄덕이고 있는
내 혼백

하긴 시체 따위
찾아 봤자 묻어줄 재주도 없지만
아무튼 이것으로 한 매듭을 지어서
살았을 때 언제나 한 몸으로 지내던
육체와 혼백
이젠 작별이다

오억 년쯤 지나서 다시 만나자
아니 아니 오년 쯤 후에로다
서로가 깨끗이 잊어버린 뒤에야
다시 만나자

- 「한 매듭」 전문

　이 두 편의 시는 여덟 번째 시집, 『절벽』에 들어 있다. 자아 분열의 문제는 앞과 달리 새로운 측면이 이입되어 전개된다. 「술래잡기 · 1」에서 보인 불화와 분열의 태도는 「한 매듭」에서 미미하게나마 화해와 통섭의 태도를 취하는 것으로 변화한다. 자신의 정체성과 불화 문제를 깊이 있게 살피기 위해 '나'와 '다른 나'의 관계를 조직적이고 체계적으로 연구한 융의 심리학을 잠깐 인용하기로 한다.

　마음의 다양한 층과 기능을 연구한 융은 인간의 마음속은 여러 개의 요소들로 이루어졌다고 말한다. 내가 의식하고 있는 모든 것, 생각, 느낌, 이념, 과거, 이 세계 등은 나(자아, Ego)를 통해서 연상되는 정신적 내용으로써 이를 의식이라고 한다. '나'는 이 의식의 중심에 있다. 외계와 관계를 맺어서 바탕을 이룬 내가 아는 세계가 '의식'이라면 내가 갖고 있으면서도 아직 모르는 정신세계는 '무의식'이다. 자아에 속하지 않으며 아직 자아와 연관을 맺지 않은 모든 심리적 경향이나, 내용들이 무의식이다. 이것은 자아의 통제밖에 있으므로 미지의 정신세계라고 할 수 있다.

일반적으로 말하는 나(자아)는 내 밖의 세계인 사회나 현실과 관계를 맺으며 적응해 가는 가운데 각종 대사회적 적응 태도나 역할을 부여받는다. 이런 적응 수단은 대부분 어떤 집단이 개인에게 준 역할, 의무, 약속 등으로 인해 생겨나는데 개인에게는 여러 행동양식으로 나타난다. 이것이 바로 페르소나Persona이다. 개인의 외적 인격이라고 말할 수 있다. 이런 외적 인격의 중심에 있는 것이 바로 '자아의식'이다. 외적인 세계와 내적인 세계를 조절하거나 통합하는 것 또한 자아의식에 의해 가능하다.[33]

인간의 마음속에 층을 이루는 다면적인 모습을 이끌어 가는 자아의식은 우선 개개인이 자신의 마음을 주시해서 어떤 방향으로 의식이 흘러가고 있는가에 중점을 두어야 인식할 수 있다. 자아의식은 현실과 대면해서 외계를 인식하고 통합하는 중심에 자리한다. 외적인 세계를 인식하고 조절하는 자아와는 달리 마음에 드러나는 어떤 규칙성이나 조직화의 중심에는 바로 '자기'[34]가 있다. 그런데 이 '자기'와 '자아'는 다르다. 앞에서 밝힌 불교의 '제칠식'에 해당하는 것이 '자아의식'이고 곧 이것을 '자아'라고 말한다. '자기(self)'는 전인격으로서 본래 처음부터 마음속에 들어 있다고 한다. 모든 인격의 궁극적인 목표는 이 자기를 찾는 것이며 자기실현의 상태를 달성하는 것이다.[35] 융은 완전한 자기실현을 달성하는 것보다 자기를 인식하는 데에 더 힘을 쏟으라고 권유한다.

---

33) 졸고, 「자기 원형의 발견과 자아실현의 길」, 국제어문집 42, 2008. 4, 110쪽.
34) 야코비 외, 권오석 옮김, 『C. G. 융 심리학 해설』, 홍신문화사, 1995, 8쪽.
35) C. S. 홀 외, 최현 옮김, 『융 심리학 입문』, 범우사, 1993, 68쪽.

융이 말한 마음의 층보다 훨씬 깊고 세분화된 의식에 바탕을 둔 불교의 자아의식은 심층의 무의식과 연결되어 있다. 인간의 마음 깊숙한 곳에 자리한 이 식은 본래 맑고 깨끗하며 고요한 마음(진여)을 본바탕으로 하고 있으나 좋지 못한 습기 때문에 바탕이 가려져 있는 경우가 많다. 불교에서는 원래 마음의 본바탕은 맑고 깨끗함이 내재되어 있다고 본다. 흔히 말하는 나(자아)를 통괄하여 움직여가는 내가 바로 '자기'이다. 이러한 '자기'가 존재하고 있음을 인식하는 것은 자아의식에 의해 가능한 일이다. 그러므로 '자아와 자기'는 분명히 다른 '나'이다.

융이 말하는 마음의 조직화의 중심인 자기를 실현하는 일이나, 불교에서 제칠식까지의 자아의식을 버리고 진여를 획득하려는 노력은 여러 가지 면에서 닮은꼴이다. 실제로 융은 동양의 『주역』과 불교사상을 자신의 이론에 접목시켰다. 융의 이론이나 불교 이론에서 보듯이 인간의 마음속에는 우리가 자기라고 믿는 자아가 존재한다. 그런데 이 의식을 주도적으로 끌어가는 '자아'는 내 정신의 일부에 불과하다. 내면의 '자기'와 표지로서 인격인 '자아'의 구별은 외계와 내면의 조화를 꾀하기 위한 전제 조건이 된다. 마음속의 진정한 자기 자신을 이끌어내는 데 이 둘 사이의 분열을 인식하는 것이 중요한 구실을 하기 때문이다.

한 생각에서 다른 생각으로 흘러가는 자아의 산만한 움직임이나 자아의 욕망은 마음속의 '자기'를 만남으로 해서 진정하게 된다. 자기 자신 속에 내재한 여러 가지 의식들을 통합하여 이루게 되는 자아실현은 자기와 자아의 동일시 현상에서 벗어남을 말한다. 불교식으로 말한다면 주관/객관, 자/타, 속/진의 갈등이 소멸되어 이지러짐이 없는 상태이다. '분열된 자아'라는 말 속에는 이 '자기'와 '자아'를 동일시하는 상태에서 벗어나려는 움직임이 포함되어 있다고 보아도 될 것이다. 이 측면에서 보면 자아가 분열됨을 의식한다는 것은 매우 긍정적인 사유 작용이다. 대외적인 표지로서 자아와 깊은 내면 속의 자기는 분명히 동일한 내가 아니라는 것을 인식했다는 것을 말하기 때문이다.

분열된 나 사이의 거리를 하나의 나로 좁히는 노력이 바로 '자아실현'의 과정이며 불교에서 말하는 '진여'에 이르는 길이다. 시에서 말하는 자아실현의 과정은 이런 자기와 시를 통해서 만나는 것을 말한다. 시를 통해서 깊은 내면 속의 자기와 거리감 없이 만나는 것, 이것은 자기만의 세계를 구축하는 개성화와 관련이 깊다. 이것은 또한 시인의 정체성 확보와도 상통한다.

시「등」에서 '나'와 '또 다른 나'라고 지칭했던 것과 '나, 나의 분신, 나의 등, 그림자' 등은 '자아/자기'로 구별될 수 있다. 시에 드러난 자아 분열과 정체성의 혼란은 이러한 측면에서 이해해야 한다. 자아와 자기의 분열은 일종의 통과의식으로 곧 '자기'를 찾는 일로 이어진다.

「술래잡기 · 1」에서 화자인 술래는 "아무도 없는 이 벌판"에서 누군가를 찾고 있다. 아무리 찾아봐도 소득이 없는 '허탕'이지만, 술래는 계속 찾는 행위에 집중한다. 화자가 찾는 그 누군가는 바로 "나 자신"이다. 그런데 내가 찾은 '나 자신'은 '그림자'였을 뿐이다. 반드시 찾아야 하는 '나 자신'은 늘 화자의 뒤에 있는 '나'이기 때문에 정작 화자는 '그림자'만 확인하는 것이다. 술래와 화자의 관계로 볼 때, 늘 '나 자신'은 숨고 술래인 '나'는 이 '나 자신'을 찾는다. 술래잡기는 '확실하고 허망하게'도 '나 자신을 찾는' 일로 귀착된다. 자아와 자기의 분열은 이렇게 자기 자신을 찾는 과정으로 나타난다. 자신이 분열되었다고 느끼기 때문에 진정한 자기 자신에 대한 추적은 불가피하다고 보겠다. 그러나 술래인 화자와 '나 자신'은 숨고 찾는 관계이므로 둘은 여전히 불화 상태에 있다.

위의 두 번째 시「한 매듭」은 '나 자신'의 죽음을 확인하는 내용이다. 시는 육체와 혼백의 분리에 주목하게 한다. 여기서는 자아와 '자기'의 불화가 아니라, 육체와 자신의 불화 관계를 다룬다. '숲 속'은 "쫓기고 쫓겨서 더 이상 갈 데 없는" 사람만이 가는 곳이다. 이곳에 버려진 시체 하나는 "나 자신"인데 차라리 '죽은 것이 편하게' 보인다. '쫓기는' 것처럼 살았던 화자는 '목발에 의지하여' 살아온 자신이 이런 종말을 맞는 것은 다행이라고 생각한다. 생명이 빠져나간 자신의 육체를 화자는 보고 있다. 자신의 '혼백'이, 자신의 몸인 시체의 편한 상태를 보고 '고개를 끄덕이는 것'으로 화자는 여긴다. 이런 상황을 화자는 긍정적으로 바라보고 있다. 흔히 혼백은 넋과 같은 의미로 쓰인다. 사람의 몸에 있으면서 몸을 거느리고 정신을 다스리는 비물질적인 것을 혼이라고 말한다. 몸은 죽어도 영원히 남아 있다고 생각하게 하는 초자연적인 어떤 것이다. 혼백은 정신이나 마음을 뜻하기도 한다. 3연을 보면, 현재 나는 혼백만 남아 있고, 육체는 시체가 되어 숲 속에 버려진 상태다. 한 몸으로 지내던 '육체와 혼백'은 완전하게 분리되었다. 이는 시인이 말년에 겪은 육체적 불행과 관련지어 보면 충분히 수긍할 수 있다.

자신의 온몸이 괴어 '전국술'로 변하는 해체 과정을 보인 「독주」라는 시가 있다. '전국술'은 군물을 타지 아니한 진국의 술을 말한다. "쓸쓸함으로 밀 한 됫박/ 맷돌에 갈아서 누룩을 만든다." 여기에 화자는 자신의 "헐어서 짓물린 가슴"을 "그 누룩 비벼 넣으면" 쓸쓸함이 살아난다고 한다. 이 쓸쓸함은 "또 다른 많은 쓸쓸함 불러 모아/ 암세포처럼 증식하는 쓸쓸함"으로 가득 찬 상태이고 내 온몸은 "부걱부걱 괸다." 이렇게 "펄펄 끓는" 내 온몸은 서천의 노을처럼 "진하게 진하게 번져가는 열병"과도 같다. 화자는 이런 온몸이 변화하는 것을 "아 나의 부패성 해체여"라고 외친다. 화자는 "내가 없어진 자리에"는 "한 동이 독한 전국술 있거니/ 이 세상 쓸쓸한 사람들 모두 와서" 술로 변한 자신의 몸을 먹자고 말한다. 자신의 몸이 부패하여 독주로 해체되는 과정을 표현하는데 부패로 인한 '나'의 해체는 '쓸쓸함'을 퍼트리는 또 다른 인자이다.

육체를 자신과 분리하려는 시는 특히 여덟 번째 시집에 많이 들어있다. 육체의 해체를 표현한 「숨바꼭질」에서도 "그 늙은 당나귀는 죽었다// 뇌졸중으로 쓰러졌다는 말이 있었지만/ 병명은 따져서 뭘 해"라고 말한다. 시상 전개가 위의 시「한 매듭」과 유사하다. 화자는 자신의 죽음을 냉정하게 형상화한다. 화자의 "비쩍 마른 커단 몸집이/ 미세한 세포로 분해되어 허물어져 내리고/ 마침내 한줌 흙으로/ 먼지로 돌아간다." 화자는 자신의 몸이 부패되어 분해되는 과정을 지켜보고 있다. 이형기는 여러 편의 시에서 육체적 불운을 맞은 자신의 몸을 이미 '죽은 것'으로 단정한다. 그는 정신은 있으나 자유롭지 못한 자신의 육체를 죽었다고 본다. 이렇게 분리된 정신과 육체를 화자는 "한 매듭"을 지어 정리하고 먼 훗날 서로 "다시 만나자"는 바람을 갖는다. 육체와 불화는 "서로가 깨끗이 잊어버린 뒤에야" 다시 "한 몸"을 이루자는 것으로 귀결된다.

이상에서 부정한 세계와 불화하고 자신과 불화하는 시들을 추적하였다. 시인은 끊임없이 부정해야 할 세계와 불화하는 자아의 모습을 보였다. 흔히 현대의 병폐로 부각된 부정적 문제들을 비켜가지 않고 소재로 취해 있어야 할 세계를 암시하였다. 더불어 자신의 행위에 만족감을 얻지 못한 자아는 자조적이거나 냉소적인 태도를 취하면서 자기 자신과 분열된 측면을 보였다. 자신이 하는 행위가 무익한 것이거나, 자신이 추구하는 어떤 목표와 배치된 데서 오는 불화의 양상이었다. 자신을 또 다른 자기와 분열하는 것을 통해 진정한 자신을 찾는 작품도 살폈다. 자신의 행위를 비하하거나, 조소하는 것에는 심각한 자기부정이 들어있었지만 이는 자신의 정체성을 찾는 행위와 맞물려 있었다. 시인의 진정한 자아실현은 시를 통해 자기를 찾는 것이며 이는 개성화의 측면과 상통하므로 자기와 불화는 자신만의 개성을 찾기 위한 노력의 한 방편이었다고 말할 수 있겠다.

IV.

긍정의 시간과 생성의 세계

# 1. 꿈의 공간과 의도적 유폐

헤겔은 우주 발전의 근본 법칙이 바로 대립물의 투쟁과 관련이 깊다고 역설한다. 서구인은 세계와 투쟁을 통해서 역사가 나아간다고 보았으나 동양인의 사유 방식은 이와는 대조적이다. 도식적인 구분이지만 투쟁보다는 세계와 조화를 추구하는 방향으로 동양의 역사는 흘러왔다. 동양인의 이러한 의식 구조는 종교와 문화, 예술 등 여러 방면에서 확인된다. 조화는 세계에 대한 순응이나 수용과도 의미가 상통한다. 조화나 순응의 양상을 보이는 단적인 예는 "창랑의 물이 맑으면 내 갓끈을 씻으리라. 창랑의 물이 흐리면 내 발을 씻으리라."[1]는 굴원의 글에 나오는 어부의 말에서 찾을 수 있다. 이는 현실의 처세술과 일맥상통한다고 보겠다. 외부세계와 갈등을 지양하면서 조건이 맞으면 개인의 능력을 드러내고 이와 반대인 경우에는 낙향하여 몸을 숨기는 태도를 취하는 것이다. 내면의 평정을 추구하며 대립이나 투쟁을 피하고자 하는 이런 동양 정신은 유구하게 이어져 내려왔다. 세계를 조화롭게 수용하여 순응하고 내면의 평정을 유지하는 것이 동양에서는 매우 중요한 일이었다. 자기에게 주어진 현실과 어떻게 관계를 맺느냐에 따라 개인적 삶의 동선이 결정되었다.

이형기는 독특한 방식으로 세계를 수용한다. 세계와 불화하는 그의 투쟁적 태도는 내면의 평정이나 조화를 추구하려는 것과는 다른 양상을 보인다. 그는 조화를 추구하는 대신 이것을 부정하고 대결하려는 자세를

---

1) 굴원, 최인욱 옮김, 「어부사」, 『고문진보』, 을유문화사, 1983, 176쪽.

취한다. 이는 있어야 할 세계를 추구하는 태도와 다르다. 시에 등장하는 절망과 자멸에 대한 인식에서 이러한 요소를 파악할 수 있다. 여기에 그는 박토와 사막 이미지를 중첩시킨다. 그리하여 자신을 둘러싸고 있는 세계를 일부러 극한의 인내가 필요한 상황으로 몰고 간다. 그는 이런 내면적 투쟁의 공간을 통해 현재 상황을 부단히 거부한다. 이렇게 대치한 상태에서 나온 정신적 사유를 이형기는 시로 형상화한다. 그는 어떤 꿈을 이루기 위해서 한 치의 나태를 허용하지 않는 엄격하고 엄숙한 태도를 갖고 있다. 그에게 꿈은 이루어지기 위해 있는 것이 아니다. 이루어질 수 없음을 알면서도 이루려고 하는 자신의 행위에 그는 방점을 찍는다. 이러한 이형기의 태도는 매우 개성적인데, 그의 시적 사유와 가치는 여기에서 극대화된다고 말할 수 있다.

이형기가 선택한 내면 공간은 바로 박토와 같은 불모지이다. 그는 이 내면적 공간의 확보를 위하여 인내와 고통을 감수한다. 박토는 사막과 같은 가뭄 이미지를 동반하는데, 자신이 취한 세계를 박토로 인식하는 이형기는 이러한 공간 속에 고의적으로 자신을 내몰고 유폐시킨다. 그가 자신을 유폐시키는 행위는 시 작업과 밀접성이 있다. 이 의도적 유폐 속에서 채굴한 이미지들은 범상하지 않고 관념적인 성격이 강하다. 대상으로 촉발된 사유를 전도시키기 위해 그는 내적 장치를 마련한다. 그가 극지와 같은 사막으로 공간 이동을 하는 것은 삶에 수반되는 권태와 단조로움, 일상성의 탈피와도 깊은 관련을 맺는다. 이형기는 일체의 안락함이나 행복을 배제하고 일종의 정신적 한계상황 속에다 자신을 몰아세운다. 그는 박토, 한발, 사막, 죽음, 절망과 자멸 등 부정적이고 고통스러운 이미지를 환기하는 소재들을 적극적이면서도 긍정적으로 시에 활용한다.

이젠 봄이 왔다고
거리에 공고문이 나붙은 그날부터

나는 또 겨울을 기다리기로 했다
어차피 무언가를 기다려야 하는 것이
선량한 시민의 의무였기 때문에
(중략)
절망은 아직도 나의 양식
공포는 아직도 나의 전율의 원천
지구온난화시대의 행복한 우량아들이
재수 없다 버리라고 권고한 나의 수첩엔
아직도 빙하시대의 난수표가 적혀 있다

                                    － 「겨울 기다리기」 부분


이 시의 화자는 '봄이 온 날부터 겨울을 기다리기'로 한다. 긴 겨울 끝, 동토의 땅을 해토하는 충일한 봄기운이나 솟아나는 생명들을 찬미하지 않고 화자는 다시 동토의 겨울로 귀환하려고 한다. 시에 등장하는 사람들의 '봄/겨울'의 의미는 '행복/절망(공포)'이라는 보통의 일상적 의미를 그대로 따르고 있다. 겨울은 절망과 공포의 계절이고, 봄은 이를 통과한 계절이다. 그러나 화자는 사람들처럼 봄을 맞는 기쁨에 취하지 않고 "빙하시대의 난수표"와 같은 겨울 속으로 유폐를 택한다. 화자는 '절망과 공포'를 삶의 원천으로 삼기 때문에 "절망은 아직도 나의 양식"이며 "공포는 아직도 나의 전율의 원천"이라고 말할 수 있다.

평범하고 권태로운 일상의 시공간에 예고 없이 생기는 공포와 절망은 전율을 동반한다. 화자가 겨울을 기다린다는 것은 이런 전율을 기다린다는 것이다. 전율은 일상적인 삶에 긴장감을 주는데 이를 원천으로 화자는 삶을 영위하려 한다. 그의 행복이나 안일함은 이로 인해 유예된다. 화자가 절망과 공포를 내재화하는 이면에는 행복과 안일을 고의적으로 배제하려는 고독한 작업이 들어있다. '봄'의 확산적 에너지는 화자의 내면에서

응축 에너지로 전환되어 '빙하시대'를 견디는 구실을 한다. 유보된 행복과
그것의 기다림은 화자가 만족스럽지 않은 삶을 견디어 나가기 위한 장치
이며 생의 원동력이 된다.

　일반인들이 두려워하고 기피하는 것들을 정반대의 시각으로 바라보는
이형기의 이런 사유는 다음 시에서도 이어진다.

절망아 너는 요새 어디 가 있나
어느 날의 대형사고 같은 절망
집념의 사나이 에이허브 선장을
바닷속에 메꽂는 흰고래의 모습으로
나를 압도해 오는 절망
전율의 번개가 뇌수를 꿰뚫고
지구 저쪽으로 내닫는 절망
그래서 정신 나간 내가 또한
피를 보자 피를 보자
바위에 이마를 찧어대면서
그 피 흐름에 아편처럼 취하는 절망아
너는 요새 어디 가 있나

너 없는 이 세상 살기 참 편하다
아침 먹고 점심 점심 먹고 저녁
그리고 사이사이 커피 한 잔
소화 잘되는 몇 모금 인스턴트 암흑으로
입가심을 한다
그러한 나의 안락한 창밖에는
아무리 뜯어봐도 희멀건 하늘이 희멀겋게
완강한 무표정을 고수하고 있다
아무 때고 예고 없이
꽝하고 터지는 위험한 폭발물 절망아

너는 어디 가고
내 살기가 요새는 이리도 편하냐

―「절망아 너는 요새」 전문

앞의 시에서 잠깐 언급하였지만 여기서도 '안락/절망'은 대립적 긴장관계를 유지한다. 앞의 시에서 '겨울을 기다리는' 화자와 동일한 의미에서 '절망을 기다리는' 이 시의 화자는 '안락함'을 거부하고 싶어 한다. 전체가 2연 24행으로 구성된 시는 크게 두 부분으로 나뉜다. 1연 12행은 화자의 내면을 보여주는 부분이고, 2연 12행은 화자의 표면적인 현재 생활을 나타낸다. 1연의 1행과 12행이 상관을 이루고, 2연의 1행과 12행 또한 상관 구조이다. 1연은 '절망'적 상황에 절망했던 화자의 그간 기록이고 2연은 '절망'이 없는 현재의 편안함과 안락한 상황의 기록이다. 그런데 1연은 이 상황 때문에 절망했던 과거를 화자가 다시 갈망한다는 사실을 숨기고 있다. 2연에 나타나는 현재 상황이 반어적 어조를 띤 상태로 전개되기 때문에 이렇게 이해할 수 있다.

2연에서 화자는 점점 반복되는 현재 생활에 익숙해져간다. '절망이 없는 세상'이 살기가 편하다는 것은 누구나 알고 있다. 그러나 절망이 없는 '안락함'은 '아무리 뜯어봐도 완강한 무표정'의 연속인 현재이다. 만날 같은 일상이 기계적으로 반복되면서 화자의 일상은 어떤 어려움도 없다. 이렇게 흘러가는 그날그날은 일면 안락한 측면이 있으나 화자는 이러한 날을 "인스턴트 암흑"과도 같다고 인식한다. 그는 "완강한 무표정"과 같은 자신의 생활 속에서 권태로움을 읽는다. 전율적 상황, 즉 삶의 떨림은 없어지고 권태가 자리함을 알게 된 것이다.

1연 내용으로 볼 때 '절망'은 화자의 집념이나 신념을 단련시키는 기능으로 작용한다. 절망은 화자의 삶을 다져주며 지지해주는 바탕이다. 이런 사유를 먼저 1연에 배치하여 2연에 드러낸 안락하고 편한 생활은 반어적 표현임을 알린다. '전율의 번개'와 같은 절망은 화자에게 '피를 보게' 하는 가학적이면서 자해적인 상황으로 몰고 간다. 그러나 이것은 "완강한 무표정"의 현재를 파괴하고 여기에 안주하지 못하게 하여 화자의 실존을 증명하는 바탕이 된다.

이형기는 절망을 삶의 구심력이나 원동력과 같은 선상에 놓는다. 1연처럼 절망이 내장된 현재는 화자의 삶을 권태롭게 내버려두지 않는다. 그러나 절망이 없는 현재는 2연과 같이 화자에게 무미건조한 일상만을 영위하게 한다. 여기에서 긍정적이면서 능동성의 방향을 가진 절망의 의미와 가치가 드러난다. 오세영은 일상성에 깊이 절망해야만 권태에 함몰되지 않고 본래성으로 되돌아갈 수 있다고 말했다.[2] 절망의 추구는 일상성에 함몰하는 존재를 구원하는 힘으로 작용하며 권태를 초극하는 방법이 된다. 곧 구원에 이르는 길이라는 것이다. 이형기는 절망적 상황 속으로 유폐, 몰입을 꾀하는 인식을 통해 반복되는 삶의 권태를 이겨내려고 하므로 이와 같은 견해는 타당성을 지닌 발언이라고 본다.

이형기는 절망으로 인해 일어나는 전율이 자신 앞에 주어진 삶을 새롭게 바라보게 한다고 생각한다. 절망은 삶에 집중하게 하는 긍정적인 힘이면서 살아 있음을 증명하는 요소로 작용한다. 그는 절망에서 희망을 얻는다. 또한 이형기는 절망이나 멸망, 파멸을 동류의 의미로 본다. 시 「나의 취미는 멸망이다」는 낙첨된 복권을 구매하는 가게 주인을 소재로 한 작품이다. "학교 주변 뒷골목에는/ 낙첨된 주택복권을 사들이는/ 가게가 있다." 가게 주인인 화자는 "허탕을 위한/ 꿈 많은 복권 구매자여 들으라/ 나의 취미는 멸망이다"라고 선언한다. 그는 이를 통해 '꿈이 허탕으로 꺼져야만 또 꿈을 꾸게 되어 삶을 추동해나가는' 인간의 본래적 속성을 지적한다. 또 다른 시에서 화자는 "내게는 공포에 대한 그리움이 있다/ 스페이드의

---

2) 오세영, 『20세기 한국 시인론』, 월인, 2005, 322쪽.

불길한 왕자처럼/ 파멸로 내닫는/ 아직은 건강한 각력이 있다"(「무명의 사자에게」)라고 하여 일부러 파멸을 향해 치닫는 자신의 행위를 "건강한 각력"이라고 표현한다. 그는 이렇게 파멸 의미를 긍정적으로 강화한다.

흔히 부정적 속성을 지닌 '절망'이나 '멸망', '공포', '파멸' 등의 단어를 삶의 긍정 에너지로 변용하여 정서적 승화를 거치는 이형기의 의식을 살필 수 있는 시에 「물구나무서기」가 있다.

어릴 때 나는 물구나무서기를 즐겨했다.
그렇게 서서 보면
하늘이 땅, 땅이 하늘
공부를 팽개쳐도 1등이 꼴찌 되고 꼴찌가 1등 되는
그 재미에 홀렸다.

세살 적 버릇 여든까지 아니냐.
진보할 리 없는 아메바의 눈물의 원형질이
오늘 나의 뇌세포를 세차게
추억의 또는 허무의 물거품으로 휩쓸어가는
그 바다 밑에는 산이 있다.

챌린저해연
엠덴해연
부레에 커다란 산소통을 달고 심해어가
피켓을 박는 그 빙벽의 정상은
지상의 최고봉 에베레스트보다
확실히 2천 미터 이상이나 높다.

높이가 아니라 깊이라고?
그래서 이름도 해연이라고?
그렇다면 이 여름 풀잎으로 만든

조각배 한 척 태평양 복판으로 저어나가
물구나무를 서봐라!

머리 위에 아득히 솟아 있는
챌린저산, 엠덴봉우리
그리고 발밑에 거꾸로 박혀 있는
히말라야해구의 에베레스트해연
캄캄한 수심!

아직도 나는 공부는 팽개치고 물구나무를 선다.
고통은 붉은 루비
희망은 쓰레기
말이 되지 않는 말로 위아래를 없애고
권태를 완성하는 그 재미에 홀린다.
　　　　　　　　　　　　　　　　－「물구나무서기」 전문

　화자는 어릴 적 놀이를, 현재 자신의 의식을 관류하는 관념적 사유의
놀이로 확대한다. 시에서처럼 물구나무를 선다고 해서 과학적 사실이 뒤
바뀌지는 않는다. 그러나 화자는 어린 시절 경험했던 것을 기억하면서 고
정, 확정되고 절대적 믿음을 얻은 지식이나 사실들이 시각을 바꿈에 따라
전복된다는 점에 상당히 매료되어 있다. '물구나무서기'의 재미는 부동의
관념들이 유동적으로 변한다는 것에 있다. 다시 말하자면, 바뀌지 않는다
는 생각만 바꾼다면 '높이'가 '깊이'로 변할 수 있다는 사유이다. 놀이의
유희가 관념의 유희로 전환되는 것이다. 화자는 세계에서 가장 깊은 챌린
저해연을 높이를 자랑하는 히말라야 해구로 치환한다. 산봉우리는 거꾸
로 보면 해구이다. 눈에 보이는 히말라야 에베레스트 산정은 눈에 보이지
않는 수심을 간직한 깊은 해구와 같다. 가장 높은 곳이라고 규정한 것이
가장 깊은 곳이다. 인간이 정해놓은 지식이나 관념들은 물구나무를 서고

보면 위치가 바뀔 수 있는 것들이다. 그런데 화자는 이런 지식들의 전복을 꾀하려는 것이 아니다. 인간이 깊이 신뢰하고 고정된 가치라고 생각하는 사실이나 과학적 지식의 허약한 기반을 말하려고 한다.

이형기의 자유로운 상상력은 일반적 지식이나 과학적 사실과 대조된 지점에서 출발한다. 시의 핵심은 6연에 있다. 화자는 물구나무를 서서 본 하늘과 땅의 자리가 뒤바뀐다는 체험을 통해 고정된 지식들의 물구나무서기를 시도한다. '깊이/높이'의 대립적 관계는 '깊이가 높이이고 높이가 깊이'인 넘나듦의 관계를 형성한다. 유동적 자리바꿈은 화자의 사유에서 이루어진 것인데 이를 삶을 받아들이는 태도에 적용한다. 화자는 '고통'과 '희망'의 물구나무서기 놀이를 시도한다. 이렇게 하면 고통은 "붉은 루비"이고, 희망은 "쓰레기"라는 역설적 비유가 탄생한다. '높이가 깊이'인 것처럼 '고통이 희망'이고, '붉은 루비가 쓰레기'가 된다. 루비의 붉은 색상은 고통의 강렬함과 시각적으로 등가를 이룬다. 화자의 이러한 유희는 반복적이고 권태로운 삶의 속성에 일종의 재미를 부여한다. 삶이 희망에 의해 영위된다는 사고는 고통으로 영위된다는 사고와도 맥이 같다. 고통과 희망의 자리바꿈 놀이를 통해 화자는 일상성에 갇힌 자신의 사유에 대한 해방을 시도한다.

앞 장에서 언급했듯이 오세영은 이형기의 시집, 『죽지 않는 도시』에 나타난 존재 탐구의 시들을 살폈다. 그는 존재의 근원적 속성인 '권태, 고독, 절망, 허무' 등의 문제에서 일상인의 존재론적 속성을 '권태'로 보고 그 일상성 탈출이나 해방이 권태로부터 탈피하는 일이라고 말했다.[3] 이형기 시에 자주 등장하는 '자멸과 배반'도 바로 권태로부터 벗어나기 위한 하나의 방법으로 선택한 사유이다. 그러므로 이형기가 시에서 자멸과 배반을 택하는 것이나 고통과 절망 속으로 자신을 유폐시키는 것은 일상성에

---

3) 오세영, 앞의 책, 320쪽.

길들여지지 않고 권태로부터 해방되기 위한 세계인식의 한 표현이라고 보겠다. 권태는 기존 질서나 관념을 그대로 인정하고 수용할 때 나타나게 된다. 그러나 권태는 이러한 상황에 자신이 처했다고 인식하는 사람에게만 나타나는 속성을 지닌다. 관념의 '거꾸로 보기' 곧, "물구나무서기"를 해야만 일상이 권태로운 속성을 지녔다는 사실이 드러난다. 권태의 인식을 통해 선점된 순서나 질서를 무화시키는 놀이가 바로 위의 시에서 화자가 말한 "권태를 완성하는" 놀이이다.

　　보들레르에게 찬사를 보낸 다음 시에서도 이와 같은 사유를 엿볼 수 있다.

　　　　꽃다운 도시 파리를
　　　　당신은 하루아침에 우울로 가득 채웠다
　　　　그로부터 일백오십 년 동안
　　　　세계는 장마전선에 짓눌리고 있다
　　　　날씨는 언제나 진종일 흐리고 때때로 비

　　　　어느 날 그 하늘에서
　　　　항해하는 배의 갑판에 떨어진 알바트로스 한 마리
　　　　커다란 날개가 도리어 짐이 되어 뒤뚱거린다
　　　　그러나 고통이라는 영약의 힘으로
　　　　다시 일어선 당신에게는
　　　　천 년을 산 것보다 더 많은 추억이 있다

　　　　상처요 동시에 칼
　　　　수형수요 동시에 사형집행인
　　　　복수의 여신이 제 모습을 비추는
　　　　그 불길한 거울 앞에서는
　　　　당신을 배반한 위선의 독자만이
　　　　당신의 친구였다 이중인이여!

꿈은 미래가 아니라 과거에 있다
태어날 때부터
가슴에 비수처럼 꽂힌 뉘우침을 안고
심연으로 몸을 던진 당신은
절망을 확인하는 자멸의 불꽃
또는 권태의 하품을 내뿜는다

- 「보들레르」 부분

이형기는 보들레르의 『악의 꽃』에 등장하는 시적 요소와 내용을 잘 소화하여 이 시에서 재배열한다. 보들레르에 대한 오마주 성격을 띤 이 시는 그의 시 구절을 그대로 인용하거나 차용한 상태로 전개된다. 1연은 보들레르 시 "오랜 권태에 사로잡혀 신음하는 마음 위에/ 무겁게 내리덮인 하늘이 뚜껑처럼 짓누르며/ 지평선의 틀을 죄어 껴안고, 밤보다도 더욱/ 처량한 어두운 낮을 우리에게 내리부을 때"라는 「음울」[4]과, "나는 시든 장미로 가득한 낡아빠진 규방"이라는 「우울」[5]을 비교해 보면 표현이 유사성을 지녔음을 알 수 있다. 2연은 뱃사람들이 장난삼아 붙잡은 알바트로스를 제재로 삼은 보들레르의 시 「알바트로스」[6]에서 "바다 위에 내려놓자 이 창공의 왕자들/ 어색하고 창피스런 몸짓으로/ 커다란 흰 날개를 놋대처럼/ 다소 가련하게도 질질 끄는구나"와 관련지을 수 있다. 3연은 「자기 처형인」의 "나는 상처이자 칼!/ 또한 희생자이자 사형 집행자!"[7]와 「독자에게」의 "위선의 독자여, 내 동류여, 내 형제여![8]"를 원용한 것으로 보인다.

2연에서 이형기는 알바트로스를 보들레르의 상징으로 읽어낸다. 새는

---

4) 보들레르, 김붕구 옮김, 『악의 꽃』, 민음사, 2003, 78쪽.
5) 장 폴 사르트르, 박익재 옮김, 『시인의 운명과 선택』, 문학과지성사, 1985, 31쪽.
6) 보들레르, 같은 책, 18쪽.
7) 장 폴 사르트르, 같은 책, 29쪽.
8) 보들레르, 같은 책, 10쪽.

원래 비상하는 속성을 갖고 있다. 창공을 날 때 이 새는 날개가 필요하였다. 하지만 갑판 위로 추락했을 때 새는 날개(비상의 속성)가 도리어 짐이 되는 고통스러운 상황을 맞는다. "이 구름 위의 왕자 같아라/ 야유의 소용돌이 속에 지상에 유배되니/ 그 거인의 날개가 걷기조차 방해하네"(「알바트로스」)에서 보듯이 보들레르가 말한 알바트로스는 속세에 갇혀 사는 저주받은 시인을 상징한다. 속세에 처한 시인(새)은 공중에 발을 두고 비상하였다가 추락한다. '야유의 소용돌이와도 같은 지상'의 범인들 사이에서 시인은 모욕을 당하며 고통을 겪고 있는 것이 2연의 내용이다. 그런데 이 고통은 그를 다시 일어서게 하는 "영약의 힘"으로 작용한다. 고통은 삶의 추동 에너지가 된다. 배반의 독자 또한 시인에게 다시 비상의 영약을 주는 존재이므로 그에게는 '동류이며 형제'가 된다. 권태로운 상황에 "하품"하고 "절망을 확인하는 자멸의 불꽃"과도 같은 보들레르는 한 손에는 칼을 들고 그 칼로 자신을 상처 내는 자기 배반의 상황 속에 유배된 시인이다.

사르트르는 "고통을 가한다는 것은 파괴하는 그만큼을 소유하고 창조한다."[9]는 것을 의미한다고 말한다. 또 보들레르가 시에서 보인 태도를 지적하며 "보들레르는 바라보고 있는 자신을 주시한다. 주시하고 있는 자신을 보기 위해 그는 주시하는 것이다."[10]라고 말했다. 자신의 대상화와 타자화에 골몰하며 언제나 자신을 주시하는 사람은 자신의 존재 망각과 상실 상황에 빠지지 않을 것이다. 이형기는 이런 보들레르의 사유를 수용하며 자기 것으로 내재화한다. 그는 자기 존재를 망각하지 않기 위해 언어의 보편적 의미를 전복하는 태도를 견지하는 것이다. 이형기는 이렇게 절망과 고통의 상황 속에 내던져진 자신의 존재를 관찰하며 확인하는 보들레르의 사유에 깊이 동조한다.

---

9) 장 폴 사르트르, 앞의 책, 29쪽.
10) 장 폴 사르트르, 같은 책, 25쪽.

石炭을 캔다.
페름紀 이래의 어둠 속에 잠자는
黑人 巨人
곡괭이로 어깻죽지를 내리찍어
그의 잠을 깨운다.
속살이 패어나고 피가 철철 흐르는
아침 햇살
石炭을 일어난다.
石炭은 링컨大統領을 믿지 않는다.
뉴욕 슬럼 街의
골목골목에 가득 차 있는 石炭의 敵意
그것은 또 다른 敵意를 갈망한다.
상극의 불길이 활활 타는 꿈
飛躍 또는 流血革命
黑人 巨人은 눈망울을 디룩거린다.
보라
나의 採炭은 난폭한 露天掘이다.

—「石炭」전문

　이 시의 화자는 '채탄'하는 사람이다. 그는 곡괭이로 석탄을 캐면서 동
시에 거인인 "그의 잠을 깨운다." 석탄은 "페름기 이래의 어둠 속에 잠자
는/ 흑인 거인"이다. 색깔로 인해 흑인과 석탄은 의미의 유사성을 지닌다.
채탄하는 그는 잠자는 어떤 한 사람을 깨우는 것으로 자신의 작업을 확대
해석한다. 화자가 깨어나게 한 것은 "흑인 거인"이다. 화자는 석탄을 흑인
으로 비유하면서 흑인에 대한 차별이 심한 미국이라는 나라를 끌어들인
다. 화자의 상상 속에서 검은 석탄은 흑인이 되고 이들은 뉴욕 슬럼가에
서 천대받으며 적의를 키우는 사람들이 된다. 그들은 늘 "상극의 불길"을
활활 태우며 슬럼가 골목을 배회한다. 화자는 타오르는 연탄불을 보며
연탄의 시원에서부터 인종 문제까지 연상의 가지를 유기적으로 펼친다.

화자의 채탄 작업은 잠자는 '적의'를 캐어내기 위함이다.

화자는 주어진 삶에 익숙해져서 상실했거나 잠재된 자신의 적개심을 깨우려는 의도를 갖는다. 이때 적개심과 적의는 화자에게 삶의 긍정적 에너지로 작용한다. 그는 자신의 작업에 대해 "나의 채탄은 난폭한 노천굴이다."라고 표현한다. 채탄하기 위해 갱을 만들지 않고 직접 캐내는 일을 노천굴이라고 하는데 "적의"와 "난폭한 노천굴" 이미지는 의미면에서 동일한 느낌을 준다. 무엇인가를 캐어내는 것은 잠자고 있는 혹은 누군가 발견하지 않은 의미를 캐어내는 것으로, 결국 시 작업과 일치한다. 화자는 활활 타오르는 연탄불을 보며 채탄 과정과 여기서 비롯된 여러 가지 연상을 통해 '적의와 적개심'이 환기하는 새로운 의미를 구성한다. 잠자고 있는 어떤 것을 흔드는 것은 편안한 일상에 불안을 제공하기 위함이다. 일상성에 잠식당하지 않기 위해 무엇인가 끊임없이 채탄하는 작업을 추진하는 힘은 바로 이런 적개심이나 적의에서 나온다고 그는 본다.

「석탄」에서 보인 의미의 채탄 작업과 같은 시도는 다음 시에서도 나타난다.

삽 한 자루
자갈밭 한 뙈기.

땅은 갈기 위해 있는 것이 아니고
묻기 위해

꿈을 파내 그 정수리를 찍어버린
犯行의 알리바이

불을 지르고는 저도 함께 타 죽는
그 完全犯罪를 위해

아물어선 안 될 상처의 永久保存
소금 절임을 위해

오 이 삽 한 자루의 敵愾心
垂直의 幻想

마침내는 한 뙈기 자갈밭이 남는
그 이미지를 위해 땅은 있다.

　　　　　　　　　　　　－「자갈밭」 전문

이 시의 화자는 채탄 작업을 통해 적개심을 일깨우려는 앞의 시의 화자
와 동일한 인식을 지닌다. 화자는 "삽 한 자루"를 가지고 "자갈밭 한 뙈
기"를 갈고 있다. 그의 목적은 자갈밭을 옥토로 가꾸려는 것이 아니다. 삽
한 자루로 '꿈을 파내고' 그것을 다시 자갈밭에 묻기 위해서이다. "아물어
선 안 될 상처"를 "영구 보존"하고 또한 그것을 부패하지 않게 "소금 절
임"하려는 행위이다. 화자는 꿈을 이루기 위해서가 아니라 다시 꿈꾸기
위해 꿈을 매장하는 방식을 택한다.

화자가 자신의 의식 속에 묻힌 "적개심"을 부단히 깨우려고 노력하는
것은 안락함보다 절망적인 상황이 삶의 추동 에너지가 됨을 알고 있기 때
문이다. 이 시에서 "자갈밭 한 뙈기"는 화자가 의도적으로 척박하게 만들
어낸 내적 공간이다. 이곳은 일체의 안락함이 배제된 장소인데 이곳에서
화자는 오직 삽 한 자루로 '꿈을 파내고 다시 묻는' 일을 한다. 이형기는
이렇게 고행을 자처하면서 자신의 내적 공간을 척박토로 만든다. 이 공간
에는 절박하고 절망적이며 극단적이면서도 단호함으로 무장된 세계인식
이 함께한다. "수직의 환상"을 불러일으키는 상승적 꿈의 이미지도 동시
에 자리한다.

자신이 기른 개가 쥐약 먹고 죽는 순간을 쓴 「루시의 죽음」에서 이형기는 증오에 대한 새로운 의미를 발견한다. 화자는 죽어가는 개의 눈에서 "다만 증오/ 그 일점을 향해서만 타는/ 파란 백금불꽃"을 본다. 죽음의 순간에 직면한 개의 타오르는 "증오"는 "파란 백금불꽃"처럼 아무것도 섞이지 않은 순수 결정체이다. 증오는 광물적 이미지로 전환되어 있다. 이 결정체 앞에서 화자는 "번뜩이는 칼날의/ 그 번뜩임처럼 황홀한 전율"을 맛본다. 증오심으로만 뭉쳐 있는 그 집중의 순간, "투명한 극치"로 치환된 증오는 '살아 있음'을 분명하게 증명하는 징표이다. 화자는 그냥 살아 있음이 아니라 '황홀하게, 투명한 극치'와도 같게 살아 있는 순간과 순수한 증오가 맞닿아 있음을 본다. 이는 절대 궁극과도 상통한, 절박한 살아 있음을 말한다. 이형기는 순수한 '증오'의 결정체에서 황홀해하면서도 어떤 극의 경지에서 나오는 전율을 느낀다. 증오가 극에 달한 순간 나오는 불꽃과 같은 순일하고도 투명한 삶의 에너지를 보게 되었다.

증오, 배반, 적개심에 내포된 의미를 새롭게 발굴하여 삶의 긍정적 에너지로 작용하게 한 것처럼 다음 시에 등장하는 '자멸'도 이와 동일한 인식 과정이 들어있다.

> 그대 아는가
> 나의 등판을
> 어깨서 허리까지 길게 내리친
> 시퍼런 칼자국을 아는가
>
> 疾走하는 전율과
> 전율 끝에 斷末魔를 꿈꾸는
> 벼랑의 直立
> 그 위에 다시 벼랑은 솟는다

그대 아는가
石炭紀의 종말을
그때 하늘 높이 날으던
한 마리 장수잠자리의 墜落을

나의 자랑은 自滅이다
무수한 複眼들이
그 무수한 수정체가 한꺼번에
박살나는 盲目의 물보라

그대 아는가
나의 등판에 폭포처럼 쏟아지는
시퍼런 빛줄기
2億年 묵은 이 칼자국을 아는가

–「폭포」 전문

　인간이 느끼는 증오나 적개심의 의미를 재해석하면서 다시 꿈꾸기 위해 꿈을 묻어버리려고 한 이형기의 사유는 이 시에서 더욱 보편적인 의미를 지니면서 심화된다. 시는 안정된 구조와 반복적인 어휘 배열의 적절성, 절제된 감정이 돋보인다. 쏟아지는 물줄기를 보고 화자는 "시퍼런 칼자국"이 등에 난 사람을 연상한다. 사물의 의인화는 이형기가 즐겨 쓰는 기교인데, "어깨서 허리까지 길게 내리친/ 시퍼런 칼자국"이 난 폭포는 곧 화자로 볼 수 있다. 폭포인 화자는 자신의 등판에 "시퍼런 칼자국"이 나 있음을 "그대"에게 알리고 싶어 한다. 폭포는 "질주하는 전율"과 "전율 끝에 단말마"를 꿈꾸고 있다. 원래 폭포는 질주하여 벼랑 끝에서 단말마를 맞으며 종말을 고한다. 이 과정을 겪지 않는다면 폭포라고 말할 수 없다. '폭포의 물줄기'는 곧 폭포라는 존재를 증명하는 외연 중 하나이다. 폭포의 낙하는 "벼랑의 직립"과도 같은 모습이다. 폭포는 끊임없이 '질주하여 벼랑 끝에서 절멸'하기 때문에 매순간 "그 위에 다시 벼랑은 솟는다"고 표현할 수 있다.

폭포는 벼랑 위에서 순간적으로 절멸하는데, 이 과정은 끝없이 되풀이된다. "석탄기의 종말"을 맞아도 절멸하지 않고, "하늘 높이 날아" 삶을 이어온 "장수잠자리"의 생과 사처럼 폭포도 이와 같은 영속성을 지녔다. '한꺼번에 박살나는 물보라'의 맹목성이 이어지는 벼랑 끝은 인간의 삶이 이루어지는 현장을 비유한다.

폭포는 매순간 자멸한다. 자멸한 후 다시 자멸이 연속되는 공간은 벼랑 끝이다. 자멸하는 폭포는 다시 일어서서 자멸하는 자신의 속성이 단순히 허무하게 되풀이되는 것이 아니라고 말한다. 자멸하는 순간의 전율을 고스란히 등판에 새기는 자멸이다. 이것은 수억 년 전부터 이어져 내려온 흔적인데, 화자인 폭포는 이러한 것을 '아느냐'고 그대에게 묻는다. 자멸해야만 폭포이므로 "나의 자랑은 자멸"이며 자멸할 때마다 '자랑스러운 자멸'이 등에 새겨진 것이므로, 매순간 반복되는 자멸은 헛된 노역의 기록이 아닌, 지상에서 쉬지 않고 굳건히 자기 삶을 살아내는 한 존재의 치열한 존재증명의 기록인 셈이다.

끝이 있어야 시작이 있고 자멸해야만 삶은 시작된다. 개인적 생은 절멸이지만 인간의 전체적 생은 이와 같이 영속적으로 이어져 내려간다. 시에는 자멸의 하강 이미지와 다시 솟는 상승 이미지의 부단한 짜임이 들어있다. 이형기는 시에서 광활한 시간과 공간 속을 흐르는 폭포와 인간의 숙명적 조건이 유사하다는 사유를 보인다. 폭포의 반복되는 하강은 권태와 허무를 동반하지 않는다. 화자는 산다는 것은 "시퍼런 칼자국"과 같은 흔적을 남기는 존재증명의 행위라고 말하고 싶어 한다.

시인이 재해석한 자멸과 증오처럼 '자의적 증발', '한발', '사막'에 부여된 의미도 같은 차원의 고찰이 필요하다. 『꿈꾸는 한발』 자서에서 이형기는

"나의 꿈엔 장밋빛이 없다. 물론 의식적으로 배제한 것이다. 그렇게 되면 꿈은 그 실현의 가능성에 대한 기대를 박탈당해 버린다. 꿈은 어차피 실현될 수 없는 것이고 또 실현된다고 해도 별수가 없는 것이다. 꿈은 실현되지 않기 위해 있는 것이다. 희망이 아니라 절망을 확인하기 위해 있는 꿈, 그것이야말로 참다운 꿈이다."[11]라고 말한다. 심한 가뭄이나 가뭄을 맡고 있다는 귀신을 뜻하는 '한발'이라는 시어는 장밋빛 희망과 상대적인 뜻을 지닌다. 이형기의 내적 공간은 한발이 이어지는 척박하고 고통스러운 사막과 같은 곳이다. 습기가 증발한 황량한 곳에서 그는 끊임없이 이루어지지 않을 꿈을 꾼다.

시 「오진」의 화자는 자신의 "뱃속에 사막 하나 들어앉아 있다."고 말한다. 그는 "내가 져다 메운 모래 한 짐/ 모래는 드디어/ 위장 없는 뱃속을 사막으로 채운다."라고 하여 내적 공간에 바싹 마른 사막을 안치한다. 시집으로 묶지 못한 시에도 고르게 분포된 사막 이미지는 시인의 내면에 자리하여 장밋빛 희망 일체를 제거해버린다.

> 나의 낙타는
> 이제야 그 사막으로 왔도다
> 前生의 億萬年
> 밤마다 별 하나씩 砂丘에 묻혔나니
> 그 별을 타고 앉아
> 멀리 떠나온 都城을 바라보면
> 우리 一黨의 장거
> 掠奪의 불길은 충천하는도다
>
> — 「사막의 소리」 부분

---

11) 이형기, 『꿈꾸는 한발』, 창조사, 1975, 14쪽.

그 바다는 마르고 싶어한다.
물기를 모조리 날리고 싶어한다.
그래서 해마다 20센티씩
水量이 줄고 있는 그 바다의 自意의 증발
요단강의 민물이 주야로 흘러들어
달래보지만 소용이 없다.

― 「다시 死海」 부분


　「사막의 소리」 화자는 평소 '알리바바와 40인의 도둑'들이 있는 사막
에 가고 싶다고 생각한다. 그는 꿈꾸던 공간인 그 사막으로 가 '약탈과 유
혈의 흔적이 낭자한' 현장을 축복하겠다는 포부를 갖고 있다. 화자는 '열
려라 참깨'라고 외치면 그냥 열리는 꿈같은 공간인 사막을 매혹적인 곳으
로 바라본다. 그 사막에 화자는 도착하게 된다. 사막에는 '별 하나씩이 사
구에 묻혀' 있다. 낙타를 타고 사막으로 간 화자는 이곳에서 무엇인가가
열리기를 간절히 바란다. 화자가 구태여 불모의 사막을 택한 것은 사구마
다 "별"이 묻혀 있다고 생각하기 때문이다. 별은 꿈을 의미하는데 화자는
사막에서 자신의 꿈을 확인한다. 안락함을 배제하고 고행을 자처하며 사
막으로 간 까닭은 근본적인 것의 탐구, 즉 자신 본연의 모습을 발견하려
는 목적과 밀접한 관련이 있을 것으로 추측할 수 있다.
　「다시 사해」는 수량이 줄어드는 '사해'를 형상화한 시다. 화자는 이런
현상을 바다가 스스로 원한 것으로 보고 "자의의 증발"이라고 표현한다.
자의로 '물기를 모조리 날린' 후, "그날 말라 버린 지구의 유적 위에/ 거대
한 소금기둥 하나를 세우려고" 하는 것이 사해의 꿈이다. 화자는 사해의
이런 행위를 "도무지 알 수 없는 터무니없는 꿈"이라고 하면서 "터무니
없으니까 그것은 진짜다./ 진짜 꿈"이라고 단언한다. 이루어지지 않으므
로 진짜 꿈인 것이다. 시에서 화자가 조명한 것은 실현 불가능한 것에 무
모하게 도전하는 사해의 행위이다. 이것은 「폭포」에서 형상화한, 자멸을

향해 질주하는 화자의 행위와 같다. 자의로 증발하려는 것 자체는 사해의 터무니없는 꿈이지만 이런 꿈이 있는 바다는 자멸하면서도 다시 벼랑을 세우는 폭포의 모습과 상통한다.

> 모래가 쌓인다
> 모래가 쌓이고 모여서
> 더 많은 모래가 된다
> 그리하여 이룩되는
> 모래 언덕 옆에 또 모래 언덕
> 마침내 그것은 사막이 된다
> 모래다 모래
> 세상은 온통 모래 천지
> 인간은 없다
> 아무도 없다
> 아 사막
> 여기에 이르러 모래는
> 비로소 완성이 된다
>
> — 「사막」 전문

> 벌써 석 달째
> 건조주의보가 계속되고 있다
> (중략)
> 메마른 천지에
> 그 메마름을 더해가는 건조주의보
> 그것은 실상
> 모래가 꿈꾸는 더 많은 모래
> 거대한 사막이다
> 아 그렇구나
> 마침내는 사막으로 망가지는 꿈
> 꿈으로 된 건조주의보
>
> — 「건조주의보」 부분

사막의 특징적 요소로 강수량 부족과 건조한 기후를 꼽는다. 이곳은 생물의 생육 조건이 매우 열악하여 대부분 기피하지만 성서에는 매우 신비롭고 성스러운 장소로 표현된다. 간혹 영적 지도자들은 계시 장소로 이 사막을 택하기도 한다. 그들은 "고독, 궁핍, 금욕, 고행, 묵상을 통해 본질적인 것을 추구하고 신과 인간을 분리시키는 모든 것을 거부하기 위해 사막을 선택"12)한다고 볼 수 있다. 원초적이면서도 고통스러운 극한 환경은 죽음에 직면할 수 있는 상황을 내재하므로 초월과 영원성의 개념에 대해 명상할 수 있는 좋은 장소이기도 하다. 이렇게 사막은 세상에서 살아가는 즐거움을 포기하고 인간이 자신의 본질을 찾아가도록 일깨워주는 공간이다.13) 사막이 주는 신비한 매력은 대부분 터무니없이 큰 공간에서 기인한다고 한다. 무한하고 막연한 이 공간은 인간의 눈으로 전체를 파악할 수 없을 것처럼 보인다. 그래서 종종 사막은 무의 상징으로도 나타난다. 무에서 비롯된 공허감은 종교적 신앙을 생각하게 하고 신으로 가득한 충만감을 불러일으키게 된다는 것이다.

시에 나타나는 사막과 한발 이미지는 극한의 환경을 의도적으로 내적 공간에 끌어들이려는 시인의 인식과 관련지을 수 있다. 이렇게 마련된 내적 공간은 무엇인가에 대해 꿈꾸면서 끊임없이 인간의 근본적인 문제에 집중할 수 있도록 하는 사유의 공간이다. 첫 번째 시「사막」은 잡지에 발표하였지만 시집에는 묶이지 못한 작품이다. 지상에는 인간은 없고 모래만 가득 쌓여 있다는 표현을 통해 "모래"는 인간 개개인, 혹은 인간이 이룩하려는 어떤 꿈을 비유적으로 표현한 것으로 유추할 수 있다. 이곳은 인간이 차지한 세상이 아니라 "모래 천지인 세상"이다. 세상은 모래만 가득한 사막과도 같다. 모래가 모여 사막을 이루는데 화자는 사막에 이르러 "모래는 비로소 완성이 된다"고 말한다. 모래는 사막이라는 공간 속에서

---

12) 장 로이크 르 클레크 외, 김보현 역,『사막』, 창해, 2002, 90쪽.
13) 장 로이크 르 클레크 외, 같은 책, 20쪽.

라야 모래의 진정한 의미를 갖는다는 것이다. 사막을 완성하는 모래처럼 인간이라는 존재도 꿈이 있어야만 의미가 있다. 인간의 완성은 꿈이라는 알갱이의 집합에 의해서다. 이형기가 인식한 인간 세상은 모래가 쌓인 사막과 같은 곳이다. 이형기는 어떠한 장치도 없이 인간 세상을 '사막'으로 치환한다. 사막을 완성하는 요소인 모래와 인간을 완성하는 요소인 꿈을 병치시킨 것이다. 극한의 환경 속에 꿈을 은닉해놓고 이를 향해 끊임없이 시인은 나아가려고 한다.

두 번째 시 「건조주의보」도 시집에 묶이지 않은 작품이다. '석 달째 계속되는 건조주의보'는 자연적인 기상 현상이 아니라, "거대한 사막"을 이루기 위해 꿈꾸는 모래의 원대한 "꿈"과 관련이 있다. 대지에는 계속 "건조주의보"가 발효된다. 바싹 마른 대지는 모래로 가득 차기 시작한다. 모래는 더 많은 모래를 불러 모아 사막을 꿈꾸지만 이 꿈은 이루어져서는 안 된다. 그것을 향해 질주하는 행위가 중요하므로 모래가 이루려는 거대한 사막은 곧 '모래의 꿈'이 자멸하는 곳이고 '망가지는 곳'이기도 하다.

'모래의 꿈'을 가속화시키고 그것으로 매진하게 만드는 힘은 '건조주의보'가 발효된 유폐적 상황에서 온다. 모래는 자신의 꿈을 실현하기 위해 지구를 고립시키고 "마침내는 사막으로 망가지는 꿈"을 꾼다. "하나의 정신은/ 하나로 있기 위해 수많은 정신을 배반한다"(「간반」)처럼 이형기의 꿈은 이루어지지 않을 진정한 꿈으로만 남아 있기 위해 수많은 꿈을 배반해야만 한다.

꿈에 대한 이형기의 생각이 가장 잘 나타난 시는 「단순한 꿈」이다. 화자는 자신을 '새로운 내일을 꿈꾸고 있는' '낭만주의자'라고 말한다. 그는 늘 새로운 내일을 꿈꾸는 자신의 생각을 "저주받은 신탁"이라고 표현한다. 왜냐하면 "—해 아래 새로운 내일은 없다"는 것을 알고 있기 때문이다. 그러나 화자는 "없기 때문에 꿈꾸지 않느냐"라고 말한다. 그가 꿈꾸는 것은 "떡갈나무와 개가 결혼을 해서/ 시인을 낳는 꿈/ 계란이 한 방으로/

북한산 인수봉을 박살내는 꿈/ 콩고의 빈민굴이 폭설에 묻힐 때/ 제설제를 팔아서 떼돈을 버는 꿈/ 섶을 지고 불 속으로/ 소금짐을 지고 물속으로 들어가서/ 확실하게 실패하는 꿈"들이다. 화자의 꿈과 현실 사이에는 측정할 수 없을 만큼의 무한한 거리가 놓여 있다. 이 이루어질 수 없는 관념적인 꿈들이 화자의 머릿속을 지배한다.

이루어지 말아야 할 꿈을 향해 끝없이 걸어온 화자의 지난한 행보는 물기 하나 없이 바싹 말라 갈라진 들판 속에서 이미 행해졌다. 위의 시보다 30여 년 전에 발표한 다음 작품을 통해 이를 확인할 수 있다.

> 나 어느새 예까지 왔노라
> 가뭄이 든 랑겔한스섬
> 거북 한 마리 엉금엉금 기는
> 갈라진 등판의 소금꽃
>
> 속을 리 없도다
> 실은 萬里長城으로 끌려가는
> 어느 짐꾼의 어깨에 허옇게
> 허옇게 번지는 마른버짐이니라
>
> 오 薄土여
> 반쯤 피다 말고 시들어버린 메밀농사와
> 쭉쭉 골이 패인
> 내 손톱 밑의 반달의 枯死여
>
> 가면 가는 그만큼
> 길은 뒤에서 허물어지나니
> 한걸음 뗄 때마다 낭떠러지 하나씩 거느리고
> 예까지 온 길 랑겔한스섬

꿈꾸는도다 까맣게 탄 하늘
물도 불도 그 아래선
한줌 먼지 되어 풀석거리는 飛天의 꿈
랑겔한스섬의 가문 날의 꿈이니라
　　　　　－「랑겔한스섬의 가문 날의 꿈」 전문

　이 시는 각 연을 4행으로 맞추어 안정적 구조를 꾀하였다. 문면을 살펴
보면 4연까지는 '여기'라고 지칭한 장소에 도달한 과정을, 5연은 '여기'에
도달한 현재 상황을 표현했음을 알 수 있다. 1연에서 화자는 거북이처럼
기어서 가뭄이 든 '여기'까지 왔다고 말한다. 화자의 등에 핀 "소금꽃"은
이 노역의 부산물이다. 화자는 바싹 가물어 갈라진 들판과 거북의 등을
중첩하여 가뭄이 든 "랑겔한스섬"에 시선을 집중시킨다. 2연은 1연의 마
지막 행인 "갈라진 등판의 소금꽃"을 어쩔 수 없이 끌려가는 "짐꾼의 어
깨에 허옇게 허옇게 번지는 마른버짐"으로 비유한다. 3연에서는 메마른
땅인 "박토"와 흉작인 "메밀농사", "손톱 밑의 고사"가 "가뭄" 이미지와
연결이 된다. 척박한 길을 따라 힘들게 온 화자의 '길'은 4연에서 '허물어
진다.' 걸음마다 "낭떠러지 하나씩 거느리고" 왔던 길이 허물어졌으므로
화자에게는 돌아갈 길은 아예 없다. 이렇게 1연부터 4연까지 펼쳐진 극한
의 고통과 절박한 상태를 거쳐 도달한 곳을 화자는 랑겔한스섬이라고 말
한다. 화자는 이곳에 도착하기까지 전 "소금꽃 － 마른버짐 － 박토, 고사"
로 이어지는 가혹한 상황을 체험한다. 4연까지의 지배적인 심상은 가뭄
과 유기적 관계에 있는 시어에서 찾을 수 있다.
　풍요롭고 생산성을 지닌 대지가 아닌 박토는 모든 생명체를 말라 죽이
는 불모지이다. 1연 2행에서 보면 화자는 치열하게 이런 땅 위를 걸어와
랑겔한스섬에 도착했다. '랑겔한스섬'은 구체적인 장소를 말하는 것이
아니라 인슐린을 생성하는 췌장의 랑겔한스섬을 지칭한다. 섬 모양으로

늘어선 조직을 랑겔한스가 발견하였기 때문에 붙인 이름이다. 흔히 당분 분해 효소인 인슐린 생성이 원활하지 않아 이 효소가 점점 말라가는 당뇨병은 이곳에 문제가 생긴 경우에 발생한다. 갈증을 유발하는 이 병은 상당량의 물을 필요로 한다. 가뭄이 들어 순환이 되지 않는 대지와 육체에 든 이 질병은 이런 점에서 유사성을 띤다. 화자는 자신의 뒤에 낭떠러지가 있으므로 돌아가지 못하고 앞으로 나아갈 수밖에 없는 처지다.

화자는 안락함과 나태와 권태가 허용되지 않는 길을 고독하게 걸어 왔다. 그런데 이렇게 다다른 곳에는 육체적 질병이 기다린다. 시에서 형상화한 이 부분은 시인이 앓았던 지병과 관련이 있다. 5연은 척박하고 고립되어 있는 상황에서도 '꿈꾸는 존재'인 화자를 출현시킨다. 대지 위의 모든 것이 '까맣게 타고', '한줌 먼지 되어 풀썩거리는' 황폐한 상황이지만 "승천의 꿈"을 어느 무엇도 막을 수 없다. 화자의 꿈에 대한 열망은 가물면 가물수록, 육체적, 정신적인 고통이 가혹해질수록 더욱 견고해진다.

이형기는 "패배한다는 필수적 전제가 도전 의욕을 촉발시킨다"[14]는 것을 안다. 죽음을 알면서도 불꽃 속으로 뛰어드는 부나비처럼 패배와 죽음, 절망 속으로 들어가는 시적 정신의 형상화는 이형기 시인만의 표지이다. 꿈꾸는 행위는 그에게 절대적 신념으로 자리 잡았다. 그는 꿈꾸기 위해 절대적 고립의 공간을 택하였다. 이곳은 희망이나 안락함이 배제된 곳이다. 사막과 같은 박토이며, 뒤에는 낭떠러지가 있는 곳이고, 자멸의 공간이다. 이형기는 이 공간 속에 고의적으로 자신을 몰아넣고 유폐시켰다. 또한 그는 이곳에서 꿈꾼다. 그런데 자신에게 채찍질하며 극도의 열악한 공간 속으로 떨어지는 하강 이미지는 곧 비상, 상승 이미지와 통한다. 꿈은 궁극적으로 비상, 상승 이미지를 지닌다. 자신에 대한 이런 가학 행위가 시인으로서 흔적이며 비상의 기록이었다.

---

14) 이형기, 「시를 위한 아포리즘」, 『절벽』, 문학세계사, 1998, 94쪽.

이렇게 이형기는 어떤 전망이나 유토피아를 제시하지 않고 고해하는 삶의 모습을 보여주었다. 실존하는 자신의 모습은 여러 화자를 통해 다양한 각도로 형상화되었다. 실존 공간을 극지와 같은 사막으로 전이한 것은 안락한 삶에 수반되는 권태와 단조로움, 일상성으로부터 벗어나기 위함이었다. 그러나 관념적 삶의 모습이 주를 이루어 시에 생동감이나 현장감, 감동은 적은 편이다. 이형기에게 안락함과 행복을 추구하는 것, 어떤 희망적인 것에 다가가는 것은 마치 시 정신의 임종을 선언하는 것과 같다. 극한의 한계상황을 설정하고 걸어가는 시인 앞에는 박토, 한발, 사막, 죽음, 절망과 자멸의 순간이 기다리고 있었다. 형극과 같은 길을 걸어가는 시인은 이러한 소재들을 매우 긍정적이면서도 건강한 에너지를 발산하는 것들로 전환시켰다. 이러한 세계인식은 그의 시적 특성을 매우 잘 보여주는 요소들이다. 그는 이 세계인식을 통해 시인으로서 실존을 확인한다.

# 2. 허무의 아름다움과 황홀한 생성

두 번째 장에서 논한 존재 문제는 허무함이 주를 이루었다. 존재는 알 수 없는 곳으로 나아갈 뿐이고 사라지면 그것으로 그만이었다. 시인의 의식 속에는 소멸에 대한 극도의 허무가 가득한 측면이 있었다. 그러나 허무는 존재가 통과해야할 의례적 과정이라고 해도 과언이 아니다. 존재 앞에는 언제나 건너기 힘든 허무가 놓여있다. 허무의 종국에는 죽음이 자리한다. 이형기는 존재의 소멸에 절망하지만 여기에 함몰되지 않으려는 사유를 보인다. 앞 절에서 논한 자의적인 절망, 파멸, 죽음이 이 도정에 병행된다. 이런 과정을 거친 이형기는 세계나 인간의 행위 속에 들어있는 장엄한 허무를 발견한다. 이형기는 허무 속에서 존재의 출구를 찾고 있는 것이다.

오세영은 이형기가 일상성을 탈피하여 도달한 그 마지막 세계가 허무라고 말한다.[15] 그런데 이 허무는 단순한 소멸이나 무를 의미하기보다는 자유와 동의어가 된다고 한다. 물론 이형기 시에는 허무와 자유가 상통하는 면도 있지만 허무는 자유만이 아니라 무와 동의어이며 없음 그 자체를 의미한다. 동시에 그는 '없음은 곧 있음'의 세계라는 것을 발견한다. 이 세계는 단지 허무만으로 이루어진 것이 아니고 장엄하면서 일종의 장난과도 같은 유연성을 지닌 세계이다. 이형기는 허무라는 무의 세계에 공존하는 유의 세계와 만난다. '이미 있는 세계가 허무로 돌아가지 않는다면 새로

---

15) 오세영, 앞의 책, 324~325쪽.

만들 수 없으며, 세계의 창조는 끊임없이 세계를 허무화하고 결국 스스로가 허무로 가득 차는 일'16)이라는 것을 이형기는 알고 있다. 그가 기존 세계에서 획득한 모든 것들은 자아에게 허망한 것이 된다.

> 물체는 모두 둥둥 뜨고 있다
> 액자 속에서 웃고 있는 그녀의 미모와
> 그녀 남편의 자랑스런 훈장
> 그리고 막강한 전자 광선총
> 아니 남편 자신이 바로
> 둥둥 떠서 허우적대고 있는
> 여기는 우주선!
>
> 무게는 없다
> 있어도 아무 소용없는 무게의
> 허망 앞에서
> 오직 하나 뜨지 않고 가라앉는
> 마음의 무게여
> 그로써 겨우 중심잡고 오늘도
> 우주선 지구호는 허공 속을 달린다
>
> ―「무게」 전문

이 시는 보편적이면서도 평범한 사유에 바탕을 둔다. 화자는 지구를 무중력 상태에 있는 우주선으로 본다. 원래 떠 있기 때문에 지구 밖에서 보면 지구는 하나의 우주선일 것이다. 무중력 상태이므로 지구 위 모든 물체는 다 뜰 수밖에 없다. 화자는 실제로는 뜰 수 없는 것도 다 뜬다고 본다. 그는 인간이 흔히 현실에서 추구하는 '미모'와 '훈장', 막강한 어떤 힘도 다 가벼운 것으로 인식하고 마음의 무게와 대조한다. 현실에서 가장

---

16) 이형기, 앞의 책, 94쪽.

무게중심을 차지하는 미모와 명예, 막강한 권력 등은 그의 의식에서 한낱 부유하는 물체에 불과하다. 이들이 현실세계를 휘두르고 있지만 원래 '무게가 없는' 허망한 것들이다.

그렇다면 본래 없는 것들이 현실계를 주관한다고 보겠다. 무게로 표상되는 힘이나 권력이 지배하는 지구는 이들로부터 지배받지 않을 수도 있다. 현실계의 온갖 욕망은 뜬구름과 같다는 것은 누구나 다 알고 있다. 알고 있어도 여전히 이것들은 지구에서 막강한 영향력을 행사한다. 지구에서 오로지 떠서는 안 될 것을 화자는 마음으로 본다. "있어도 아무 소용없는" 허망한 지표들이 지구호를 지배하고 있더라도 우주선인 지구호에서는 마음만이 지표가 되어야 한다고 생각한다. 욕망에 들뜨지 않는 마음만이 오직 무게를 지녀야 하는 것이다.

> 나의 집은
> 흐르는 강물
> 그 먼 강심에 있다
>
> 크기는 넉넉한 두 평 단칸
> 들어앉으면 물의 흐름에
> 절로 손발이 씻기는 깨끗한 그 방
> 모래로 된 책도 몇 권 있다
>
> 별빛을 등불삼아 그 책장을 넘기면
> 위잉 위잉 후루룩 위잉
> 그렇다 그것은 지구가 돌아가는 소리
> 세상에서 가장 크게 울리지만
> 실은 침묵만을 낳고 마는
> 지구가 자전하는 소리
>
> ─「나의 집」 부분

마음을 무게중심으로 삼는 화자는 이 시에서 강심에다 단 두 평에 불과한 단칸집을 짓는다. 화자는 공간 단 두 평도 넉넉하다고 생각한다. 흐르는 강물 속에 집을 짓는 화자는, 사막이나 한발의 건조하고 절망적인 상황을 만들어 의도적으로 유폐했던 화자와 많은 차이를 보인다. 이 시의 화자는 상황을 혹독하게 만들어 그곳을 뚫고 맹렬하게 나아가는 것이 아니다.

화자는 흐르는 강물을 바라보면서 여유 있게 물소리를 듣는다. 물 흐름에 마음을 맡기는 것이다. 물의 흐름을 거스르지 않고 '절로 손발도 씻는다.' 물은 화자의 방을 정화한다. 화자의 방에는 모래처럼 점성이 없는, 그래서 글자가 흘러내려도 그만인 책도 있다. '별빛을 등불 삼아 책장을 넘기는' 강심에 있는 방은 인간들이 통상적으로 중심이라고 하는 데서 아주 멀리 떨어져 있다. 화자는 그곳에서 '지구가 자전하는 소리'도 듣는다. 이 소리는 강심에 있는 집, 두 평 단칸방에서만 들리는 소리다. 세상에서 가장 크게 울리는 소리인데도 들리지 않던 그 소리는 강심에 있는 단칸방에서만 들린다.

화자는 집 평수나 칸수가 욕망의 크기와 비례관계에 있다고 본다. 욕망은 서로 소통하지 않으려는 '침묵만을 낳는다.' 욕망을 줄여 무욕에 가까워질수록 본연의 것과 소통이 가능해진다. 이 작품 속 무나 유의 의미와 다른 차원의 글이지만 노자를 해석한 김형효의 말은 인용할 가치가 있다. 그는 무와 마음의 가난에 대해 하이데거 말을 인용하면서 "마음이 가난해야 세상의 유를 소유로 보지 않고 존재로 읽는다."[17]라고 말한다. 마음이 가난하다는 것이 반드시 무욕과 일치한다고 말하기는 어려우나 소유욕과는 상대적임을 알 수 있다. '강심의 집'은 무욕 상태에 있는 화자의 마음을 그대로 보여준다.

무욕의 화자는 「물에 그린 그림」에서도 나타난다. 화자는 강물의 흐름에

---

17) 김형효, 『사유하는 도덕경』, 소나무, 2004, 138쪽.

마음을 맡기며 "오늘 나는 그림을 그린다/ 캔버스는 강물/ 그림은 고정되지 않고/ 물결 따라 흐르고 있지만/ 그래도 아무 탈이 없다"고 말한다. 그는 힘들게 그린 지난날의 모든 그림을 물에 그린 것과 같다고 본다. 삶의 흔적들이 물결 따라 흘러가도 그는 붙잡거나 소유하려고 하지 않는다. 물은 화자의 모든 것을 씻어버린다. 화자의 비어 있는 내면은 마치 어디에도 머물지 않고 흘러가는 한 자락 강물과 같다. 강물은 세상사의 부질없음, 덧없다는 사유, 곧 제행무상諸行無常하다는 화자의 생각마저도 씻어가버릴 것이다. 흘러가는 강물을 무심히 바라보는 화자의 시선에는 무욕과 세상사에 집착하지 않는 모습이 겹쳐지기 때문이다.

자신의 행위를 객관화하는 위의 화자와 「엑스레이 사진」에 등장하는 화자의 사유를 비교해보자. 시 속에서 엑스레이 사진을 보는 화자는 "뼈대만 남은 고층건물/ 앙상한 늑골 새로/ 죽어서 납덩이가 된 도시를 보여준다"고 말한다. 이는 자신의 흉부에 대한 묘사인데, 늑골과 뼈대 사이의 농담濃淡 부분을 음울하고 생기를 잃어버린 도시 모습으로 비유하고 있다. 사진 속 음영은 "터지는 검은 먹물/ 그리고 폐허는 질척거린다"로 형상화한다. 「엑스레이 사진」에는 당나라 때 시인 이하가 쓴 시 「증진상」 구절인 "장안유남아/ 이십심이후長安有男兒/二十心已朽"[18]가 인용되어 있다. 화자는 엑스레이 흉부 사진의 검은 부분을 보면서 진상이라는 문사의 처지에 연민하는 이하의, '마음이 이미 이십 세에 썩어 없어졌다'고 표현한 시 구절을 떠올린 것으로 보인다. 화자는 "사람의 가슴이/ 가슴속에

18) 이하, 홍상훈 역, 『시귀의 노래』, 명문당, 2007, 218쪽. 이하(790~816)는 당나라 때 시인으로, 현실세계의 보편적인 상징을 통해 이상세계를 지향하는 작품을 많이 남겼다. 강렬한 상징성을 지닌 그의 작품은 당대 시인들과 매우 이질적이었는데 그의 천재적 기질은 여기에서 드러났던 것으로 보인다. 시 「증진상」은 이하가 22세 때, 가난한 문사인 진상이 처한 상황을 소재로 하여 쓴 작품이다. 이 시는 "장안유남아/ 이십심이후(長安有男兒/二十心已朽)"라는 구절로 시작된다. 이하는 학문에 매진했지만 전도가 막힌 진상의 궁핍한 모습을 보고 "장안에 한 사내 있는데, 나이 스물에 이미 마음이 썩어버렸다네"라고 표현했다.

흐르는 피가 붉다는 것은/ 거짓말이다"라고 단언한다. 밤마다 심장의 붉은 피를 꺼내 그 피로 먹물 삼아 시를 써야 하는 시인의 운명을 이렇게 표현했을 것이다. 자신의 행위에 의미를 부여하는 측면에서 볼 때 물에다 집을 짓고 그림을 그리는 허허로운 화자와 이 시의 화자는 분명한 차이를 보인다는 것을 알 수 있다.

물고기들은 물속이 아니라
나무 위에 산다
바람이 불면
하늘하늘 꼬리와 지느러미를
흔드는 물고기
그러나 바람에는
세찬 강풍도 있어서
죽기 살기로 나무에 매달리는 물고기
그리고 물고기는
마침내 숨을 거둔다
그 허망함
애초부터 그것은 예정된 일이다

그래봤자 그게 뭐 대순가
물고기가 나무 위에 살거나
바위 속에 살거나
그게 다 그것이니

― 「나무 위에 사는 물고기」 전문

「나무 위에 사는 물고기」는 시집에 묶지 않은 작품이다. 존재의 소멸에 대해 허망하다고 생각하는 화자는 모든 존재는 어디에서 살든지 결국에는 죽음에 이른다고 말한다. 죽음 앞에서는 삼라만상이 평등무차별하다. 존재에게 죽음은 반드시 거쳐 가야 할 문이다. 존재자로서 "물고기"는 '물속'에 살든지, '나무' 위에 살든지 죽음을 피할 수는 없다. 여기서 물고기는 나뭇잎 이미지를 지니고 있다. 나뭇잎 또한 물고기 이미지를 갖는다. 나뭇잎이 강풍을 견디며 "죽기 살기로 나무에 매달리는" 것은 언제든 죽음에 직면할 수 있는 인간의 삶을 가시화한 것으로 볼 수 있다. '마침내 숨을 거두지만' 필사적으로 나무라는 삶의 가지에 매달리는 물고기는 인간 모습 그대로이다. 화자는 '물고기가 나무 위에 살거나, 바위 속에 사는 것을 분별하는 것이 무의미하듯 인간도 이와 같이 어디에 처하든 분별할 필요가 없다고 사유한다. 어디에 있든 "그게 다 그것"이라는 것은 불교적 사유와 흡사하다. 이는 단순한 허망과 허무의식을 뛰어넘는다.

원효는 "어디서 온 곳, 어디에 도달하는 곳이 다 이미 한결같이 근본이 없는 것이다. 출발한 곳이 고정되어 있지 않으니 떠나오고 도달하고 함이 없다. 그 까닭은 떠나온 곳과 도달한 곳이 다르지 않기 때문이다. 본래 떠나온 일이 없고 또 도달한 곳은 이미 떠나온 곳과 같으므로 지금 어디에 도달한 곳이 없다. 또 떠나온 곳이 이미 근본이 없는 고로 떠나오고 떠나오지 않고 하는 일도 없다.19)"고 말한다. 이와 마찬가지로 생과 멸은 불이不二이고 동動과 정靜도 무별無別하다고 본다. 생명체가 죽음 앞에서 평등하듯이, 어떤 것이 고정되어 있거나 근본이 정해진 것이 아니라면 삼라만상 속 생명을 가진 모든 것을 위계나 처소를 갖게 하고 나누는 것은 의미가 없다고 말할 수 있다.

여덟 번째 시집 자서에서 이형기는 "모든 존재는 필경 티끌로 돌아간다. 이 사실을 자각하고 있는 존재가 인간이다. 그리고 이 사실을 영광스럽게 노래하는 존재는 시인이다."라고 말한다. 그는 소멸하는 존재에게 부여된 "슬픔의 뿌리"를 제거하기는 힘드나 티끌로 돌아가는 존재의 모습을 허망하게, 절망적으로 노래하지 않고 영광스럽게 노래하려고 노력

---

19) 원효 외, 이기영 역, 『한국의 불교사상』, 삼성출판사, 1987, 202쪽.

하는 모습을 보인다. 또한 죽음의 문제에 유연하고 활달하게 대처하는 태도를 지니며 어떤 근원을 향해 나아간다.

>     당신은
>     일체의 장식을 버렸다
>     그리고 벌거벗은 맨몸의
>     한조각 살
>     마지막 핏방울까지 다 흘려보냈다
>     또 살과 피 한데 어우러진 정념과
>     정념의 뿌리
>     정신이란 이름의 마목도
>     역시 깨끗하게 빠져나갔다
>     부질없어라 눈은 보고 귀는 듣고
>     코는 냄새 맡아 무엇할 것인가
>     당신에게는
>     오밀조밀 아기자기한 그런 기능도
>     이제는 한갓 소꿉놀이의 흔적
>     어질러진 뒷자리 치우고 나면
>     날씨는 청명하다
>     그러고 보니 엊그제까지의 모습은 허상
>     필요한 최소한의 것만을 갖고
>     이제야말로 원형으로 돌아온 당신
>     촉루라는 이름은 좀 어렵다
>     알기 쉽게 해골박
>     누구나 이렇게 해골박이 될 것을
>     그 눈으로
>     아니 눈 있던 자리에 뻥 뚫린
>     바람이 씽씽 통하는 구멍으로
>     당신은 훤히 꿰뚫어보고 있다
>
> — 「원형의 눈」 전문

화자는 망인의 유체인 해골을 관찰하고 있다. 이것은 살과 피가 다 빠져나가고, 정념과 정신, 정신의 뿌리까지도 깨끗해진 것 같다. 삶의 흔적들이 모두 소거된 유체는 '해골박 → 촉루 → 원형'으로 의미가 모인다. 살아생전 망인의 외면을 이루었던 것은 '일체의 장식'이었다. 장식이란 필요하지 않을 때는 떼어내야 하는 것이고 또한 살아 있을 때라야 의미가 있는 물건이다. 인간에게 붙어있지만 본연의 것이 아니므로, 장식은 인간의 외면을 이루는 표지를 의미한다. 죽으면 이러한 장식이 무의미하듯 화자는 살아서 생생하게 보고 듣고 먹던 행위들 또한 해골 앞에선 부질없어 보인다고 느낀다. 망인의 완벽한 소멸은 화자에게 삶 자체를 "소꿉놀이"처럼 보게 만든다. 인간의 삶을 본뜬 소꿉놀이처럼 일종의 가상 체험과 같은 것이 살아 있을 때 모습이라고 화자는 느끼는 것이다. 그러니 살아 있었을 때 망인이 보여주었던 "엊그제까지의 모습은 허상"이라고 말할 수 있다.

시는 삶은 허상이고 죽음이 바로 원형이라는 대비 구도를 보인다. 모든 표지들과 욕망과 정신, 그 뿌리까지도 완벽하게 소멸된 것이 인간의 '원형'이라고 화자는 말한다. 무로 돌아간 망자의 해골은 누구에게든 무가 삶의 원형이라는 사실을 보여주는 증거이다. 화자는 이 무인 원형에 일체의 장식을 더하기 위해 생자들은 안간힘을 쓴다고 생각한다.

인간은 누구나 욕망은 부질없고 일체가 무로 돌아간다는 사실을 알고 있다. 하지만 유의 세계에 속해 있으면, 이러한 것을 알면서도 의식하지 못하고 무가 유와 다른 정반대의 세계이며 부정적인 것이라고 인식할 수 있다. 죽음과 소멸이 주는 두려움은 인간이 부정하고 싶은 것들이다. 인간이 무의 세계에 대해 두려움을 갖는 것은 그곳이 유와 대치된 곳이라고 생각하기 때문일 것이다. 이 시는 무를 사물 생성의 근본으로 삼는 왕필의 사유[20]와도 상통한다. 무에서 사물의 근본이 생성되어 유에서 끝이 난다. 삶이란 유에서 시작하여 무로 끝나는 것이 아니라 무가 시작이고 유로 끝나는 세계, 그리고 다시 무로 이어진다는 인식이 이 시의 핵심이다. 화자는 "원형으로 돌아온 당신"처럼 누구나 원형으로 돌아가게 될 것이라는 사실을 말하고 있다. '원형의 눈'을 가진 해골은 이러한 허상과 진상을 "훤히 꿰뚫어보고 있다." 무가 사물의 원형이므로 결국 이것으로 돌아간다는 필연적 결과를 화자는 해골박을 통해 역설한다.

> 내 죽거들랑 무덤을 짓지 말라
> 하물며 돌에 문자를 새긴 묘비일까 보냐
> 그냥 불에 태운 뼛가루 두어 줌
> 강가에 뿌리면 그만이다
>
> 그러면 나는
> 원래의 내 자리
> 실은 누구나 게서 온 그 자리
> 텅 빈 가이없는 허공으로
> 깨끗한 잊혀짐의 길 떠나갈 것이다
> (중략)
> 무엇이든 마지막엔 드러나는 바탕
> 아무것도 없음이여
> 억조의 죽음을 삼키고도 예전 그대로
> 없음만이 찰랑대는 그곳 허무의 집으로
> 나는 선선히 돌아갈 것이다
>                          ―「새 발자국 고수레」 부분

「새 발자국 고수레」는 유서와 같은 성격을 띤 시이다. 화자는 "원래의 내 자리"이며 "누구나 게서 온 그 자리"인 무를 향해 "깨끗한 잊혀짐의 길"을 떠난다. 자신을 망인이라고 가정한 화자의 모습에는 삶에 대한

---

20) 임려진, 김백희 옮김, 『왕필의 철학』, 청계, 2001, 119쪽.

어떠한 집착도 없다. 깨끗하게 잊히길 원하기 때문에 그는 "무덤"도 "문자를 새긴 묘비"도 필요하지 않다. 시 전편에서 화자는 "아무것도 없는 허공"으로 '떠나갈 것이며, 기꺼이 사라질 것이며, 선선히 돌아갈 것'이라고 말한다. 자유롭게 무의 세계를 향해 발을 내딛는 화자는 자신이 사라질 세계를 텅 빈 곳으로 본다. 이곳은 '없음만이 찰랑대는 허무의 집'이다. 마지막에 드러나는 바탕은 "아무것도 없음"이다. 화자는 모든 것이 무로 돌아간다고 말하는데 여기에는 비장함보다 어떤 근원을 향해 돌아가는 자아의 허정한 행보가 들어있다.

이형기는 시인들이 갖추어야 할 것으로 멸망, 소멸, 폐허를 꼽는다. 이러한 개념들은 모두 허무와 상관적이다. 여기서 폐허는 황폐가 아니라, '있음이 제거된 없음'과 가까운 의미이다. 모든 존재는 소멸한다는 사실에 대해 이형기는 자주 언급한다. 그는 사물은 언젠가 반드시 소멸하는데 이 소멸을 통해서 사물은 존재 의의를 획득한다고 말한다. "어떤 사물이 영원한 것이라면 우리는 그 사물을 기억할 필요도, 그 사물의 존재 자체를 의식할 까닭도 없는 것이다. 그렇다면 그것은 아무것도 존재하지 않는 것과 같은 상태가 되고 만다. 존재를 존재이게 하는 근원적 조건은 소멸이라는 존재의 결락"21)이다.

평생 꿈을 향해 나아간 행위가 무 앞에서는 허공에 발자국을 찍는 것과 같이 허망한 일일 수도 있다. 그런데 화자는 살아서 자기가 남긴 무수한 작업들을 거두어 하늘에 '고수레하듯이' 되돌려 주고 소멸하여 아무것도 남지 않은 무의 세계로 들어가겠다고 말한다. 그는 일체 감정을 소거하고 무욕과 무소유 상태로 소멸하고 싶어 한다. '마지막에 드러나는 바탕, 아무것도 없음'으로, '없음만이 찰랑대는 곳으로' 망설임 없이 그는 갈 것이다. 존재를 존재이게 하는 소멸의 긍정성을 시인은 「새 발자국 고수레」에서 보여준다.

---

21) 이형기, 앞의 책, 93쪽.

이렇게 무의 세계를 노래하는 이형기는 인간의 삶은 '멸망, 소멸' 속에 있다고 본다. 죽음은 단순한 소멸이 아니라는 것이다. 이는 허무의식과 출발은 같지만 귀착점이 다르다. 이러한 인식을 잘 드러낸 작품이 「분수」이다.

> 너는 언제나 한순간에 전부를 산다.
> 그리고 또
> 일시에 전부가 부서져 버린다.
> 부서짐이 곧 삶의 전부인
> 너의 모순의 물보라
> 그 속엔 하늘을 건너는 다리
> 무지개가 서 있다.
> 그러나 너는 꿈에 취하지 않는다.
> 열띠지도 않는다.
> 서늘하게 깨어 있는
> 천 개 만 개의 눈빛을 반짝이면서
> 다만 허무를 꽃피운다.
> 오 분수, 냉담한 정열!
>
> ―「噴水」 전문

분수의 삶은 '부서짐'으로 시작된다. 분수는 출발 속에 이미 '부서짐'이 내재되어 있다. 분수의 속성은 자멸이다. 자멸하지 않으면 분수의 삶은 없다. 부서지지 않는 분수는 분수로서 의미를 잃었다고 볼 수 있다. "일시에 전부가 부서져" 버려야만 분수이다. 분수의 가치는 반드시 한꺼번에 부서져 내릴 때 극대화된다. 화자는 한순간에 부서지는 분수를 보면서 전부를 산다고 말한다. 분수의 하강 이미지에는 소멸과 파멸이 동시에 들어 있다. 이 소멸과 파멸은 분수의 "삶의 전부"이지만 이 속에는 "하늘을 건너는 다리"인 "무지개가 서 있다." 전부가 소멸하는 분수는 파멸하면서 아름다움을 생성해낸다. 이를 화자는 "모순의 물보라"라고 표현한다.

부서지면서 창조되는 무지개의 아름다움이 이 시의 동기로 볼 수 있는데, 화자는 이렇게 자멸 혹은 파멸 속에서 미가 생성되는 전율의 순간 속에 서 있다. 소멸과 파멸이 만든 아름다움에 취해 있다. 그런데 정작 분수는 하늘을 향해 솟구치려는 꿈에 취하지 않고 무엇에 흥분하거나 뜨겁게 바라지 않는다. 어떤 것을 욕망하지 않는 분수의 모습을 화자는 "냉담한 정열"로 본다. 한순간에 전부가 부서지는 삶을 사는 분수는 자신이 만들어낸 무지개에 취하지 않고 서늘하게 깨어 허무를 꽃피우는데, 이러한 분수의 모습에서 화자는 "냉담한 정열"을 발견하는 것이다. "서늘하게 깨어 있는" 냉담한 정열을 가진 분수는 소멸하면서 아름다운 '허무의 꽃'을 피운다.

화자는 사라지면서 만들어진 무지개를 허무의 꽃으로 본다. 소멸하는 삶 속에 들어있는 새로운 모습을 끌어내 보인다. 허무의 허무함이 아니라 허무 속에 든 아름다움을 발견하는 화자에게 삶에 수반되는 허무의식을 뛰어넘는 사유가 함께함을 알 수 있다. 분수의 형상화는 인생의 알레고리라고 보겠다. 매순간 죽음 속에 매순간 아름다운 삶이 엄연하게 존재한다. 스러짐 속에 들어있는 아름다움이 바로 허무의 아름다움일 것이다. 이형기는 박토와 한발이라는 거친 길을 통과하여 소멸, 폐허, 허무 속에 핀 아름다움을 보는 눈을 소유한다.

「기하학」22)은 시집으로 묶이지 않은 작품이다. 이형기는 인간의 여러 행위를 "점 하나를 찍는다"고 말한다. 이 사소한 '점이 움직이면서', '선이 그어지고 공간이 생겨나고', "그 공간을 모로 세우거나 거꾸로 세우면" 여기에서 "입방체"가 탄생하게 된다. 화자가 말한 공간이나 입방체는 인간이 이룬 여러 업적을 뜻할 것이다. 이 반복적이고 사소한, 그래서 권태를

---

22) 시의 전문은 다음과 같다. "점 하나를 찍는다/ 그 점이 움직인다/ 선이 그어진다/ 선과 선 사이의 공간/ 그 공간을 모로 세우거나 거꾸로 세우면/ 거기 나타나는 입방체./ 아하 그렇구나 점 하나로 시작되어/ 점 하나로 돌아가는구나/ 한데도 아등바등 할 것 없다고 하지 말라/ 그것은 장난이다 가장 장엄한 장난이다"

유발했던 행위를 화자는 다른 관점으로 파악한다. 결국 이것으로 귀결되니까 아등바등할 것이 없다고 하는 일반적인 것이 아니라 "아등바등 할 것 없다고 하지 말라"는 것이다. 다시 말하자면 "점 하나로 시작되어/ 점 하나로 돌아가는" 삶의 행위가 부질없으므로 애쓸 것이 없다고 말하지 않고 "그것은 장난이다 가장 장엄한 장난이다"라는 세계에 진입한다.

점 하나를 찍어가는 인간의 사소함에서 장엄함이 시작됨을 발견해내는 사유는 행위의 허망함을 노래하는 것과 근본적으로 다르다. 진시황의 무덤을 지키는 진흙 병사를 소재로 한 「병마용」에서도 이런 인식이 드러난다. "가상의 공간"에서 "한줌 흙먼지"로 변한 황제를 위해 충성을 다하는 "불사의 군단"은 또한 '진흙으로 만들어진' 가상 군대이다. 명령을 내릴 존재가 이미 흙으로 변해버렸고, 발진 명령을 기다리는 병사들도 진흙 병사이니 임무를 수행할 수 없다. 그럴지라도 병사들은 본래 임무에 맞게 명령을 기다리며 존재한다. 죽은 황제를 위한 군대인 진흙 병사와 병마는 '없는 것을 위해 대기하는' 어떤 웅장함과 위엄을 갖추고 엄숙한 행위를 수행하는 중이다. 진열된 병마용의 이 모습에서 화자는 "장엄한 허무"를 본다. 필경 '한줌 흙먼지'로 돌아갈 덧없는 존재이면서도 자신에게 주어진 삶을 묵묵하게 행하는 그 허망한 기다림을 화자는 '장엄한 허무'로 인식한다. 이는 덧없음 속의 허무함이 아니라 허무함 속의 장엄함이다. 점 하나로 시작하여 점 하나로 돌아가는 것을 알지만 점 하나를 찍는 행위를 멈추지 않는 인간의 모습을 그는 엄숙하고 장엄한 허무를 행하는 행위와 같다고 말한다.

> 여기는 인적 없는 바닷가
> 수많은 조개껍질 흩어져 있다
> 주워 봐라 그 중의 오래된 하나를

파도가 일어서고 부서져 내리고
거기 햇빛과 또 달빛
그리고 어둠의 속살까지 속속들이 비쳐들어
십 억년 또는 이십 억년 까마득한 시간이 쌓인다
(중략)
십 억년 또는 이십 억년
덧없는 시간의 되풀이가 아무 뜻 없이
아름답게 녹아들어 하나된 그것은
없음이 만들어낸 없음의 빛깔
그래 그렇다 허무의 빛깔이다

— 「허무의 빛깔」 부분

「분수」에서 화자는 소멸하는 아름다움을 보았다. 이 시의 화자는 추상
적인 허무의 빛깔을 본다. 화자가 본 허무의 빛깔은 무엇일까? 우선 소재
를 통해 살펴본다. 조개 외면에 드러난 빛깔과 무늬는 하루아침에 이루어
진 것이 아니라 십억 년 또는 이십억 년 시간이 쌓여 만들어졌다. 오랜 시
간 동안 반복해온 파도의 움직임과 수십억 년을 같이 산 '햇빛과 달빛, 그
리고 어둠의 속살'까지 조개껍질에 새겨져 있다. 이것은 "덧없는 시간의
되풀이"가 만들어낸 빛깔과 무늬이다. 덧없음이 만들어낸 빛깔과 무늬 속
에서 화자는 오묘한 아름다움을 발견한다. "없음이 만들어낸 없음의 빛
깔"이다. '덧없는 시간의 되풀이는 아무 뜻이 없이', 없음의 "오묘한 빛깔"
을 만든다. 시간은 아무런 의미 없이, 허무하게 되풀이되는 것이 아니라
"아름답게 녹아들어 하나 된" 없음의 빛깔을 만들기 위해 되풀이된다. 이
렇게 이형기는 소멸에서 아름다운 허무의 꽃을 보는 것처럼, 허무에서 장
엄함을, 없음에서 아름다움과 오묘함을 인식하는 세계에 이르게 된다.

"한 편의 시는 한줄기 빛과 같은데 그것은 어둠을 무찌른다. 그러나
어떤 빛이라도 다시 어둠 속에 자취를 감춘다. 그 어둠 속에서 다시 빛이

나온다. 시라는 빛은 그 자체 속에 스스로의 무덤이자 재생의 자궁인 어둠을 안고 있다."[23]는 이형기의 사유는 불교와 맥이 닿아 있으며 이는 이미 노자에게서 발견된 것이다. 하이데거를 불교 사유로 해석한 김형효는 "사라짐의 은적은 나타남의 현현에 대한 은적[24]"이라고 본다. 소멸은 생성을 위해 사라진다. 이를 통해 보면, 존재는 소멸하기 때문에 아름답다는 사유는 허무함을 극복한 경지이고 절대 자유를 획득한 상태일 수 있다. 부여된 삶이 소멸되는 데서 나타나는 허무함을 이겨내고 거기에서 자유로워지는 것이 존재의 궁극적인 목표가 아닐까? 죽음이 삶의 끝이라는 인식은 허무함이 동반될 수밖에 없다. 이형기는 삶의 끝에서 삶의 시작을 본다. 죽음은 삶의 시작이며 무가 바로 유의 원천이 된다. 그러면 존재가 행한 온갖 허무한 행위는 허무하지 않고 장엄한 것이 되며 장엄한 놀이와 같다. 허무를 아름다움으로 수용하는 경지다.

무와 유의 관계처럼 소멸과 생성은 서로 배치되는 개념이 아니다. 무에서 유가 나오고 그 유가 다시 무가 되는 것처럼, 소멸에서 생성이 시작되고 생성은 반드시 소멸을 부른다. 없음은 곧 있음이며 있음은 없음을 부른다. 서로의 개념이 상관하면서 맞물리고 있다. 이런 사유는 이미 동양에서 뿌리 깊은 개념으로 자리 잡았다. 같음과 다름이 상대적인 의미를 뛰어넘는 것처럼 소멸과 생성도 상대적 개념이 아니다. 텅 빈 것과 가득 찬 것이 둘이 아닌 것과 같은 이치이다.

노자는 무의 용도에 대해 다음과 같이 말한다. "삼십 개의 수레바퀴살들이 다함께 하나의 가운데 바퀴통에 박히니, 그 바퀴통의 무에 어울려 수레의 쓰임이 있게 된다. 진흙은 빚어서 그릇을 만듦에, 그 그릇이 빈 데인 무에 어울려 그릇의 쓰임이 있게 된다. 문과 창을 뚫어서 방을 만듦에, 그 빈 곳인 무에 어울려 방의 쓰임이 있게 된다. 그러므로 유가 이로움이

23) 이형기, 앞의 책, 107쪽.
24) 김형효, 『하이데거와 화엄의 사유』, 청계, 2002, 187쪽.

되는 것은 무의 쓰임이 있기 때문이다.25)" 바퀴살은 가운데 바퀴통이 있음으로 해서, 바퀴통은 바퀴살이 있음으로 해서, 서로의 관계가 형성된다. 김형효는 수레바퀴 살과 이 살이 박혀 있는 구멍 관계는 '부즉불리不卽不離'26)라고 말한다. 유물有物인 살이 무물無物인 구멍의 타자인데, 그 유물은 무물의 모자람을 대신하는 보탬이 되어 첨가된다고 말한다. 무물에 첨가되는 유물은 무물의 모자람을 대신하고 따라서 무물의 모자람 즉 안의 바깥과 같은 그 모자람은 안의 안에 속하는 셈이 된다는 것이다. 유의 가치를 강조하면 무가 아무것도 아닌 것이 되어버리지만, "바퀴통"과 같은 무의 빈 공간이 없다면 어떤 것도 "바퀴살"과 같은 유의 모자람을 대신 채워줄 수 없다.

이처럼 유와 무, 소멸과 생성 관계는 따로 떨어져 있는 개념이 아니다. 떨어질 수 있는 것도 아니다. 이런 사유는 이형기 시에서 충분하게 확인된다. 그런데 소멸을 통한 생성을 표현한 작품들은 소멸의 아름다움을 형상화할 때보다 더 구체성을 띤 상태로 나타난다. 이형기는 여기서 소멸이라는 추상적이고 관념적인 시어 대신 "부패"라는 구체적이며 감각적인 시어를 쓴다.

> 赤道下의 密林 속
> 코끼리의 屍體 하나 썩고 있다.
>
> 독한 냄새로 사방에 기별하는
> 이제야 혼자된 이 기쁨
> 巨大한 짐승은 제 몸을 헐어
> 畢生의 大饗宴을 벌인다.

---

25) 김형효, 『사유하는 도덕경』, 소나무, 2004, 136쪽.
26) 김형효, 『노장 사상의 해체적 독법』, 청계, 1999, 144쪽.

오라, 바람아
햇빛아 微物들아
와서 먹고 마시고 취하라
여기 원래의 그대들 몫이 있다.

빙글빙글 돌아가는 狂亂의 도가니
하늘도 벌겋게 달아오른 그때
忽然 코끼리는 온데간데없고
象牙 두 뿌리
높이 暮天을 뚫고 솟는 奇蹟!

썩게 하라 나를
그리고 내일 아침
서른두 개의 이빨을 남게 하라.

—「奇蹟」 전문

　소멸의 즐거움은 새로운 것의 탄생으로 이행됨에서 온다. 화자는 썩고
있는 시체를 통해 소멸의 가치를 노래한다. 생성되지 않는 소멸은 없다고
보기 때문에 화자는 축제를 즐기는 사람처럼 소멸의 즐거움을 노래할 수
있다. 소멸이 처절할수록 생성은 돋보인다. 시의 전면은 후각적 이미지가
강하게 지배하여 마치 현장에서 맡는 것처럼 부패의 냄새가 진동하는 느
낌이 든다. "코끼리의 시체"는 냄새로 자신의 존재를 사바세계에 기별한
다. 죽음은 집단 속 코끼리를 개별존재로 완성해준다. 코끼리는 죽어서
비로소 '혼자된 기쁨'을 만끽한다. '썩고 있음'은 소멸하는 생명을 감각적
으로 형상화한 말이다. 소멸은 기적과도 같이 온갖 사물을 변화시키고 생
성해낸다.

　혼자가 된 자유를 기념하듯이 코끼리는 "제 몸을 헐어/ 필생의 대향연을
벌인다." '바람과 햇빛과 미물'에게 거대한 몸을 보시하는 코끼리를 보며,

원래 이것은 그들의 몫이었다고 화자는 말한다. 무는 유를 생성하고 생성된 유는 다시 무로 돌아가는 것이 우주의 섭리다. 코끼리는 우주적 질서에 따라 무의 상태로 해체된다. 대향연은 "광란의 도가니"와 같다. 하늘도 이런 상황에 상응하듯이 '벌겋게 달아오르고 있다.' 소멸의 현장은 이렇게 온갖 생명들이 와 즐기는 축제의 현장이다. 이 현장에는 코끼리의 가치를 높이는 상아 두 뿌리가 하늘을 향해 비상하듯이 생성된다. 이를 화자는 기적이라고 부른다. 부패하지 않고 남아 있는 상아는 화자에게 마치 부패가 이것을 만든 것처럼 보인다. 화자는 상아를 코끼리의 시체가 만든 것이라는 느낌을 전달하려고 한다. 이렇게 부패는 생성의 전제가 되는 것이므로 화자는 소멸의 즐거움을 적극적으로 노래할 수 있다.

소멸은 생성에 자리를 내어주기 위해서 있다. 이에 대해 김형효는 다음과 같이 말한다. "만물은 빈 곳이 있기에 살아갈 수 있다. 빈 곳이 없다면 만물은 생명을 부지하지 못하고 활동할 수도 없다. 허공은 만물의 존재를 존재하게 해준다. 무물의 빈 곳이 있기에 유물의 자리 잡음이 제구실을 한다."[27] 생명이 유물이라면 죽음은 무물이다. 죽는 자는 소멸하면서 산 자에게 빈 곳을, 살 수 있는 공간을 제공한다. 생명이 죽지 않는다면 무가 없어서 유물이 활동하지 못하게 된다. 이렇게 생과 사는 서로 단절되어 있지 않다. 불교의 연기緣起 개념은 세상의 모든 것은 고립되어 있는 것이 아니고 인과 연에 의해 서로 상호보족 관계를 유지하며 성립된다고 본다. 유와 무의 관계도 이와 같다.

다음 시 「백일홍」도 상호보족의 인식이 잘 나타나 있다.

> 지리산 산허리가 무너져 내린
> 그해 여름
> 녹음은 칭기즈칸의 군대처럼

---

27) 김형효, 앞의 책, 110쪽.

마을을 덮쳤다.
대낮에도 하늘을 가린 그들의 威壓에
돌담은 주저앉고
지붕은 납작하게 엎드린 오후 세 시
팔월은 우중충한 웅덩이처럼
숨을 죽였다.

그리하여 여름은 두엄으로 썩고
썩은 여름의 진액을 빨아들인
땅은 취했다.
더운 입김을 내뿜었다.

그러자 갑자기 나무 한 그루
온몸을 폭탄처럼 터뜨리며
꽃을 피웠다.
백일홍이었다.

－「百日紅」 전문

　이 작품은 꽃피우기 전의 주변 상황을 그린 시이다. 백일홍은 배롱나무 꽃의 오류로 보인다. '무너져 내린, 덮쳤다, 주저앉고, 납작하게 엎드린, 우중충한, 썩고, 진액, 취했다'와 같은 시어들은 소멸과 하강 이미지를 동시에 내포한다. 이 이미지와 맞서는 시어는 '폭탄처럼 터뜨리다'이다. 앞의 시어들이 소멸 이미지를 강하게 풍길수록 개화의 폭발력은 강조되고 고조된다. '두엄으로 썩는 여름'은 개화를 위해 빈자리를 마련한다. 팔월은 부패의 냄새로 가득하다. 썩어서 나온 진액 냄새로 땅도 취하여 냄새를 풍긴다. 그런데 '한 그루 나무'에 불과한 존재를 존재답게 완성해주는 것은 바로 부패, 즉 소멸이다.

　시에 등장하는 모든 것들은 썩어 진액을 남기고 이 진액은 살아 있는 배롱나무의 자양분이 된다. 죽음 냄새와 꽃핀 나무의 삶 냄새는 동일하다.

썩음에서 아름다움이 생겨나기 때문에 꽃의 향기로운 냄새 속에는 부패의 냄새가 함유되어 있다. "갑자기 나무 한 그루"가 폭발하듯이 꽃을 피울 수 있었던 것은 이와는 전혀 상관이 없어 보이는 '어느 해 여름 지리산 산허리의 무너짐'이라는 돌연함에서 시작된다. 아무런 상관이 없을 것 같지만 세상사는 연기에 의해 상호적이다. 이렇게 "백일홍"이라는 존재 속에는 존재를 존재답게 해주는 요소들, 또 이와는 무관하게 소멸한 모든 것이 포함되어 있다. 시인의 이러한 인식이 시에 효과적으로 형상화되었다고 보겠다.

다음 시도 소멸과 생성에 대한 시인의 세계인식을 잘 보여준다.

> 땅에는 온갖 주검이 묻힌다
> 묻혀선 썩고
> 썩어선 깊이 속에 감췄던
> 마지막 비밀
> 추깃물마저도 토해내고 만다
> 이윽고 그것을 술로 빚어내는
> 神의 양조술
>
> 누구도 소재를 알 턱이 없는
> 그 술독을 향해 어느 날
> 기척 없이 빈틈없이 전면적으로
> 육박해 오는 군단이 있다
> 최전선에는
> 저마다 날카롭게 빨대를 세운
> 毛根의 첨병들……
> 침략의 원격조종자는 누구냐?
>
> 지구 어느 곳에선가는 그날 밤
> 감쪽같은 무혈 쿠데타의 성공으로

무명의 새 강자가 탄생한다
보라 그러기에
느닷없이 아침을 압도하는 꽃 한 송이
神의 술독을 혼자 다 비운
저 탐욕스런 哄笑의 君臨을!

－「꽃」 전문

　이 시는 아침 풍경을 압도하는 꽃의, 피기 전 과정을 구체화한 작품이다. 화자는 꽃 한 송이가 구현한 성공적인 무혈 쿠데타를 본다. 시에서는 소멸을 의미하는 후각적 이미지가 압도적이다. 화자는 꽃향기와 발효되는 술 냄새를 일치시킨다. 시 속에서 죽음과 삶의 냄새는 구별이 되지 않는다. 술 냄새는 실은 추깃물에서 나는 썩는 냄새와 근원이 같다. 먼저 1연을 보면 화자는 신은 '주검'에서 나오는 '추깃물'을 재료로 하고 양조 기술을 더하여 '술을 빚는다'고 말한다. 부패된 이 물을 모아 술독에 넣어 발효시키는 동안 이것을 먹기 위해 "모근의 첨병들"이 육박해온다. 이 군단을 원격 조종하는 조종자는 3연에 나타난다. '무명의 새 강자'인 "꽃 한 송이"는 신의 술독을 탐하여 뿌리를 뻗는다. 화자는 이 뿌리를 "모근의 첨병들"로 비유한다. 뿌리는 감쪽같이 추깃물이 가득한 신의 술독을 빨아들이고 "느닷없이 아침을 압도하는" 꽃을 생성한다.

　시의 마지막 부분이 시적 동기로 보이는데 화자는 개화한 꽃에서 "탐욕스런 홍소의 군림"을 읽어낸다. 아름답게 활짝 핀 꽃의 모습은 입을 크게 벌리고 웃는 얼굴을 연상하게 한다. 꽃의 자태는 주위를 압도하여 군림하는 모습을 연상하게 한다. 이 아름다움은 온갖 생명들이 묻혀 썩은 물이 만든 것이다. 이 물은 죽음과 관련이 깊은 추깃물이기 때문이다. 죽음 물을 빨아들인 꽃은 이 자양분을 힘으로 하여 삶을 화려하게 장식한다.

　꽃의 '홍소' 속에는 소멸해간 생명들의 삶이 집약되어 있다. 화자는 꽃을 보며 죽음 속에 영속된 삶의 모습을 발견한다. 삶 속에는 또한 죽음이 함유되어 있다. 여기서 땅은 소멸 장소이며 생성 장소이다. 소멸과 생성이 동시에 공존하는 곳이 바로 땅이다. 땅은 어떤 것은 생성으로, 어떤 것은 소멸로 갈마드는 곳이며, 모든 것을 수용하면서 받아들인 것들이 충분히 어떤 작용을 하도록 놓아두는 빈터 구실을 한다. 땅은 모든 생명체의 본향이다. 김형효는 "죽음의 무를 통해 생명의 생활공간을 적절하게 안배하는 역할을 무가 한다."[28]고 말한다. 그가 말한 무의 의미와 시에 나타난 땅의 의미가 상통한다. 무는 이렇게 허무가 아니라 무한한 것을 수용하면서도 능동적인 힘을 포함한다.

> 좋은 칼을 만들자면 좋은 강철을 구해야한다. 좋은 강철이란 오랫동안 음습한 골방에 갇혀 빛을 보지 못한 강철이다. 일생일대의 명도를 만들려는 도공은 그래서 강철을 일부러 땅에 묻고 세월을 보낸다. 이 거짓말 같은 참말은 동키호테의 나라 에스파니아의 총포제작자들에 의해 실증되고 있다. (중략)
> 쉬르레알리슴의 은유처럼 당돌한 이 異質的인 兩者의 결합에는 그러나 실제적인 이유가 있다. 즉 에스파니아에서는 노새의 낡아빠진, 그러기에 버림받아 벌겋게 녹이 슨 편자를 모아 質 좋은 小銃의 그 총신을 만들기 때문이다. 녹슨 쇠는 병든 쇠, 그 병을 가령 乾性 壞疽라 한다면 녹은 까슬까슬 마른 채 허물어져 가는 세포조직이 아닐 수 없다. 그런데도 이 병든 쇠가 병들지 아니한 정상적인 쇠보다 靭性이 강해서 편자, 곧 총신이 되는 이 엄연한 현실! 번쩍이는 칼날의 냉혹한 전율은 녹슬고 부스러져 파멸하는 강철의 실은 깊이 감추어진 본성이다.
> ―「편자」부분

이 시는 병든 쇠로 질 좋은 소총의 총신을 만든다는 사실을 토대로 쓴 작품이다. 화자는 좋은 칼과 좋은 총신을 생산하는 데에 동일한 조건이

---

28) 김형효, 앞의 책, 111쪽.

들어있음을 알게 된다. 말굽에 대어 붙이는 녹슨 편자가 실은 성능 좋은 총신의 전신인 것이다. 명도의 탄생도 이와 같다. 흔히 좋은 칼은 좋은 재료를 쓸 것이라고 예상한다. 그런데 화자는 '오랫동안 음습한 골방에 갇혀 빛을 보지 못하게 한 것'이 오히려 좋은 강철이라고 말한다. 명도를 만들기 위해서 재료인 강철을 의도적으로 땅에 오랫동안 묵히는 시간을 갖는 것이다. 성능 좋은 총신과 명도는 같은 방법을 통해 태어난다.

땅에 묻힌 시간이 보통의 철을 강철로 만드는 생성의 시간이 된다. 노새의 발굽에서 닳아빠진 편자는 '벌겋게 녹이 슬어서 버려야하는 병든 쇠'이다. 녹이 슨 쇠의 표면은 괴저 증상처럼 세포조직이 죽어가는 모습을 보인다. 이 병든 쇠가 정상적인 쇠보다 질긴 정도가 강해 좋은 총신이 된다는 사실은 화자에게 경이로움 그 자체다. 화자는 이질적인 양자의 결합을 "쉬르레알리슴의 은유"와 같다고 표현한다. 전혀 어울리지 않은 것들의 결합에 의해 새롭고 훌륭한 것이 창조된다는 사실에 화자는 고무되었다. 그러므로 "번쩍이는 칼날의 냉혹한 전율"은 '녹슬고 부스러져 파멸하는 병든 쇠'로부터 비롯된다고 말할 수 있다. 명도와 질 좋은 소총의 총신은 병든 쇠에서 생성된다. 병든 쇠의 본성 속에 좋은 쇠의 본성이 상감되어 있다. '파멸하는 병든 쇠'와 "번쩍이는 칼날"의 이질적인 결합처럼 소멸과 생성, 무와 유의 관계 또한 이와 같다.

능동적인 힘을 발휘하려면 소멸의 시간이 필요하다는 세계인식은 다음 시에서도 확인된다.

> 상아를 땅에 묻고 5백 년만 기다려라.
> 상아도 적도하의 아프리카가 아니라
> 히말라야의 산기슭
> 쌉쌀한 바람으로 윤이 나는 상아를.

그리고 거기에
그 옛날 우리의 가장 쓰라렸던 이별 하나
비밀로 접붙여
또 5백 년만 기다려라.

그러면 그 이별은 어느 날
잘 삭은 상아의 흰 피 다 빨아먹고
거기서 한 그루 꽃나무로 자라나
부끄러움도 없이
제 하얀 속살을 온통 드러내리니.

그러나 그 뜻은 내 알지 못한다.
그래서 다만 뜰 앞의 백목련
차갑게 만발한 그 자태나 한동안
넋 놓고 멍청하게 바라볼 뿐이다.

아, 그 멍청한 자리 온 천지에
실은 상아의 흰 피 한 움큼씩
마구 흩뿌려져 있는 그것만을
이도저도 잊고 바라볼 뿐이다.

— 「백목련」 전문

　　어떤 사물이 상대적이라는 개념은 각기 서로 동떨어진 존재라고 인식
하는 시각에 있다. 상대적인 것이 아니라 모든 것이 상호적인 관계에 있
다는 연기의 개념으로 사물을 본다면 이질적인 것은 경계를 잃는다. 무와
유의 관계도 이와 같다는 것은 앞에서 역설한 바 있다. 유가 노닐도록 마
련된 터가 무이다. 무는 무한한 것을 수용하여 존재의 존재다움을 드러내
준다. 존재다움을 드러내주는 관념적인 빈터는 무이고 생명체에게는 땅
이 그 구실을 맡는다. 앞의 시에서도 이를 언급했는데 바로 이 땅은 모든

존재를 수용하여 그들이 충분히 어떤 작용을 할 수 있도록 놓아두는 무와 같다고 볼 수 있다. 그러므로 땅은 허무의 공간이 아니라 생성의 공간이다. 대지를 여성성의 상징으로 두는 이유와도 일맥상통한다. 이런 사유가 「백목련」을 관류한다.

시상은 뜰 앞에 핀 백목련을 보는 4연에서부터 촉발되어 전개된다. 화자는 백목련이 만발한 뜻을 알지 못하지만 그 자태에 매혹되어 "넋 놓고 멍청하게 바라볼 뿐이다." 온 천지에 환하게 핀 백목련을 "이도저도 잊고 바라볼 뿐"인 화자는 '백목련'의 색깔이 '상아색'이라는 것을 알게 된다. 화자는 상아빛 백목련의 자태를 5연에서 마치 "상아의 흰 피"가 흩뿌려진 것처럼 보인다고 표현한다. 이렇게 연상된 상아빛은 '코끼리의 상아'로 확대된다. 1연에서 코끼리의 어금니를 뜻하는 상아는 4연의 백목련과 색깔이 같을 뿐 아무런 연관이 없는 소재이다. 그런데 화자는 돌연 '히말라야 산기슭'에 코끼리의 '상아'를 묻고 오백년을 기다리라고 하면서 1연을 시작한다. 2연에서 화자는 여기에 이별도 '접붙여 또 오백년을 기다리라.'고 말한다.

연관이 없는 이별과 상아, 백목련은 인연취산因緣聚散처럼 3연에서 총체적으로 만난다. 소멸 이미지인 "잘 삭은 상아의 흰 피"와 "이별"은 오랜 세월동안 '땅에 묻혀' 기다려야 한다. 이 소멸 과정을 거친 "그 옛날 우리의 가장 쓰라렸던 이별 하나"가 소멸 과정을 거친 잘 삭은 '상아'를 만나 그 피를 다 빨아먹고 "한 그루 꽃나무"를 생성해낸 것이다. 이별과 상아, 백목련은 이런 연기에 의해 여러 과정을 거쳐 한 자리에서 부활한다. 이 모든 것이 생성되어 있는 부분은 바로 5연이다. 여기에는 이별이 아닌 만남이 있다. 잘 삭은 피가 다시 꽃으로 부활하여 화려함과 아름다움 속에 함께 자리한다. 이별 속의 재회와 삭음 속의 재생이 백목련 안에 내포되어 있다.

거름도 별로 주지 않았는데
올해는 장미가 유달리 탐스럽네!

실은 작년 가을
디스템퍼로 죽은 복돌이 시체를
내가 그 근처에 묻은 줄도 모르고
마누라는 탄성을 지른다

썩어서 거름되어
오늘은 장미로 되살아난 복돌이
너 참 반갑다
(중략)
때는 바야흐로 장미의 계절
세상 온통 황홀한 부패성 장미밭!

－「장미의 계절」 부분


시「장미의 계절」은 "올해는 장미가 유달리 탐스럽네!"하고 감탄하는 아내의 발언으로 시작된다. 이에 대해 화자는 "작년 가을/ 디스템퍼로 죽은 복돌이"를 나무 아래 묻었기 때문이라고 생각한다. 복돌이가 "썩어서 거름되어/ 오늘은 장미로 되살아난" 것이다. 유난히 탐스러운 장미의 합집합에 개의 죽음이 포함되어 있다. 이런 사실을 두고 화자는 세상은 "온통 황홀한 부패성 장미밭"이라고 표현한다.

썩어 거름이 된 복돌이는 장미로 환생하였다. 장미와 개의 경계가 지워지는 순간이다. 세상 법이 연에 의해 이루어진다는 사유를 갖게 되면 앞에서 언급했듯이 생물 간 위계도 사라진다. 유정과 무정 사이의 간극도 모호해지고, 소멸과 생성 사이의 단절도 없어진다. 이렇게 된다면 삼라만상을 보는 시각 또한 유연해질 수밖에 없다. 탐스러운 장미로 환생하기 위해 화자는, 복돌이처럼 자신도 장미 뿌리 아래 묻히고 싶어 한다. 부패는

"크고 붉은 장미"와 같은 향기 나는 또 하나의 생명을 생성하기 위한 바탕이다. 부패는 세상을 '온통 황홀한 장미밭'으로 만드는 긍정의 에너지이다. 화자는 부패에서 황홀함을 읽는다. 부패가 생성해내는 황홀함을 알기 때문이다. 부패와 황홀은 이질적인 것 같지만 서로 상호보완적이며 짝을 이룬다. 부패의 농도가 진할수록 장미향은 황홀해질 것이며 더욱 풍요로운 장미 정원이 탄생하게 될 것이다.

> 텅 비어 있다
> 아무것도 없다
> 아니 아니 비어 있음 그것이
> 가득 차 있다
>
> 가득 차 있는
> 비어 있는 그것
> 이것이나 저것이나
> 그게 그거 아니냐
>
> 똑같구나 똑같애
> 그게 그거 아니냐
>
> 　　　　　　　　　　－「그게 그거 아니냐」 전문

　이 시는 앞 장에서 살핀 「나무 위에 사는 물고기」의 시상과 동일하게 전개된다. 나아가 그는 이 시에서 자기 모든 사유를 아우르는 측면을 보인다. 그가 말년에 쓴 이 작품은 시집으로 묶이지 않았다. 일반적으로 불교에서는 생/사, 실實/공空이 둘이 아니고, 일체가 공이기 때문에 생도 없고 멸도 없고, 실도 공도 없다고 본다. 세상은 일체가 텅 비었다고 볼 수 있고 차 있다고도 볼 수 있다. 원효의 『금강삼매경론』을 서양철학과 비교해

해석한 김형효는 "같음과 다름은 각각 고유한 것으로 간주되어서는 안 된다. 같음/다름은 관계의 논리로서 동이이同而異, 이이동異而同과 같이 동시적인 하나의 공범주소共範疇素로 보아야 한다. 같음은 다름에 의해 이미 상감되어 있고 다름도 같음에 의해 이미 교제되어 있기에 순수성은 자가성이 허황된 것인 만큼 허구적이다."29)고 말한다. 이는 원효의 "같을 수 없음은 같으면서 동시에 다르다는 것이고 다를 수 없음은 다르면서 동시에 같다는 것이다"를 정리한 것이다. 이 시에서 화자는 '텅 비어 있음'은 아무것도 없는 것이 아니라 '비어 있음이 차 있다'고 말한다. '텅 빔/가득 참'은 서로 상대적인 의미가 아니라는 것이다. 원효의 사유로 정리하면 비어 있음은 가득 참과는 다르면서도 결국 같다고 보겠다. 이것은 또 '유/무'와 관련지을 수 있다. 비어 있음은 무의 상태지만, 차 있음은 상대가 있어야만 무를 인식할 수 있으므로 여기에는 이미 유가 내재되어 있다.

노자를 해석한 왕필에 따르면 "무를 귀하게 여기면서도 유를 천시하지 않는다(貴無而不賤有). 무는 본本이고 유는 말末이다."30)라고 하여 무를 사물 생성의 근본으로 삼았다. 그리고 이를 시공을 초월하는 영원불변의 도로 보았다. 본체의 텅 빈 듯한 미묘한 작용을 알게 되면 반드시 집착하지 않고 얽매이지 않는 마음으로 삼라만상을 비출 수 있게 되며 그 내에 들어갈 뿐만 아니라 그 외에도 나아갈 수 있어서 무한묘유의 참된 경지에서 노닐게 된다고 한다. 그러므로 이 무는 심원하고 웅대한 깊이를 갖는다. 텅 빔은 가득 참과 항상 짝을 이루고 있으므로 비어 있음은 곧 가득 차 있음의 근거가 된다. 결국 '그게 그것이 된다.'는 이형기의 '텅 빔/가득 참'의 사유는 이러한 근원적 사유와 일치한다.

---

29) 김형효, 『원효에서 다산까지』, 청계, 2002, 42쪽.
30) 임려진, 앞의 책, 119쪽.

만들어진 모든 것은
필경 사라져버린다는 뜻인가
그러나 다시 보면
그것은 싸락눈이 깔린 언덕이다
봄이 되어 그 눈이 녹으면
파릇파릇 새싹이 돋아날
그리하여 새로 시작할 그 자리.
소멸과 생성이
둘이면서 하나인 모순의 자리가
바로 거기 있구나

　　　　　　　　　　　　　－「모순의 자리」 부분


　「모순의 자리」[31]는 비유를 거치지 않고, 소멸과 생성이 하나임을 직접적으로 드러낸 작품이다. "만들어진 모든 것은/ 필경 사라져버린다는 뜻인가"라는 표현은 허무함에 함몰되어 있을 때의 자기 인식을 서술한 것이다. 화자는 여기에 머무르지 않는다. 세상 만물은 소멸하지만 "그러나 다시 보면/ 그것은 싸락눈이 깔린 언덕이다." 싸락눈처럼 만물은 잠시동안 언덕이라는 세상에 머무를 뿐이다. 싸락눈은 '봄이 되어 녹아', '파릇파릇 돋아날' 새 생명 속으로 사라진다. 그러나 사라지는 것이 아니다. 바로 사라지는 그 자리가 "새로 시작할 그 자리"가 된다. 이형기의 사유 속에서 원형이나 폐허, 허무, 소멸은 언제나 생명체에게 '새로 시작할 공간'을 마련하는 빈터가 된다. 그러므로 "소멸과 생성"은 "둘이면서 하나인" 것이다. 소멸과 생성, 유와 무는 둘이었지만 하나로 번갈아들며 맞물리어

---

31) 시인의 부인인 조은숙 씨에 따르면 이 시는 작고하기 10일 전에 쓴 작품이다. 생략한 첫 부분은 다음과 같다. "눈을 감으면/ 아득한 기억의 저쪽에서/ 하얗게 떠오르는 것이 있다/ 보니 그것은/ 여태까지 내가 수없이 입 밖에 내었던/ 그리고 또/ 입안에서 이리저리 굴리다가/ 울컥 삼켜버린 말들이다/ 원래는 색깔과 모양과 의미가있었던/ 그것들이 이제는 그저 하얗다."

계속되는 관계의 상관성을 화자는 모순이라고 말한다. "모순의 자리"는 둘이 하나와 같은 자리이기 때문에 위계질서나 선후가 필요하지 않다. 둘은 마치 순환하는 물처럼 물리적 변화를 일으키면서 삼라만상을 운행한다. 소멸과 생성의 순환 고리에서 벗어날 수 있는 생명체는 지구상에 아무것도 없다. 이형기는 존재의 끝없는 물음을 통해 소멸과 생성은 하나라는 사유에 도달한다. 오랜 사유 끝 이형기는 우주의 질서 속에는 이런 모순관계가 내재되었음을 인식하며 나직이 읊조린다.

이처럼 이형기 시인에게 유와 무, 소멸과 생성의 관계는 따로 떨어진, 두 개 개념이 아니라 서로 번갈아드는 개념이다. 유는 무로 단절된 것이 아니라 다시 연속적으로 이어지는 유이다. 이형기는 일반적인 미와 추의 개념도 이러한 사유로 인식하였다. 작품들은 불교적인 사유와 맞닿아 있으며 또한 노자가 말한 무의 쓰임과도 맥락이 같다. 대립적이 아닌 갈마드는 개념들은 서로에게 빈터를 제공하며 서로를 상생하게 한다. 소멸은 생성으로 인해 생성은 소멸로 인해, 유는 무로 인해, 무는 유로 인해 개별적 의미가 더욱 돋보이게 되는 것이다. 이형기는 존재를 존재이게 하는 근원적 조건을 소멸로 인식하였다.

소멸의 눈으로 세상을 인식함에 있어서, 그는 소멸의 허무함을 노래하는 것이 아니라 소멸의 생성, 소멸의 황홀함을 노래하였다. 소멸해야만 생성된다고 보았기 때문이다. 이질적인 것들을 동화시키고 존재에 부여된 모순들을 통일해나가는 이형기는 천지 자연 속에 내재된 이치로 다시 돌아왔다. 그런데 이런 일반론적인 결론은 자칫 개인적 삶의 실존성을 무화시켜버릴 수도 있다. 이형기 시인의 세계인식은 흔히 말하는 어떤 초월이나 달관과는 다르다. 특수하고 개별적이며 구체적인 삶의 모습을 노래하는 것이지 이들을 통해 깨달음이나 초월적 자세를 견지하고자 함이 아니다. 그는 허무 속의 아름다움과 소멸 속에 드러나는 부패의 황홀함을 창조해냈다. 부패하는 소멸은 그에게 황홀한 생성이었다. 이형기 시인의 소멸과 생성을 아우르는 이와 같은 세계인식은 그의 독특한 개성을 빛나게 하는 바탕이다.

V.

$\vdots$

결 론

1949년 문단 추천 최연소 시인으로 등단한 이형기는 50년 가까이 시작 활동을 하고, 2005년 작고하기 전까지 시집 여덟 8권과 시선집 네 권을 출간했다. 시에 대한 이론서도 집필하였고, 비평 활동도 왕성하게 하였다. 이러한 이형기에 대한 그간 연구는 시세계를 시기별로 가름한 것을 토대로 한 석사논문과 시집이 발간되었을 당시 해설, 단평, 월평이 대부분이었다. 현재까지 그의 전체 시에 대한 총체적인 연구는 아직 이루어지지 않았고 작고한 후 그의 시세계를 전체적으로 고찰한 논문도 없는 실정이다. 이와 같은 상황에서 본고는 이형기의 전체 시를 대상으로 하여 그의 세계인식이 시에 어떻게 형상화되었는지 전면적으로 다루었다. 시 전체를 놓고 세계인식의 방향이 같은 작품을 추출하고 이를 고리로 하여 시세계를 조망하였다. 이를 바탕으로 이형기의 세계인식을 세 부분으로 나누고 각 장을 두 개의 절로 가름하여 작품을 살폈다. 그의 시적 변모에 중점을 두고 작품을 분석하지 않았지만 분석 과정에서 시세계의 변모 과정이 자연스럽게 드러났다고 보겠다.

이형기 초기시에 나타난 자연은 자아와 동일성을 추구하게 하는 대상이었다. 자아가 자연과 동일성을 꾀하는 작품을 분석하여 본론 II의 첫째 항목에서 "동일성 추구의 자연과 인식의 확장"을 살펴보았다. II의 하위 항목에는 각각 "인내와 성숙의 자연"과 "인식의 확장과 응축의 깊이"라는 절을 두었다.

Ⅱ의 첫 번째 절, "인내와 성숙의 자연"에서는 자연발생적인 정서들을 복합적으로 겹치게 하면서 자연 소재를 통해 세계와 조응하는 작품들을 조명하였다. 이형기의 초기시는 후기시에 비해 압도적으로 자연 소재를 많이 활용하고 있었다. 시인은 자연을 동일화 대상으로 삼고 이를 관찰하면서 자신에게 결핍된 것, 상실감 등을 발견하고 확인하였다. 그런데 이런 시들은 감정 분출을 억제한 관조적 어조가 주를 이루었고 행간 여백이 많았다. 또한 자신이 처한 현실과 일정한 거리를 두고 있었다. 이것으로 인해 시의 구체성이 떨어지고 관념적으로 흐른 경향도 보였다. 그러나 효과적인 압축과 넘치지 않는 감정 처리는 장점으로 작용했다.

이 절에서는 먼저, 물과 창 이미지를 통해 자기 내면을 응시한 시를 고찰하였다. '비'나 '호수', '창'은 자아의 내면을 똑바로 바라보게 하는 응시 기능을 갖고 있었다. 이런 시들은 한시의 선경후정 방식처럼, 앞에 자연을 두고 뒤에 인간사를 배치하거나 이 둘을 섞어서 조직하여, 자신의 내면을 직접 드러내거나 암시하였다. 이때 바라본 자연을 통해서 이형기는 결핍된 내면을 인식하였다. 자아의 세계인식과 자신에게 있어야 할 세계를 욕망하는 모습은 여기에서 잘 드러났다. 자연의 내재화는 자아에게 성숙한 내면을 갖게 하고 감정의 불순함도 순화시켰다. 이때 자아는 인내하는 자세가 필요했는데 직접 행동하기보다는 조용히 기다리는 자세를 취하였다. 이를 통해 성숙함에 이르게 된다는 원론적이면서 일반적인 인식을 보여주었다. 또, 사물을 통한 응시는 비어있는 자기 내면과 대면이었다. 여기서 자아는 충만하지 않은 내면을 인식하였다. 비어있는 내면은 능동적 의지로 비워 낸 무욕 상태가 아니라 어떤 상실감으로 인해 저절로 비워진 것이었다. 결핍된 내면을 충만함으로 채우려는 자아 욕구는 인내와 기다림의 태도로 이어졌다.

Ⅱ의 두 번째 절, "인식의 확장과 응축의 깊이"에서는 다양한 기법을 활

용하여 인식 확장을 보이는 작품들을 살폈다. 시에 대한 방법론적 자각과 인식의 확장을 보이는 작품들은 두 번째 시집부터였다. 이 시집에서 보인, 막연한 서정성의 탈피는 시 기법에 큰 변화를 예고했다. 앞 시집에서 거의 자연에 머물렀던 소재들은 이 범주를 벗어나 우주만물로까지 확대되었다. 시적 너비와 깊이가 무한해진 그의 확장된 세계인식은 작품에 두루 반영되었다. 미물에서 우주의 유성에 이르기까지 확장시킨 소재들을 통해 자유자재로 자신의 사유를 드러나게 했다. 그는 사물과 거리를 의도적으로 확대하거나, 이질적인 것들의 과도한 결합을 통해 서정시 문법에서 벗어나려는 양상도 보였다.

이형기는 사물을 결합시킬 때 유사성이 큰 것일수록 현실의 질서를 모방하는 것이므로 새로운 비유가 아니라고 생각하였다. 이런 이유로 그는 결합되는 사물 사이의 거리를 의도적으로 조절하여 상상력이 보다 강하게 작용하도록 하였다. 보편적 인식에 위화감을 조성하는 사물의 폭력적 결합이나, 이질적 사물의 열거는 상식적인 사고와 고정관념에 충격을 주는 것들이었다. 이때 발생하는 시적 긴장감과 지적 쾌감을 그는 시의 행간에 숨겨 놓았다.

이형기의 확장된 세계인식은 세계를 비유적으로 표현한 것과도 관련이 깊었다. 기법 측면의 변화이지만 이는 단순히 기법 차원의 변화만이 아니고 세계를 다른 각도에서 이해하여 전체성에 이르게 하는 방법이었다. 기법 측면의 변화를 확장과 연관 지은 것은 세계인식을 드러내는 중요한 요소가 바로 선택된 시어와 의미의 결합에서 나타났기 때문이다. 그는 고정관념을 부수기 위한 방법적 장치로 '비유' 기법을 선호하였다. 그는 시적 소재가 되기 어려운 것도 사물 사이의 거리를 조종하는 방법론을 통해 형상화했다. 부정적인 것과 추한 것도 전율과 충격을 주기 위한 수단으로 과감하게 끌어들였다. 새로운 의미 창조는 새로운 세계를 만들어내는 것이기도 하였다. 그러므로 인식 확장은 소재 확장에서도 오지만 사물 사이의 경계를 지워나가는 비유를 통해서도 가능하였다. 확장된 인식과 사물에 대한 경계를 지운 시에서는 자아와 동일성을 추구하는 대상으로 자연을 끌어들이지 않았다. 소재와 감각의 확대도 활달하고 시공간도 무한하게 확장되었다.

한편, 있는 그대로의 세계를 수용하는 자세를 드러내는 작품들은 이형기의 확장된 세계인식과 밀접한 관련이 있었다. 이 수용의 자세 속에 상대성을 지닌 같음과 다름, 화합과 분열, 날카로움과 무딤, 미추 등이 섞여 어울리고 있었다. 그의 시에서 상대성을 지닌 것들은 서로 부딪쳐 화학적 변화를 일으키는 것이 아니었다. 저절로 질서를 이루고 제자리를 찾아가는 물리적 변화로서 의미를 지녔다. 이형기는 자아의 주관적 개입에 의한 화학변화를 주도하지 않고 사물들의 고유성을 인정하려는 자세를 보였다. 사물을 자아의 욕망대로 끌어당기지 않고 비유를 통한 난해한 의미를 창조하려고 하지도 않았다. 사물을 따라가며 그 변화를 지켜보는 태도를 취했다. 이렇게 서로 다른 것들이 어우러지는 수용의 세계에는 다른 것들을 차별 없이 용납하는 세계인식이 들어있었다. 이는 대립하지만 서로 겨루지 않는 세계였다. 또 언어유희와 '어울림'의 태도를 보인 작품들은 삶의 긴장감을 줄이고 주어진 세계를 수용하려는 시각을 보였다. 수용 의미 속에는 상대를 공격하지 않고, 고유성을 침범하지 않는 세계가 내재되어 있었다. 이형기의 이러한 세계인식 깊이는 고유주의, 자기중심주의를 버려야만 가능한 것이었다.

Ⅲ에서는 "불화의 세계와 정체성 찾기"를 통해 그의 세계인식을 살폈다. 여기서는 "노역의 헛됨과 존재의 길, 부정의 현실과 정체성 찾기"라는 두 축을 설정하였다. 먼저 첫 번째 절 "노역의 헛됨과 존재의 길"은 이형기 시에 지속적으로 드러나는 존재의 문제에 초점을 맞추었다. 인간 존재의

근원적 문제에 끊임없이 천착한 그는 삶의 저변에 깔린 고뇌를 형상화한 많은 작품을 창작했다. 이 시들은 존재의 허무함, 반복되는 노역의 헛됨, 존재의 슬픔, 존재의 길이라는 궤도를 보였다. 이때 나타난 세계는 불화의 대상이 되었다. 세계와 불화하는 존재의 모습은 세계와 처절하게 대립되는 상태로도 드러났다. 대립하는 존재들의 군상은 반복되는 일상의 권태에서 벗어나지 못하는 모습을 보이기도 했다. 되풀이되는 일상성에 갇힌, 고뇌하는 존재들은 출구를 찾지 못하였다. 길의 끝은 삶의 끝인데, 이것을 알면서도 가야만 하는 존재의 길, 이러한 존재를 바라보는 자아의 연민, 존재의 현존 모습 등에서 나타나는 헛됨은 시인에게 삶의 본질에 대해 질문하게 만들었다. 고뇌하는 자에게만 부과된 처절한 절규의 몸짓으로 가득했다. 이 절 초점은 헛된 노역을 끊임없이 해야 하는 군상을 통해 존재의 근본적인 속성을 추적하는 시인의 정신적 노역이었다.

두 번째 절은 "부정의 현실과 정체성 찾기"라는 항목을 정해 불화하는 자아 모습을 중점적으로 다루어 보았다. 부정한 현실과 불화하는 자아는 자신과도 불화한 상태였다. 이형기 시에서 드러난, 자아가 세계와 불화를 겪는 두 가지 이유 중 하나는 있어야 할 세계의 모습이 훼손되었을 때였다. '있어야 할 세계'는 현존의 문제인식에 따라 달리 나타났으며, 사회적 현실에 따라서도 다양한 양상을 보였다. 자신과 불화는 정체성 찾기와 밀접한 관련이 있었다. 부정의 대상이 된 세계는 이형기 의식 속에서 더욱 비극성을 띤 상태로 재창조되었다. 부정의 세계는 인간의 무분별한 욕망이 극대화된 형태로 제시되었다. 인간의 무한한 욕망이 만들어낸 고도 문명은 인간을 이 환경에 얽매이게 하고, 과학적 사실에 맹신하도록 강요했다. 과학적 사실만을 중요시하는 사회는 기존의 인간 세계를 지배하던 가치나 질서를 무화시켰다. 위기에 처한 생태 환경 또한 인간의 이기적 욕망이 빚어낸 결과였다. 인간은 자신들이 이룩한 문명에 의해 추방되거나 소외되는 상황에 처해졌다. 고도의 문명 상태를 지향했지만 이는 자연적 질서와 배치되는 것이었으므로 지구의 생태 환경은 근본적으로 파괴되거나 변화되었다.

이형기는 자연의 교란된 질서는 지구 멸망으로 이어질 수 있다는 위기를 직시하였다. 이런 상황을 바탕으로 그는 있어야 할 세계를 제시하는 것이 아니라 있어서는 안 될 세계를 재구성했다. 시에 다각도로 조명된 현실은 각각 부정해야 할 당면한 문제였다. 있어서는 안 될 세계를 형상화한 대부분의 작품은 전개된 현실을 직설적으로 비판한 내용이 많았고, 이를 효과적으로 표현하기 위해 반어법 혹은, 역설과 모순어법과 같은 기법을 구사하였다. 그러나 이런 작품들은 시인의 부정적 시각이 과도하게 개입되어, 정서적 울림이 적고 시적 상상력을 자극하지 않을 뿐만 아니라 긴장감도 떨어지는 단점을 지니고 있었다.

이형기는 현실과 불화를 선포하며 현실 위기를 정확하게 직시하였다. 그는 이 현실에 함몰되는 것을 거부하며, 종말로 치닫는 상황을 제어하기 위해 끊임없이 제동을 걸었다. 아울러 자신의 정체성에 대해 의문을 제기하는 모습을 보였다. 이는 자신과 불화하는 양상으로 전개되었다. 그는 자기 행위에 자조적이거나 냉소적인 태도를 취하였으며 자신의 육체와도 대립하였다. 불화는 행위의 무목적성이나 무의미성의 문제와 다른 것이었다. 이루고 싶은 어떤 목적과 상치된, 무익한 자신의 행위를 확인하는 데서 오는 불화였다. 자신의 글쓰기 행위를 비하, 조소하는 심각한 자기 부정도 들어있었다. 이는 정체성을 찾는 행위와 맞물린 상태로 나타났다. 자신과 분열하는 또 다른 자아에 집중하는 것은 진정한 자신을 찾아가는 의지의 반영이었다. 시인의 진정한 자아실현은 자기를 찾는 것이며 이는 개성화 작업과 일맥상통하였다. 시인의 정체성은 자신만의 개성을 실현하려는 상태로 발현될 수밖에 없었다.

Ⅳ는 "긍정의 시간과 생성의 세계"를 설정하여 소멸과 생성의 문제를 다루었다. 여기에서는 "꿈의 공간과 의도적 유폐, 허무의 아름다움과 황홀한 생성"이라는 두 개 절을 중심축으로 하여 작품을 분석하였다. 첫 번째 절, "꿈의 공간과 의도적 유폐"에서는 의도적으로 안락한 공간 자체를 부정하고, 자신의 내면에 척박한 환경을 만들어가는 자아 태도를 초점으로 하여 이런 상태를 지향한 작품을 분석하였다. 이형기는 절망과 자멸, 박토와 사막 이미지를 동원하여 자신을 둘러싸고 있는 상황을 일부러 극한의 인내가 필요한 공간으로 만들었다. 이런 내면적 투쟁 공간을 통해 현재 자신에게 주어진 상황을 부단히 거부하고 이와 대치하는 정신적 사유들을 시로 형상화했던 것이다. 특히 이 인식의 중심에는 꿈을 이루려는 행위가 있었다. 이때 꿈은 이형기에게 절대적 신념의 하나로 자리 잡았다. 꿈은 자아의 어떤 목적의식과 상통함을 지녔다. 이형기는 꿈을 추구하기 위해 절대적 고립의 공간을 택하였다. 이곳은 희망이나 안락함 일체가 유보되고 배제된 내면 공간이었다. 그런데 이형기에게 꿈은 이루어지기 위해 있는 것이 아니었다. 이루어질 수 없음을 알면서도 이루려고 하는 자아의 행위가 더 중요하였다. 꿈에 다가가기 위해선 인내와 고통을 감수해야 했으므로 그는 박토와 같은 불모지, 사막과 한발 이미지를 사용하였다. 세계를 박토와 같은 곳으로 인식한 이형기는 이러한 사유 공간에 고의적으로 자신을 내몰고 유폐시켰다. 시에서 어떤 전망이나 유토피아를 제시하지 않는 그는 고해하는 삶의 모습을 그대로 노출하였다. 안락함과 행복을 추구하는 것, 어떤 희망적인 것에 다가가는 것 자체가 그에게는 시정신의 상실을 의미했으므로 극한의 한계상황을 설정하고 그것을 내부의 사유 공간으로 끌어들였던 것이다. 특이하게도 그는 박토, 한발, 사막, 죽음, 절망과 자멸의 부정적인 의미를 매우 긍정적이고도 건강한 에너지로 전환시켰다. 패배와 죽음, 자멸과 절망 속으로 기꺼이 뛰어드는

정신을 시적으로 형상화한 데서 이형기의 개성은 잘 드러났다. 그러므로 여기서 드러나는 부정적이고 하강적인 이미지는 궁극적으로 비상, 상승 이미지와 통하는 것이었다. 이형기의 이러한 세계인식은 그의 독특한 개성을 성공적으로 부각시켜주었다.

이형기의 시에 나타난 허무는 앞 장과 달리 일상성의 권태를 벗어난 자유와도 의미가 상통한 면이 있었다. 나아가 허무는 무와 동일한 의미를 지녔는데 곧 없음 그 자체였다. 동시에 이형기는 '없음은 곧 있음'의 세계와 같다는 사유를 보였다. IV의 두 번째 절에서는 이런 사유를 보인 시들을 분석하여 "허무의 아름다움과 황홀한 생성"의 세계인식을 살펴보았다. 그의 시에서 모든 존재는 소멸할 수밖에 없기 때문에 삶의 문제는 언제나 소멸의식과 맞닿아 있었으며 이때 수반되는 허무의식은 존재가 통과해야 할 의례적 과정이었다. 이형기는 존재의 소멸에 대해 절망하지만 허무에 함몰하지 않고 극복하려는 태도를 견지하였다. 허무의 세계에서 장엄함을 발견하고 허무를 일종의 유희처럼 사유하는 유연함도 표출하였다. 그는 존재는 단순하게 소멸과 허무의 세계로 사라지는 것이 아니라고 인식하기에 이르렀다. 허무 속에서 결국 존재 문제의 출구를 찾았음을 파악할 수 있었다.

이형기 시의 장엄한 허무는 그간 여러 측면에서 지속적으로 표현한, 개별적 허무와 결별한 것이라고 말할 수 있다. 또 무와 유, 소멸과 생성의 관계는 따로 떨어져 있는 상대적 개념이 아니라 서로 번갈아드는 개념이었다. 소멸은 삶의 단절이 아니라 삶의 연속이었다. 이형기는 허무를 낳는 무의 세계에 공존하는 유의 세계와 대면했다. 이런 인식을 바탕으로 한 시에서 소멸은 생성으로, 생성은 소멸로 인해, 유는 무로, 무는 유로 인해 개별 의미가 더욱 돋보이기도 하고 융화되기도 했다. 그는 존재를 존재이게 하는 근원적 조건을 소멸로 보고 이렇게 인식한 눈으로 세상을 채집하였다.

소멸해야만 생성된다는 보편타당한 사유를 체득하였다. 이는 사유 안에서 이질적인 것들을 동화시키고 존재에 부여된 숙명적 모순들을 자기 나름대로 해결했다고 할 수 있다. 궁극적으로 존재는 필연적으로 부여된 소멸의 허무함을 이겨내고 거기에서 자유로워져야만 한다고 본다. 그가 허무한 소멸이 아닌, 생성을 위한 소멸을 역설하며 모든 존재는 소멸하기 때문에 아름답다는 사유까지 나아감은 허무함을 극복한 경지이고 이 문제에서 벗어나, 절대적 자유를 획득한 상태로 이해해도 무방할 것이다.

삶의 끝이 죽음이라는 인식에는 허무함이 동반된다. 그러나 이형기는 삶의 끝에서 삶의 시작을 보았다. 죽음은 삶의 시작이고 무가 바로 유의 원천이 되었다. 이러하므로 존재가 행하는 온갖 행위는 허무함을 넘은 장엄한 것이며 놀이와도 같은 것으로 변했다. 허무는 아름다운 것이라는 인식으로까지 확대될 수 있었다.

무에서 유가 나오고 그 유가 다시 무가 되는 것처럼 없음은 있음을 부르고 있음은 없음을 부르는데, 이 개념은 이형기의 시에서 서로 상관하면서 맞물린 상태로 나타났다. 이것은 동양의 뿌리 깊은 사유였다. 같음과 다름이 상대적 의미를 뛰어넘듯이 소멸과 생성도 마찬가지였다. 또한 그는 텅 빈 것과 가득 찬 것은 궁극적으로 같다고 보았다. 이형기는 소멸의 다른 이름을 부패로 명명하였다. 소멸의 추상성을 구체적으로 드러낸 것이 부패였다. 새로운 존재의 탄생으로 이행되는 부패는 개별 존재로서는 소멸이지만 생성의 원천이 되므로 부패할수록 다른 종의 생성을 거들었다. 부패가 화려할수록 생성 또한 화려하였다. 허무 속에서 아름다움과 장엄함을 발견한 것처럼 이형기는 소멸 속에서 특수한 황홀함을 창조해 내었다. 허무, 소멸과 생성을 아우르는 세계인식은 여타 시인들과 다른 변별적 가치를 지닌 것으로 가름할 수 있겠다.

이상 본론에서 다룬 이형기의 세계인식을 정리하면 첫째, 그는 세계를 자아의 동일화 대상으로 삼았다. 자연은 자아를 충만, 성숙하게 하는 대상으로 존재했다. 이때 그가 인식한 '있는 세계'는 정신적으로 성숙함을 갖추었고 자아를 순화하는 기능도 담당했다. 인내하면서 기다리면 자신이 응시한 대상과 동일화가 가능하다는 희망적 전망이 제시되었다. 이형기는 이러한 인식에 머물지 않고 인식 확장을 꾀했다. 기법 변화나 소재, 공간 확장을 통해서 동일화 대상이던 자연에서 탈피하게 된 것이다. 확장된 세계에는 시공과 고금의 웅혼한 공간이 자리했고 우주만물이 어우러져 무한한 깊이를 보이는 양상으로 전개되었다.

둘째, 이형기는 동일화의 대상이 되었던 세계를 불화의 대상으로 삼았으며 자신과도 불화를 겪는 세계인식을 드러냈다. 그가 세계와 불화한 이유는 존재 문제와 '있어야 할 세계'의 훼손에서 찾을 수 있었다. 존재 문제는 인간의 숙명적 허무와도 관련이 깊었다. 이형기는 존재가 행하는 노역의 헛됨을 형상화하면서 이 속에 갇힌 존재의 출구에 대해 부단한 질문을 던졌다. 또한 부정한 현실의 총체적인 문제를 진단하고, 이를 재창조하여 보여주었다. 그는 부정의 현실이 야기할 결말을 예보하는 선지자와 같았다. 자신과 불화는 시인으로서 정체성을 찾는 과정으로 이행되었다.

셋째, 이형기는 절망과 자멸, 박토와 사막 이미지를 통해 자신을 둘러싼 세계를 일부러 극한의 한계상황으로 만들었다. 이런 내면적 투쟁의 공간을 통해 현재 자신에게 주어진 상황을 부단히 거부하고 이와 대치하는 정신적 사유들을 시로 형상화했다. 그는 부정적인 의미를 긍정적이면서도 건강한 의미로 전환시켜 시인으로서 존재를 확인하였다. 또한, 이형기는 존재 문제에 남다른 집착을 보이며 이것을 형상화하려는 끝없는 열정을 보여주었다. 이것은 허무를 차원을 넘어 생성 차원으로 전개되었다. 그는 소멸은 소멸로 끝나지 않고 생성을 낳는다는 점을 인식하였다. 존재는 장엄한 허무 속에서 소멸을 거듭하고 또한 황홀한 부패를 통해 화려하게 거듭 생성된다는 것이었다. 소멸과 생성은 둘이면서 하나이고, 무는 단순한 무가 아니라 유를 마련하는 무의 개념과 맥을 같이했다.

이형기 시인은 끝없는 자기 확장을 통해 불화의 세계를 아울렀다. 상대 개념인 유와 무, 소멸과 생성이 원래는 하나로 이어짐을 깨달았던 것이다. 부단하게 꿈을 찾아 노역하던 시인이 도달한 귀착점은 바로 이것이라고 볼 수 있다. 그러나 이형기의 개성은 존재 확인을 위해 생을 마감할 때까지 지치지 않고 나아가며 혼신의 힘을 쏟아낸 과정에 다 함축되어 있다. 지금까지 이형기 시인이 인식한 세계가 작품에 어떻게 형상화되었나 살피는 과정에서 동시대 시인들과 다르게 구현된 그의 개성을 확인하였다. 본고의 방향과 달라 다루지 못한 작품과 시세계는 다른 연구자의 몫으로 남기고 글을 가름한다.

# 참 고 문 헌

## 1. 1차 자료

### 시집

이형기, 『적막강산』, 모음출판사, 1963.

_____, 『돌베개의 시』, 문원사, 1971.

_____, 『꿈꾸는 한발』, 창조사, 1975.

_____, 『풍선심장』, 문학예술사, 1981.

_____, 『보물섬의 지도』, 서문당, 1985.

_____, 『심야의 일기예보』, 문학아카데미, 1990.

_____, 『죽지 않는 도시』, 고려원, 1994.

_____, 『절벽』, 문학세계사, 1998.

### 시선집

이형기, 『그해 겨울의 눈』, 고려원, 1985.

_____, 『오늘의 내 몫은 우수 한 짐』, 문학사상사, 1986.

_____, 『별이 물 되어 흐르고』, 미래사, 1991.

고명수 · 허혜정 엮음, 『낙화』, 연기사, 2002.

### 시론집

이형기, 『시란 무엇인가』, 한국문연, 1993.

_____, 『현대시 창작교실』, 문학사상사, 1991.

## 2. 국내 논저

강유환, 「자기원형의 발견과 자아실현의 길」, 국제어문집 42, 2008.

고명수, 「절대허무를 향한 역설의 언어」, ≪불교문예≫ 통권 23호, 2003. 여름.

_____, 「존재의 패러독스를 투시한 견자」, 『낙화』, 연기사, 2002.

고형진, 「전통적 서정시 계승과 심화」, 『1950년대의 시인들』, 나남, 1994.

구연상, 『공포와 두려움 그리고 불안』, 청계, 2002.

권영민, 『한국현대문학사』, 민음사, 1993.

권택영, 『다문화시대의 글쓰기』, 문예출판사, 1997.

김경미, 「이형기 시 연구」, 동아대학교 석사논문, 2000.

김달진 옮김, 『장자』, 문학동네, 1993.

김상환 · 장경렬 외, 『문학과 철학의 만남』, 민음사, 2001.

김성기 외, 『모더니티란 무엇인가』, 민음사, 1997.

김양수 외, 『한국문학의 현장의식』, 지문사, 1984.

김영민, 『한국근대소설사』, 솔, 2003.

김영철, 「서정주의와 악마주의의 변증법」, 『한국현대시연구』, 민음사, 1989.

김옥성, 『한국현대시의 전통과 불교적 시학』, 새미, 2006.

김용민, 『생태문학』, 책세상, 2003.

김우종, 「현대시의 기법과 사상」, ≪현대문학≫, 1963. 9.

_____, 「저 땅 위에 도표를 세우라」, ≪현대문학≫, 1964. 5.

김운학 편저, 『반야심경』, 삼성미술문화재단, 1981.

김유중, 「순수와 참여 논쟁」, 『한국현대시사의 쟁점』, 시와시학사, 1992.

김윤식, 『한국현대문학비평사』, 서울대학교출판부, 1982.

김인환, 『기억의 계단』, 민음사, 2001.

김종욱, 『하이데거와 형이상학 그리고 불교』, 철학과현실사, 2003.

김종태, 『정지용 시의 공간과 죽음』, 월인, 2002.

김준오, 『시론』, 삼지원, 2005.

_____, 「입사적 상상력과 꿈의 시학」, 『그해 겨울의 눈』, 고려원, 1985.

김치수 외, 『현대문학비평의 방법론』, 서울대학교출판부, 1985.

김현 편, 『수사학』, 문학과지성사, 1985.

김형효, 『하이데거와 화엄의 사유』, 청계, 2002.

＿＿＿, 『사유하는 도덕경』, 소나무, 2004.

＿＿＿, 『원효에서 다산까지』, 청계, 2002.

＿＿＿, 『노장 사상의 해체적 독법』, 청계, 1999.

＿＿＿, 『하이데거와 마음의 철학』, 청계, 2000.

김혜영, 「파괴와 초월의 미학」, 『낙화』, 연기사, 2002.

김홍근, 『보르헤스 문학전기』, 솔, 2005.

나민애, 「이형기 시에 나타난 몸의 변이와 생성양상 연구」, 서울대학교 석사
　　　논문, 2002.

문학사와 비평연구회 편, 『1960년대 문학연구』, 예하, 1993.

문혜원, 『한국 현대시와 전통』, 태학사, 2003.

박선영, 「이형기 시 연구」, 성신여자대학교 석사논문, 1998.

박영수, 「이형기 시 연구」, 고려대학교 석사논문, 1997.

박이문 외, 『현상학』, 고려원, 1992.

법정, 『말과 침묵』, 샘터, 1987.

성기옥, 『시론』, 현대문학사, 1990.

송용구 편저, 『에코토피아를 향한 생명시학』, 시문학사, 2000.

심우성, 『마당굿 연희본』, 깊은샘, 1988.

오병남, 『미학강의』, 서울대학교출판부, 2003.

오세영 외, 『시론』, 현대문학, 1991.

오세영, 「삶의 안과 밖」, 『20세기 한국시인론』, 월인, 2005.

＿＿＿, 『한국현대시 분석적 읽기』, 고려대학교출판부, 1998.

＿＿＿, 『20세기 한국시의 표정』, 새미, 2001.

오탁번, 『한국현대시사의 대위적 구조』, 고대민족문화연구소, 1988.

원효 외, 이기영 역, 『한국의 불교사상』, 삼성출판사, 1987.

유한근, 「단독자의 사상 혹은 허무화」, ≪월간문학≫, 1983. 8.

윤재근, 「언어의 분노」, 『풍선심장』, 문학예술사, 1981.

윤재웅, 「허무에 이르는 길」, 『낙화』, 연기사, 2002.

이건청, 『해방 후 한국시인연구』, 새미, 2004.

_____, 「시적 현실로서의 환경오염과 생태파괴」, ≪현대시학≫, 1992. 8.

이광호, 「소실점의 시적 풍경」, ≪시와시학≫, 1992. 봄.

이기동 역해, 『논어강설』, 성균관대학교출판부, 1996.

_____, 『대학 · 중용강설』, 성균관대학교출판부, 1996.

_____, 『장자에서 얻는 지혜』, 동인서원, 1998.

이기상, 『철학노트』, 까치, 2003.

이기서, 『한국현대시의식연구』, 고려대학교민족문화연구소, 1984.

이기영 역해, 『반야심경』, 한국불교연구원출판부, 1979.

이숭원, 『현대시와 지상의 꿈』, 시와시학사, 1991.

이승훈, 『포스트모더니즘시론』, 세계사, 1991.

_____, 『시작법』, 문학과비평사, 1992.

이재열, 『보이지 않는 권력자』, 사이언스북스, 1997.

이재훈, 「이형기 시 연구」, 중앙대학교 석사논문, 2000.

이희중, 『현대시의 방법 연구』, 월인, 2001.

임동권, 「단군신화의 민속학적 고찰」, 『민속문학연구』, 백문사, 1994.

임철규, 『눈의 역사 눈의 미학』, 한길사, 2004.

장덕순 외, 『한국문학사의 쟁점』, 집문당, 1992.

전규태 편저, 『한국고전문학대전집 1』, 세종출판공사, 1970.

정광수, 「허무와 상상력의 극치」, ≪동양문학≫, 1991. 1.

정명환 외, 『20세기 이데올로기와 문학사상』, 서울대학교출판부, 1982.

정정호, 『탈근대인식론과 생태학적 상상력』, 한신문화사, 1997.

정한모, 『현대시론』, 보성문화사, 1982.

정한모 · 김재홍 편저, 『한국대표시평설』, 문학세계사, 1983.

정한숙, 『현대한국문학사』, 고려대학교출판부, 1982.

정현종 외, 『시의 이해』, 민음사, 1995.

정효구, 「초월과 맞섬」, ≪시와시학≫, 1992. 봄.

조동일, 『한국소설의 이론』, 지식산업사, 1977.

조연현, 『한국현대문학사』, 성문각, 1982.

조창환, 「불꽃 속의 싸락눈」, 『별이 물 되어 흐르고』, 미래사, 1991.

채수영, 「소실점의 예보와 길」, ≪현대시≫, 1990. 8.

채재준, 「이형기 시 연구」, 경희대학교 석사논문, 2002.

최동호, 『하나의 도에 이르는 시학』, 고려대출판부, 1997.

_____, 『한국현대시의 의식현상학적 연구』, 고대민족문화연구소, 1989.

최현식, 『서정주 시의 근대와 반근대』, 소명출판, 2003.

하현식, 「절망과 전율의 창조」, 『한국시인론』, 백산출판사, 1990.

허만하, 「칼의 구조」, 『꿈꾸는 한발』, 창조사, 1975.

홍기삼, 「시의 확대」, ≪창작과비평≫, 1971. 6.

홍신선, 『한국시와 불교적 상상력』, 역락, 2004.

_____, 「가치 바꿈의 방법과 의미―바늘」, 『한국대표시평설』, 문학세계사, 1983.


## 3. 국외 논저


가스똥 바슐라르, 이가림 옮김, 『물과 꿈』, 문예출판사, 1988.

_____, 김현 옮김, 『몽상의 시학』, 홍성사, 1984.

감산, 오진탁 옮김, 『감산의 금강경 풀이』, 서광사, 1992.

게르하르트 슈타군, 이민용 옮김, 『우주의 수수께끼』, 이끌리오, 2001.

굴원, 최인욱 옮김, 『고문진보』, 을유문화사, 1983.

김양기, 박광순 옮김, 『우리 신화의 수수께끼』, 넥서스, 2000.

닐 디그래스 타이슨 · 도널드 골드스미스, 곽영직 옮김, 『오리진』, 지호출판사, 2005.

다비드 퐁텐, 이용주 옮김, 『시학』, 동문선, 2001.

더글러스 호프스태터, 박여성 옮김, 『괴델, 에셔, 바흐』 상 · 하, 까치, 2000.

레이첼 카슨, 김은령 옮김, 『침묵의 봄』, 에코리브르, 2003.

롤랑 바르트, 김인식 옮김, 『이미지와 글쓰기』, 세계사, 2000.

리샤르, 윤영애 옮김, 『시와 깊이』, 민음사, 1984.

마리아 미스 · 반다나 시바, 손덕수 · 이난아 옮김, 『에코페미니즘』, 창작과
        비평사, 2002.

마이클 폴란, 이창신 옮김, 『욕망의 식물학』, 서울문화사, 2002.

모리스 블랑쇼, 박혜영 옮김, 『문학의 공간』, 책세상, 1991.

보들레르, 김붕구 옮김, 『악의 꽃』, 민음사, 2003.

비트겐슈타인, 이영철 옮김, 『확실성에 관하여』, 서광사, 1990.

빈센트 B. 라이치, 권택영 옮김, 『해체비평이란 무엇인가』, 문예출판사, 1998.

서복관, 권덕주 외 옮김, 『중국문화예술정신』, 동문선, 2000.

스즈키 슌류, 강연심 옮김, 『선』, 불일출판사, 1988.

스타이언, 원재길 옮김, 『상징주의와 초현실주의 부조리 연극』, 예하, 1992.

슬라보예 지젝 외, 이운경 옮김, 『매트릭스로 철학하기』, 한문화, 2003.

아리스토텔레스, 천병희 옮김, 『시학』, 문예출판사, 1991.

아서 코트렐, 까치 편집부 옮김, 『세계신화사전』, 까치, 1997.

알베르 까뮈, 이정림 옮김, 『시지프의 신화』, 범우사, 1984.

야코비 외, 권오석 옮김, 『C. G. 융 심리학 해설』, 홍신문화사, 1995.

양수명, 강중기 옮김, 『동서문화와 철학』, 솔, 2005.

어윈 에드만, 박용숙 옮김, 『예술과 인간』, 문예출판사, 1985.

에밀 슈타이거, 오현일 · 이유영 옮김, 『시학의 근본개념』, 삼중당, 1978.

오경웅, 류시화 옮김, 『선의 황금시대』, 경서원, 1998.

유협, 이민수 옮김, 『문심조룡』, 을유문화사, 1984.

이마미치 도모노부, 조선미 옮김, 『동양의 미학』, 다홀미디어, 2005.

이하, 홍상훈 역주, 『시귀의 노래』, 명문당, 2007.

임려진, 김백희 옮김, 『왕필의 철학』, 청계, 2001.

자크 데리다, 남수인 옮김, 『글쓰기와 차이』, 동문선, 2001.

장 로이크 르 클레크 외, 김보현 옮김, 『사막』, 창해, 2002.

장 보드리야르, 하태환 옮김, 『시뮬라시옹』, 민음사, 2004.

장파, 유중하 외 옮김, 『동양과 서양, 그리고 미학』, 푸른숲, 2001.

장 폴 사르트르, 박익재 옮김, 『시인의 운명과 선택』, 문학과지성사, 1985.

_____, 조영훈 옮김, 『지식인을 위한 변명』, 한마당, 1983.

_____, 손우성 옮김, 『존재와 무』 상 · 하, 을유문화사, 1983.

정화열, 박현모 옮김, 『몸의 정치』, 민음사, 2000.

제라르 데송, 조재룡 옮김, 『시학입문』, 동문선, 2005.

존 버거, 편집부 옮김, 『이미지』, 동문선, 1991.

존 화이트 편저, 김정우 옮김, 『깨달음이란 무엇인가』, 정신세계사, 1991.

지그문트 프로이트, 민희식 옮김, 『정신분석입문』, 성우, 1992.

진 쿠퍼, 이윤기 옮김, 『세계문화상징사전』, 까치, 1996.

질 들뢰즈, 김재인 옮김, 『베르그송주의』, 문학과지성사, 1996.

캘빈. S. 홀 외, 최현 옮김, 『융 심리학 입문』, 범우사, 1993.

클리앤스 브룩스, 이명섭 옮김, 『잘 빚은 항아리』, 종로서적, 1984.

토니 마이어스, 박정수 옮김, 『누가 슬라보예 지젝을 미워하는가』, 앨피, 2005.

토마스 네이글, 김형철 옮김, 『이 모든 것의 철학적 의미는?』, 서광사, 1989.

프레이저, 김상일 옮김, 『황금가지』, 을유문화사, 1983.

프리드리히 .W. 니이체, 이일철 옮김, 『비극의 탄생』, 정음사, 1979.

프리초프 카프라, 김동광 옮김, 『생명의 그물』, 범양사, 1998.

피터 톰킨스 · 크리스토퍼 버드, 황금용 · 황정민 옮김, 『식물의 정신세계』,
    정신세계사, 1998.

호르헤 루이스 보르헤스 · 알리시아 후라도 공저, 김홍근 편역, 『보르헤스의
    불교 강의』, 여시아문, 1998.

호르헤 루이스 보르헤스, 황병하 옮김, 『픽션들』, 민음사, 1994.

# 존재,
# 그 황홀한
# 부패

이형기 시의 세계인식 방법

| | |
|---|---|
| 초판 1쇄 인쇄일 | 2015년 2월 24일 |
| 초판 1쇄 발행일 | 2015년 2월 25일 |

| | |
|---|---|
| 지은이 | 강유환 |
| 펴낸이 | 정구형 |
| 편집장 | 김효은 |
| 편집/디자인 | 김진솔 우정민 박재원 |
| 마케팅 | 정찬용 정진이 |
| 영업관리 | 한선희 이선건 |
| 책임편집 | 우정민 |
| 표지디자인 | 박재원 |
| 인쇄처 | 월드문화사 |
| 펴낸곳 | 국학자료원 새미 (주) |
| | 등록일 2005 03 15 제25100−2005−000008호 |
| | 서울특별시 강동구 성안로 13 (성내동, 현영빌딩 2층) |
| | Tel 442−4623 Fax 442−4625 |
| | www.kookhak.co.kr |
| | kookhak2001@hanmail.net |

| | |
|---|---|
| ISBN | 979-11-954640-0-5 *93800 |
| 가격 | 18,000원 |